B.E.
Pfeiffer

Kiss the Duke

Crème
brûlée zu
Weihnachten

2. Auflage

Copyright © 2024 by B.E. Pfeiffer

c/o WirFinden.Es

Naß und Hellie GbR

Kirchgasse 19

65817 Eppstein

www.bepfeiffer.com

magicbox@bepfeiffer.com

Umschlaggestaltung: Juliane Buser

Lektorat: Diana Steigerwald

Korrektorat: Marie Niebler

Satz: Bettina Pfeiffer

Für alle, die noch an Weihnachtswunder glauben. Hört niemals auf zu träumen.

KAPITEL 1 - FINE

Ich fand leere Bahnhöfe schon immer gespenstisch. Aber dass ich einmal fast die einzige Person in der Paddington Station sein würde, hätte ich nie erwartet. Diese Tatsache lässt mich innerlich zittern. Wieso habe ich noch gleich darauf verzichtet, ein Taxi direkt von Heathrow zu meinem neuen Zuhause zu nehmen? Ach ja … Weil ich keine Touristin sein, sondern mich wie eine echte Londonerin durchschlagen wollte.

Außerdem bin ich es gewohnt, spät nachts an irgendwelchen Flughäfen oder Bahnhöfen anzukommen und alleine ein Hotel aufzusuchen. Allerdings ist das Teil meines alten Lebens. Ein Leben, dessen Reste ich in einen extragroßen Samsonite-Koffer gepackt habe. Was sagt das über mich und mein bisheriges Dasein aus?

Gut, ich habe zwanzig Kilo Übergepäck zahlen müssen. Trotzdem hat alles in den Koffer mit hundertzwanzig Liter Fassungsvermögen gepasst, der sich in etwa so leicht durch die leere Ankunftshalle des Bahnhofs ziehen lässt wie ein bockiges Schaf. Aber das habe ich mir selbst eingebrockt und da muss ich jetzt durch.

Meine zielsicheren Schritte hallen ebenso von den Wänden wie das Knirschen der Räder auf dem Steinboden. Der Ausgang ist farblich markiert, also leicht zu finden. Wenn auch noch ein Taxi dort steht, das mich nach Hause bringt, führe ich einen Siegestanz auf.

Doch das Universum will wohl nicht, dass ich tanze – was streng genommen eine Erleichterung für mich ist, weil ich wirklich kein Talent dafür habe. Nicht ein Auto steht vor den Türen des Bahnhofs.

»Toll«, brumme ich und ziehe mein Handy aus der Manteltasche.

Seit ich gelandet bin, habe ich keinen Empfang. Ich kann also niemanden anrufen und somit auch nicht meinen Cousin per Telefon anflehen, mich doch abzuholen, obwohl ich behauptet habe, ich käme alleine klar. Nun stehe ich also hier, vollkommen verloren und … Moment, sind das Scheinwerfer?

Als hätte das Schicksal doch ein Einsehen mit mir, erscheint das schönste Gefährt der Welt. Gut, das liegt vermutlich an meiner Freude darüber, nicht zu Fuß bei Regen durch das nächtliche London laufen zu müssen. Denn das Auto ist ziemlich sicher älter als ich und es wundert mich, dass es keine Dampfwolke ausstößt, als es stehen bleibt.

Aber Taxi ist Taxi, also gehe ich darauf zu, greife nach der Klinke der hinteren Tür und sauge scharf

Luft ein, als jemand seine Hand über meine legt. Mit angehaltenem Atem drehe ich den Kopf zur Seite und schaue in die ungewöhnlichsten Augen, die ich jemals gesehen habe. Es mag am Licht liegen, doch ich kann nicht mit Sicherheit sagen, ob sie grün oder braun sind.

»Entschuldigung, haben Sie ebenfalls ein Taxi gerufen?«, fragt der Mann höflich, der über einen Kopf größer ist als ich. Gleichzeitig ist seine Miene so finster, als wollte er mich mit einem Knurren verscheuchen. Ich frage mich, wo er hergekommen ist. Bisher ist mir seine Anwesenheit nämlich nicht aufgefallen.

»Ich … oh«, stammle ich und suche nach den richtigen Worten.

Dabei starre ich den Fremden an, dessen dunkelbraunes Haar einen leichten Rotstich zu haben scheint und der so breite Schultern besitzt, als wäre er Profifootballer. Mal ehrlich, wer hätte gedacht, dass ich an der Paddington Station einem so gut aussehenden Kerl begegnen würde? Irgendwie muss ich bei ihm an Mr Darcy aus »Stolz und Vorurteil« denken. Der wirkt auch ziemlich abweisend, ist aber der perfekte Mann.

Ich räuspere mich, als mir klar wird, dass ich mein Gegenüber jetzt schon gefühlte zehn Minuten – vermutlich sabbernd – angehimmelt habe.

»Ich habe kein Taxi gerufen«, erwidere ich mit so fester Stimme wie möglich.

Trotzdem lasse ich den Griff nicht los und er lässt seine Hand auf meiner liegen. Allerdings hebt er eine Augenbraue.

»Sie sind nicht von hier«, meint er und ich könnte schwören, dass seine Stimme einen verächtlichen Tonfall angenommen hat. »Sind Sie Deutsche?«

Okay, Englisch ist nicht meine Muttersprache, aber ich wurde sehr gut darin ausgebildet. Außerdem stammte meine Großmutter aus England, weswegen ich die Sprache nahezu perfekt beherrsche. Dass dieser Kerl mich nach wenigen Worten entlarvt hat, wurmt mich. Darüber tröstet auch sein Aussehen und die Vorstellung von ihm als Mr Darcy nicht hinweg.

»Österreicherin«, entgegne ich frostig.

Wenn er mir jetzt sagt, das sei dasselbe, drehe ich durch.

»Ah«, macht er nur und löst seinen bohrenden Blick endlich von meinem Gesicht. »Sie reisen zu ziemlich später Stunde.«

»Mein Flugzeug hatte technische Schwierigkeiten und wir mussten auf Ersatz warten«, schwafle ich los und kann mich gerade noch abhalten, ihm meine ganze Geschichte zu erzählen. Er sieht nämlich nicht so aus, als wäre er daran besonders interessiert. Schnell räuspere ich mich und komme zum Ende. »Jedenfalls bin ich deswegen so spät hier. Und mein Handy hat keinen Empfang.«

Als Beweis ziehe ich das Handy heraus und halte es ihm hin. Natürlich kann er nichts darauf erkennen, aber ich fühle mich besser, weil ich damit die Wahrheit meiner Worte unterstreiche.

Immer noch halten wir beide den Türgriff fest. Es wundert mich, dass der Fahrer noch nicht ausgestiegen ist und uns fragt, was los ist. Aber vielleicht hält er sich einfach nur heraus, damit er nicht in Schwierigkeiten gerät.

Der Fremde blickt auf meinen Koffer, dann sieht er wieder mich an. »Geben Sie mir Ihr Gepäck.«

»Was?«, bringe ich atemlos hervor.

Er sieht nicht wie jemand aus, der auf Taschendiebstahl spezialisiert ist. Der Mantel wirkt zu teuer, seine Haare zu gepflegt. Außerdem wäre es doch lohnender, mir die Handtasche zu klauen oder den Rucksack, den ich ebenfalls bei mir habe. Schließlich habe ich da wohl eher Geld eingepackt als in einem tonnenschweren Koffer, der für eine schnelle Flucht ungeeignet ist.

»Ich sagte, geben Sie mir Ihr Gepäck. Es sieht schwer aus und der Anstand gebietet es mir, Ihnen damit zu helfen, bevor Sie einsteigen«, erklärt er und wirkt noch arroganter als vorhin schon.

»Heißt das, ich kann das Taxi haben?«, frage ich verwirrt.

»Liebe Güte«, brummt er und der Klang ist irgendwie verdammt sexy. Gott, meine Gedankensprünge sind heute wieder fantastisch. »Ich kann es mit meinem Gewissen nicht vereinbaren, Sie hier stehen zu lassen. Falls ich morgen die Zeitung aufschlage und irgendwo steht, dass eine Touristin an der Paddington Station ermordet wurde, wird mich das für den Rest meines Lebens verfolgen.«

Ich blinzle und weiß nicht, wie ich reagieren soll. In meinem alten Job habe ich knallharte Verhandlungen mit Männern aus Osteuropa geführt, die mich anfangs nicht für voll nahmen, weil ich eine Frau bin. Und jetzt fehlen mir die Worte bei einem arroganten, wenn auch wirklich eleganten, Engländer, der mir seine Hilfe anbietet. In herablassendem Tonfall. Aber immerhin rettet er mich mehr oder weniger aus höchster Not. Wie ein Ritter. Hach.

»Sagen Sie mir, wo Sie hinmüssen?«, will er wissen und deutet mit seiner freien Hand auf den Koffer.

»In die Oxford Street«, murmle ich.

»Interessant«, sagt er. »Dann ist es ja kein großer Umweg, wenn ich Sie in meinem Taxi mitnehme.«

»Wie bitte?«, frage ich viel zu laut.

Da wandert sie wieder hoch, seine Augenbraue. Was verdammt sexy und furchteinflößend zugleich aussieht. »Dachten Sie, ich bleibe hier stehen und warte auf das nächste Taxi?« Er schüttelt den Kopf. »Wir haben zum Glück einen sehr ähnlichen Weg. Also verliere ich nicht noch mehr Zeit, als Sie mich ohnehin schon gekostet haben, und tue ein gutes Werk.«

Alles klar, er ist also ein kalter britischer Fisch mit Retterkomplex und Mr-Darcy-Optik. Na, mir soll es recht sein.

»Dann … danke«, brumme ich und schiebe ihm meinen Koffer hinüber.

Dieses Londoner Taxi besitzt leider keinen Kofferraum, also öffne ich die Tür und der Fremde hievt scheinbar mühelos meinen Koffer ins Innere. Dann tritt er auf den Bordstein heraus und hält mir tatsächlich die Hand hin. Ich bin so perplex, dass ich sie ergreife und einsteige.

Nachdem auch der Möchtegernretter Platz genommen und die Tür geschlossen hat, nennt er dem Fahrer die Oxford Street und sieht mich erwartungsvoll an.

»Haben Sie auch eine Nummer?«, will er wissen.

Einen Moment frage ich mich, ob er meine Telefonnummer meint, dann verstehe ich und räuspere mich. Ich bleibe besser einsilbig, sonst schwafle ich ihn noch voll und er sieht mich noch genervter an als ohnehin schon. »Zweihundertzwölf.«

Wieder wandert die Augenbraue hoch, dann nennt er dem Fahrer die Zahl und der Wagen rollt endlich los.

Innerlich verwünsche ich mein Handy, das auch nach mehrmaligem Ein- und Ausschalten keinen Empfang zustande bringt. Denn in dem Licht hier ist es zu dunkel, um zu lesen, und ich kann mich nicht wirklich anderweitig beschäftigen. Der Fremde hat ebenfalls sein Handy aus der Manteltasche gezogen und tippt darauf herum. Damit ich ihn nicht anstarre, blicke ich aus dem Fenster. Sonst fange ich vielleicht doch noch an zu sabbern. Lieber die Umgebung bewundern als den Mann neben mir.

Es ist Ende November, kurz vor dem ersten Advent, und die meisten größeren Straßen sind bereits weihnachtlich geschmückt. Ich habe Weihnachten immer gemocht, aber im Moment bin ich nicht in der richtigen Stimmung. Seit meiner Ankunft am Flughafen zweifle ich daran, ob es wirklich klug war, mein altes Leben hinter mir zu lassen. Hätte mich heute Morgen jemand danach gefragt, wäre die Antwort Ja gewesen. Aber jetzt, nach all den Katastrophen auf dem Weg hierher, bin ich mir nicht mehr so sicher.

Genervt wende ich den Blick vom Fenster ab und betrachte meinen Sitznachbarn. Die Augen kann ich immer noch nicht eindeutig einer Farbe zuordnen, genauso wie seine Haare. Aber das Gesicht sieht aus, als hätte Michelangelo es aus Stein gemeißelt. Markante Wangenknochen, ein nobles Kinn, die Nase gerade und nicht zu groß oder zu klein. Die breiten Schultern unter dem schwarzen Kurzmantel lassen meine Fantasie auflodern. Vermutlich trainiert er, zumindest ist seine Haltung tadellos.

Verflucht, wieso kann ich meinen Blick nicht von ihm losreißen? Von Männern habe ich doch genug und will nichts mit ihnen zu tun haben. Genau genommen ist mein Ex sogar der Grund, warum ich meinem alten, vermeintlich perfekten Leben entflohen bin. Da muss ich mich nicht Hals über Kopf in das nächste Chaos stürzen, nur weil meine Hormone mit mir durchgehen.

Bevor der Mann bemerkt, dass ich ihn anstarre, sehe ich zu seinen Händen mit den langen, feingliedrigen Fingern. Zumindest kann ich keinen Ring entdecken.

Gedanklich schlage ich mir an die Stirn. Was würde das ändern? Er ist ein Fremder, der – trotz seiner Arroganz – so nett war, sein Taxi mit mir zu teilen. Nicht mehr, nicht weniger. Weil ich das nicht zulassen werde. Dann fällt mein Blick wieder in sein Gesicht und gleitet zu seinen Lippen. Die sehen genauso perfekt aus wie der Rest von ihm. Sicher küsst er auch perfekt damit. Ich muss aufhören, daran zu denken.

Seufzend wende ich mich ab und sehe wieder aus

dem Fenster. Das ist es also, mein neues Zuhause. Ich frage mich, wann es sich auch danach anfühlen wird.

Das Auto kommt zum Stillstand und der Taxameter zeigt eine Summe an, die an Halsabschneiderei grenzt. Trotzdem krame ich nach meinem Portemonnaie, doch mein Retter legt eine Hand auf meine und streckt dem Fahrer eine schwarze Kreditkarte hin.

»Lassen Sie mich wenigstens die Hälfte bezahlen«, sage ich und will weiter nach meiner Geldbörse suchen.

»Ich kann die Kosten absetzen«, erklärt Mr Brit-Fish. »Außerdem wohne ich auch hier in der Nähe.«

Er nimmt die Quittung entgegen, öffnet die Tür und steigt vor mir aus. Dann bietet er mir seine Hand an.

»Den Koffer hole ich gleich«, verspricht er, als ich unschlüssig zwischen ihm und meinem Gepäck hin- und hersehe.

Wieder ergreife ich seine warme Hand und steige so elegant wie möglich aus. Ich schultere meinen Rucksack, während er den Koffer herauszieht, dem Fahrer einen schönen Abend wünscht und dann die Tür zuwirft.

Geräuschvoll verschwindet das Auto und wir stehen alleine auf dem Bürgersteig. Der Fremde schiebt mir den Koffer zu und ich ringe schon wieder nach Worten. Der Regen hat zwar nachgelassen, aber es dauert nicht lange, bis mein Mantel sich nass anfühlt.

»Dann … danke, dass Sie mich mitgenommen haben«, bringe ich irgendwie heraus. »Auch für den Koffer. Der ist ziemlich schwer und es wäre mir vermutlich schwergefallen, ihn selbst in das Auto zu hieven. Sonst reise ich ja eher mit leichtem Gepäck, aber diesmal ist alles anders und ...« Ich unterbreche mich, weil ich sonst wieder in einen Redeschwall komme. Das passiert mir ständig, wenn ich nervös bin. Also räuspere ich mich. »Jedenfalls ... war das sehr nett von Ihnen. Alles.«

Er schweigt und betrachtet mich. Wartet er auf etwas?

Regentropfen sammeln sich in seinen Haaren und er schiebt die Hände in die Manteltaschen. »Sie sollten nicht zu lange hier draußen bleiben«, erklärt er. »Die Gegend mag nicht gefährlich sein, aber man weiß nie.«

»Ehm ... danke«, stammle ich.

Ich bin ein wenig überrascht, dass er sich tatsächlich um mich Gedanken macht, statt einfach zu gehen. Als mir klar wird, dass ich ihn schon wieder anstarre, räuspere ich mich und suche nach dem Schlüssel in meiner Tasche.

Die Wohnung, die ich mir mit meinem Cousin teilen werde, gehört uns beiden. Na ja, unsere Großmutter hat sie uns vererbt und ich bin froh, dass ich den Schlüssel nie hergegeben habe.

Nachdem ich ihn gefunden habe, halte ich ihn fest und drehe meinen Kopf zu dem Eingang, den ich gut kenne. Ich habe früher fast jeden Sommer hier verbracht ...

»Dann noch einmal danke«, sage ich verlegen. »Kommen Sie gut heim.«

Er nickt nur und bleibt stehen, obwohl ich mich in Bewegung setze. Erst als ich den Schlüssel ins

Schloss schiebe, geht er los. Einen Moment blicke ich ihm nach, betrachte die breiten Schultern und den aufrechten Gang. Wenn er nicht so kühl wäre …

Nein, nein, Fine. Du wirst den Kerl nie wiedersehen, also überleg gar nicht erst, wie sexy er wirkt, sondern halte dir vor Augen, dass er ein kalter britischer Fisch ist. Damit kommst du besser klar und vergisst ihn so schnell, wie er dich vergessen wird.

Schnaubend öffne ich die Tür und schalte das Licht im Flur an. Das Haus ist alt und besitzt keinen Lift. Gut, es gibt nur zwei Etagen, trotzdem muss ich den Koffer in den obersten Stock schleppen.

Ächzend hieve ich das Teil Stufe um Stufe hoch. Als ich vor der Wohnungstür ankomme, bin ich schweißgebadet. Sport habe ich damit wohl für die nächsten drei Wochen hinter mich gebracht.

Unter dem Holz dringt Licht hindurch und laute Musik. Also klingle ich, falls mein Cousin gerade Besuch hat. Als ich nichts höre, schiebe ich den Schlüssel ins Schloss und will öffnen. In dem Moment wird die Tür aufgerissen und ich kippe nach vorne.

»Was für eine stürmische Begrüßung«, keucht Mark, der mich auffängt und wieder auf die Beine stellt. »Himmel, siehst du verschwitzt aus. Bist du zu Fuß hergelaufen?«

»Es regnet draußen«, erkläre ich und grinse. »Und nein, ich schwitze nur, weil ich den Koffer hochgeschleppt habe.«

Mein Cousin verzieht das Gesicht. Wenn es etwas gibt, das Mark nicht mag, dann ist es Schweiß. Trotzdem betreibt er eine angesagte Bäckerei hier in der Oxford Street. Und genau dort werde ich ab jetzt arbeiten, auch wenn ich keine ausgebildete Konditorin bin, sondern nur ein paar Kurse besucht habe. Backen ist schon immer meine Leidenschaft gewesen.

»Schätzchen, du hättest anrufen können«, meint Mark, umarmt mich und schiebt mich dann in die Wohnung. »Zieh die Schuhe aus, ich habe gerade gewischt.«

»Immer noch einen Putzfimmel, hm?«, sage ich schmunzelnd und bin froh, aus meinen nassen Sneakers zu schlüpfen.

»Ordnung ist das halbe Leben und man weiß nie, ob Mr Perfect nicht eines Tages vor der Tür steht, aber umdreht, weil die Wohnung ein Schlachtfeld ist«, erklärt Mark tadelnd.

Er reibt tatsächlich die Räder meines Koffers mit einem Tuch ab, bevor er ihn weiterschiebt. Mein Cousin ist wirklich ein Putzteufel. *Seinen* Mr Perfect hat er bisher noch nicht gefunden, aber das liegt sicher nicht an irgendeiner Unordnung.

»Komm, ich habe dein Bett bezogen. Du kannst dich gleich schlafen legen. Oder …« Er zwinkert und deutet auf den offenen Wohnbereich.

Im Kamin brennt ein Feuer, auf dem Couchtisch stehen eine Flasche Whiskey und zwei Gläser.

»Ich liebe dich, das weißt du«, sage ich erleichtert.

»Klar, auf eine platonische Art liebe ich dich auch«, erwidert er. »Auch wenn du das falsche Geschlecht für mich hast.«

»Es wäre ohnehin platonisch, wir sind zu nahe verwandt«, erkläre ich mit einem Augenrollen.

»Ach«, er macht eine wegwerfende Handbewegung. »Ich bringe den Koffer an seinen Platz und dann öffnen wir die Flasche und reden.«

Bevor ich etwas sagen kann, ist Mark schon auf dem Weg in das Zimmer, das ab jetzt meines sein soll. Als Kind habe ich bereits dort geschlafen, allerdings war es damals wie ein Hotel für mich und kein Zuhause. Grandma ist mit mir hergeflogen, wenn Sommerferien waren, weil sie ihre alte Heimat vermisste. Meistens war Mark dann auch hier in der Wohnung, die viele Jahre leer stand und nur als Feriendomizil fungierte. Daher haben mein Cousin und ich eigentlich schon immer ein recht enges Verhältnis zueinander.

Trotzdem fühlt es sich seltsam an, hier zu sein, und ich frage mich einmal mehr, ob ich mich richtig entschieden habe. War es klug, meine Karriere als Anwältin aufzugeben, um einem Traum nachzujagen? Immerhin bin ich Anfang dreißig und war kurz davor, einen Sprung in die Führungsebene der Kanzlei zu machen.

Aber etwas hat sich nie stimmig angefühlt, während ich dort gearbeitet habe. Genauso wie meine Beziehung zu Dominik sich immer seltsam angefühlt hat. Und damit hatte ich ja auch recht, wie ich jetzt weiß.

»Irgendwann bleibt die steile Falte auf deiner Stirn«, reißt Mark mich aus meinen Gedanken und reibt mit seinem Finger die Haut glatt. »Wieso hast du dich noch nicht um den Whiskey gekümmert?«

»Entschuldige, ich bin ...«, beginne ich und schlucke, weil meine Stimme zu brechen droht.

»Ach, Darling«, murmelt Mark und bevor ich

weiß, was los ist, zieht er mich in seine Arme. »Du warst so mutig. Warum lässt du dich jetzt von Ängsten überrollen?«

»Ich weiß nicht«, nuschle ich an seinem T-Shirt.

Dabei weiß ich es sehr genau. Meine Eltern haben klar gesagt, was sie von meiner Idee halten, nicht mehr als Anwältin zu arbeiten. Dass ich auch noch Konditorin sein will, haben sie erst recht nicht verstanden. Und wenn Mark keine Bäckerei besitzen würde, hätte ich mich vielleicht nie getraut, es zu versuchen.

Mark hat mich ermutigt und dafür bin ich ihm dankbar. Er scheint der Einzige in der Familie zu sein, der mich versteht.

»Komm, kein Alkohol ist auch keine Lösung«, meint Mark leichthin, zieht mich zum Sofa und drückt mich in die weiche Polsterung. Dann macht er sich am Verschluss der Whiskeyflasche zu schaffen.

»Was, wenn ich vollkommen versage?«, spreche ich meine Ängste aus, während er die Gläser viel zu voll füllt.

»Unsinn«, meint er und hält mir eines hin. »Du hast doch mich. Reich wird man mit einer Bäckerei zwar nicht, aber man kann ganz gut davon leben. Vor allem wenn man keine Miete zahlt, weil man eine Großmutter hatte, die einem ein so schönes Appartement hinterlassen hat. Das ich zwar mit dir teilen muss, aber du hast mir noch nie etwas für die Nutzung berechnet und jetzt wohnst du ja auch hier.«

»Und dann sind da noch die Einnahmen durch die restlichen Bewohner«, werfe ich ein.

Uns gehört nämlich nicht nur diese Wohnung,

sondern auch alle anderen in dem Gebäude, und die Mietpreise in London sind unverschämt.

»Ja, die auch«, gesteht er grinsend. »Also, keine Sorge. Wir werden vermutlich nie verhungern, weil wir Vorräte in der Konditorei haben und fixe Einnahmen durch dieses Haus.«

Mark hebt mir sein Glas entgegen und ich ringe mir ein Lächeln ab, bevor ich mit ihm anstoße. Ja, der Start in mein neues Leben ist ziemlich gut abgesichert. Trotzdem frage ich mich, wie es mit mir weitergehen wird. Und während ich mir meine Zukunft ausmale, taucht das kantige Gesicht des Fremden in meinen Gedanken auf, obwohl ich es nicht will. Diese Augen haben es mir angetan und dann die Lippen …

Ob ich ihm wohl jemals wieder über den Weg laufen werde? Vermutlich nicht. Und das ist auch besser so.

KAPITEL 2 - HENRY

ie Schokolade, so sahen sie aus, schießt es mir durch den Kopf und ich stöhne, weil ich den Absatz im Vertrag erneut von vorne lesen muss.

Die Augen der Frau gestern haben mich so in ihren Bann gezogen, dass ich seit dem Aufstehen darüber nachdenke, welche Farbe sie besitzen. Dabei ist sie noch nicht einmal mein Typ. Ihre dunklen Haare waren businessmäßig aufgesteckt, ihre Kleidung eher leger und irgendwie hat sie auf mich wie ein verirrter Welpe gewirkt. Deswegen konnte ich sie nicht am Bahnhof stehen lassen und habe gewartet, bis sie tatsächlich zu einer Haustür gegangen ist, in die ihr Schlüssel gepasst hat.

Ich war skeptisch, weil sie nicht in einem Hotel abgestiegen ist, aber wie es scheint, kennt sie jemanden hier.

Mit einem weiteren Stöhnen werfe ich den

Vertrag auf den Tisch und reibe mit den Fingern über meine Nasenwurzel. Wieso mache ich mir eigentlich Gedanken wegen so etwas?

Es ist ja nicht so, als würde ich sie wiedersehen wollen. Auch wenn sie in der Nähe wohnt und mir nicht aus dem Kopf geht, habe ich mehr als genug andere Probleme, die wichtiger sind. Da wäre mein Termin in einer Stunde, bei dem ich eine außergerichtliche Einigung in einem Scheidungsfall erzielen will. Ich habe nämlich keine Lust, vor Gericht zu gehen, weil der Ex-Mann meiner Mandantin ein Arschloch ist und sie bluten lassen will. Vor Gericht wartet außerdem immer die Presse auf mich und diese Aasgeier sind heiß auf Informationen, seit ich mich von meiner Verlobten Cecile getrennt habe. Obwohl sie diejenige war, die fremdgegangen ist, schafft sie es, sich als Opfer darzustellen. Und natürlich will jeder die neue Frau an meiner Seite als Erstes ablichten, sobald es eine gibt, und mir unangebrachte Fragen zu meinem Privatleben stellen. Wie ich es hasse.

Ich will nicht vor Gericht, aber konzentrieren kann ich mich gerade auch nicht. Als mein Telefon läutet und der Name meiner Sekretärin aufleuchtet, bin ich einen Moment erleichtert.

»Was gibt es, Margy?«, frage ich, als ich abhebe.

Einen Atemzug schweigt sie, dann schnalzt sie mit der Zunge. »Da ist aber jemand übel gelaunt.«

Margy ist die einzige Person, der ich es durchgehen lasse, so mit mir zu sprechen. Sie steht kurz vor der Pensionierung und ist die liebenswürdigste Frau, die ich kenne. Außerdem ist sie die Einzige, die es schafft, meine ohnehin konfusen Termine unter Kontrolle zu halten und Bittsteller sowie Presseleute, die sich als Mandanten ausgeben, abzuwimmeln.

»Soll ich Ihnen einen Tee machen, Sir?«, fragt sie zuvorkommend.

»Sofern Sie ihn diesmal nicht mit Gin strecken«, erwidere ich.

»Aber Sir, das mache ich nicht, wenn Sie einen Termin mit einem gegnerischen Anwalt haben«, sagt sie entrüstet und mir entschlüpft ein Lächeln. »Nur wenn Ihre Tante anruft. Also … Eigentlich müsste ich Ihnen doch einen Tee mit Gin bringen.«

Ich stütze meine Stirn mit einer Hand und schließe einen Moment die Augen. »Was will Louisa?«

In Wahrheit ist sie nicht meine Tante. Sie ist die Schwester meines Großvaters, hat sich aber immer um mich gekümmert. Allerdings spielt sie in letzter Zeit zu oft mein Gewissen, erinnert mich an das Erbe, das ich irgendwann antreten muss, obwohl ich es nicht will. Weil ich das Leben, das ich jetzt führe, will. Ich möchte Anwalt für Familienrecht sein.

Seit jenem Tag, an dem Louisa vor meinem Studentenzimmer stand und mir mit tränenbenetztem Gesicht gesagt hat, dass ich mit ihr kommen solle, ist alles anders und das Leben, in dem ich nur Anwalt bin, befristet.

»Ms Cuttington ersucht Sie, mindestens zehn der Termine wahrzunehmen, die sie ausgewählt hat«, erklärt Margy. »Ich habe sie Ihnen gerade geschickt.«

Eine Mail poppt auf und ich sehe mir die Liste an. »Zehn von zwölf«, brumme ich.

»Ja, Sir«, erwidert sie kleinlaut. »Außerdem sind jene markiert, die Ihre Tante bereits bestätigt hat. An denen müssen Sie zugegen sein.«

Ich verziehe den Mund, weil das bereits sieben sind. »Wie viel Verhandlungsspielraum habe ich?«, will ich wissen.

»Gar keinen, Sir«, antwortet Margy. »Ihre Tante sagte klar, dass zehn Termine bereits ein Kompromiss sind.«

Ich weiß, dass Margy versucht hat, Louisa herunterzuhandeln. Margy mag nicht so aussehen, aber sie ist knallhart, wenn es darum geht, mir den Rücken freizuhalten. Vermutlich hat sie ewig mit meiner Tante diskutiert, um diesen *Kompromiss* zu erreichen.

»Schön, ich wähle die Termine aus und schicke sie Ihnen zurück«, brumme ich, weil mir wohl keine Wahl bleibt. »Noch etwas?«

»Nein, Sir. Ich bringe dann Ihren Tee.«

»Danke, Margy.«

Nachdem wir aufgelegt haben, gehe ich die Liste in Ruhe durch. Fest ausgewählt sind bereits Eröffnungen von Kunstgalerien und die eines neuen Krankenhausflügels, den meine Familie finanziert hat. Andere Dinge, zum Beispiel ein Charitylauf oder der Besuch einer Aufführung des Kinderballetts, sind noch frei. Aber alles wird von uns unterstützt. Was ich einmal mache, wenn Louisa mir nicht mehr helfen kann und ich Verantwortung für ein ganzes Herzogtum trage, weiß ich nicht. Sie hat das Organisatorische schon für meinen Großvater gemanagt, seit meine Großmutter verstorben ist. Und da mein Großvater immer mehr von seinen Verpflichtungen zurücktreten muss, bindet sie mich stärker ein.

Ich schicke Margy die ausgewählten Termine zurück und kurz darauf sind sie bereits in meinem Kalender eingepflegt. Einige überschneiden sich mit Mandantengesprächen, aber ich bin sicher, Margy kümmert sich darum, wie sie es immer tut.

Mein Blick wandert auf den Vertrag vor mir und ich schiebe ihn fort. Zuerst lenken mich die Augen einer Frau ab, die ich nicht wirklich kenne, und dann meine Großtante mit diesen Dingen, die ich so hasse.

Den Atem ausstoßend stehe ich auf und trete ans Fenster. Die Oxford Street ist heute ziemlich belebt, was mich nicht wundert. In etwas weniger als einem Monat ist Weihnachten und die Leute rennen herum, um ihr Geld auszugeben. Mir kann dieses Fest gestohlen bleiben. Seit Jahren ist es nur eine lästige Pflicht und bald wird es ohnehin niemanden mehr geben, mit dem ich feiern will.

Als mein Handy surrt, ziehe ich es aus der Hosentasche und drücke den Anruf weg. Wie jeden Tag versucht Cecile, mich anzurufen. Ich weiß nicht, ob sie sich Hoffnungen macht, weil Louisa sie dazu anhält, mich nicht aufzugeben, oder ob sie einfach noch Gefühle für mich hegt. Was mich betrifft, ist die Zuneigung, die ich einmal für sie empfunden habe, in dem Moment erloschen, als ich sie mit einem anderen Mann in *meinem* Bett erwischt habe. Wobei diese Beziehung in meinen Augen ohnehin nur aus Vernunft entstanden ist.

Das ist eigentlich eine gute Basis für eine Ehe,

würde man meinen. Vernunft, Zuneigung und Freundschaft. Aber wenn das Vertrauen fehlt … Tja.

Wieder wandern meine Gedanken zu der Frau von gestern. Vielleicht fasziniert sie mich so, weil sie nicht wusste, wer ich bin. Mich nicht anders behandelte, weil sie sich etwas erhofft hat. Sie war einfach ehrlich und das ist eine Eigenschaft, die nur die wenigsten Menschen in meinem Umfeld besitzen. Margy etwa. Und deswegen ist sie meine engste Vertraute und Verbündete.

Es klopft und meine Assistentin tritt ein. »Ihr Tee, Sir«, sagt sie und stellt die Tasse auf dem Schreibtisch ab.

Zumindest nehme ich das an, weil ich mich nicht zu ihr umdrehe. »Danke.«

»Kann ich sonst noch etwas für Sie tun?«

»Nein«, antworte ich. »Danke.«

Margy verlässt den Raum und ich ertappe mich dabei, wie ich meinen Blick über die Menschen schweifen lasse und nach dem hellbraunen Trenchcoat Ausschau halte, den die Unbekannte gestern trug. Was lächerlich ist. Diesen Mantel gibt es bestimmt Tausende Male und trotzdem kann ich mich nicht abwenden.

»Das wird kein gutes Ende nehmen«, murmle ich und kehre an meinen Tisch zurück, um mich noch einmal an den Vertrag zu setzen.

KAPITEL 3 - FINE

*E*s ist immer ein seltsames Gefühl, zu seinem neuen Arbeitsplatz zu gehen. Besonders, wenn man ihn davor noch nie betreten hat. Ich kenne Marks Bäckerei nicht, weil er sie erst seit drei Jahren betreibt. So lang habe ich es schon nicht mehr nach London geschafft. Aber jetzt ist es endlich so weit.

Mark hat mich am ersten Tag ausschlafen und in Ruhe auspacken lassen, wofür ich ihm wirklich dankbar bin. Nach dem zweiten randvollen Glas Whiskey war mein Kopf bleischwer und meine Augen haben vor Tränen gebrannt, weil ich mit ihm über all meine Ängste gesprochen habe. Wie Mark es geschafft hat, in der Früh aufzustehen und zu arbeiten, weiß ich nicht. Aber er verdient einen Orden dafür.

Auch heute, an meinem zweiten Tag in London, wollte er mich am Morgen noch nicht dabeihaben. Erst am Nachmittag hat er mich für meinen ersten

Arbeitstag in der Wohnung abgeholt und hergebracht. Weil er sich Zeit nehmen wollte, um mir alles
zu zeigen.

Die Bäckerei liegt in der Oxford Street nur ein
Stück von unserer Wohnung entfernt. Ich habe
geahnt, dass Mark sie liebevoll dekorieren wird, aber
das hier übertrifft all meine Erwartungen. Das
Schaufenster sieht aus, als wäre man in ein Märchen
gesprungen. In den Nussknacker vermutlich, denn
die Fassade ist rosa, auf der in goldenen Lettern
»Heavenly Cakes« steht. Jetzt ist sie zudem weihnachtlich geschmückt, mit grünen Girlanden voller
silberner und rosaroter Kugeln. An den Fenstern
stehen weiße Bäumchen, an denen Lebkuchenfiguren
hängen, und Häuschen voller Zuckerguss und
Perlen.

»Na, was denkst du?«, fragt Mark, der meinen
Arm hält.

»Es ist perfekt«, hauche ich. »Du bist ein
Künstler.«

»Genau wie du«, erwidert er. »Wenn deine Eltern
nicht so verbohrt wären, hättest du vermutlich bereits
ein Imperium wie Martha Stewart aufgebaut.«

Ich schmunzle. »Meinst du, ja?«

»Fine, ich kenne deine Torten und Pralinen von
meinen Besuchen bei dir und natürlich Instagram.
Sie alle sind echte Kunstwerke. Nur deswegen habe
ich dich ermuntert herzukommen. Weil du eine Gabe
besitzt«, erklärt er und zum ersten Mal wirkt Mark
ernst. »Lass sie nicht verkommen, nur weil jemand
deine Magie nicht erkennt und dich in eine andere
Richtung drängen will.«

Ich presse meine Lippen zusammen, die zu beben begonnen haben. »Danke«, bringe ich heraus.

Mark lächelt mir zu und führt mich hinein. Der Laden ist voll, an den Tischen sitzen Leute mit Kaffee, Tee und heißer Schokolade sowie Kuchenstücken. Vor der Theke wartet eine Schlange darauf, sich mit Gebäck zu versorgen.

»Das Geschäft läuft offensichtlich gut«, meine ich, während wir Jen zuwinken, die im Verkauf aushilft, sonst aber Kellnerin ist.

»Weihnachten ist immer eine gute Zeit«, entgegnet Mark stolz. »Von Oktober bis zum ersten Weihnachtstag machen wir etwa den doppelten bis dreifachen Umsatz der restlichen Monate.«

»Wow«, gebe ich von mir und betrachte noch einmal den Verkaufsraum, bevor wir in der Backstube verschwinden.

Sie ist überschaubar, aber so ordentlich, wie ich es von Mark gewohnt bin. Alles glänzt und selbst der Fußboden sieht aus, als könnte man von ihm essen.

»Normalerweise backen wir in der Früh, aber in der Weihnachtszeit haben wir Sonderbestellungen, die wir tagsüber abarbeiten«, erklärt er. »Deine Kreationen würde ich erst einmal nur probeweise anbieten. Um zu sehen, was die Leute annehmen.«

»Einverstanden«, ringe ich mir ab.

Irgendwie bin ich enttäuscht. Ich dachte, ich könnte mich hier austoben. Aber natürlich muss Mark wirtschaftlich denken. Das leuchtet mir ein.

»Morgen haben wir eine kleine Vorweihnachtsveranstaltung«, reißt mein Cousin mich aus den Gedanken. »Wir backen mit Kindern für einen guten

Zweck. Dafür brauchen wir jede Menge Lebkuchen und Mürbteig. Hilfst du mir dabei, alles vorzubereiten?«

»Klar, solche Teige mache ich am liebsten«, verkünde ich und krempele die Ärmel hoch.

»Nein, nein«, hält Mark mich streng davon ab, die Zutaten zu holen. Er führt mich zurück Richtung Verkaufsraum und bleibt vor einer Tür stehen. »Das ist unser Büro und die Umkleidekabine. Da drinnen warten eine Kochjacke und Hosen auf dich. In meiner Backstube herrscht Ordnung.«

»Ja, Sir«, erwidere ich und salutiere.

Mark bricht in Gelächter aus, dann scheucht er mich in den Raum. So aufgeräumt die Backstube ist, so chaotisch wirkt hier alles. Ordner quellen über, lose Zettel liegen auf dem Tisch und der Computer stammt vermutlich noch vom Vorbesitzer, der ihn in den 1980ern angeschafft hat. Dafür liegt meine Kleidung fein säuberlich auf einem Stuhl. Schnell ziehe ich sie an und kehre in die Backstube zurück.

»Du brauchst wohl Hilfe bei der Buchhaltung«, meine ich, während ich die Tür schließe.

»Ja, das ist der Grund, warum du am Anfang nur nachmittags backen wirst«, gesteht Mark.

»Aha.« Ich rümpfe die Nase und er setzt den Dackelblick auf, zu dem ich nicht Nein sagen kann. »Gut, ich kümmere mich darum.«

»Danke, Darling.« Er seufzt erleichtert und deutet auf die Zutaten, die er bereits hergerichtet hat.

»Grandmas Rezept«, hauche ich, als ich sie betrachte. Unsere Großmutter hat ihr Lebkuchengewürz immer selbst gemischt. Neben den klassischen

Zutaten wie Zimt, Nelke, Kardamom und Muskat hat sie noch Vanille und Kakaoraspel hineingegeben.

»Natürlich, Traditionen sind wichtig«, erwidert Mark ergriffen.

Ich taste nach seiner Hand. »Sie fehlt mir.«

Erinnerungen kommen hoch. An die ersten Weihnachtsplätzchen, die ich mit Grandma gebacken habe. Sie hat mich immer ermuntert, meinem Bauchgefühl zu vertrauen, sowohl beim Backen als auch im Leben. Ich habe so viel von ihr gelernt und wünschte mir, sie wäre heute hier und würde mir sagen, ob meine Entscheidung richtig war.

Meine Kehle wird eng und ich blinzle gegen die Tränen an. Grandma hätte mich verstanden oder mir zumindest nicht das Gefühl gegeben, verrückt geworden zu sein.

»Mir auch«, murmelt Mark, drückt meine Hand und seufzt dann. »Komm, wir haben viel zu tun.«

Ich nicke und beginne, die Gewürze zu wiegen und zu mischen, während Mark Butter mit Honig schmilzt. Lebkuchenteig muss über Nacht ruhen, damit man ihn gut verarbeiten kann, genau wie Mürbteig. Wir machen mindestens zwanzig Kilo von beidem und ich frage mich, wer das alles ausstechen und verzieren soll. Aber es macht Spaß und ich hoffe, dass auch die Kinder ihre Freude daran haben werden.

Der Laden ist längst geschlossen, als wir fertig sind. Nur Jen ist noch da, mit einer Tasse Kakao für jeden von uns. Während wir Teig gemacht haben, hat sie hier die Tische zusammengeschoben und schon Ausstechformen, Zuckerguss und Verzierungen darauf verteilt. Kleine Schürzen hängen über den Stühlen und Kochmützen liegen darauf.

»Ihr nehmt das richtig ernst«, sage ich mit einem Schmunzeln.

»Die Kinder, die morgen kommen, hatten ein schweres Jahr«, erklärt Jen.

Mark nickt. »Es gibt viele Familien, die sich kein richtiges Weihnachtsfest leisten können. Da helfen wir zumindest mit ein paar Keksen aus.« Er seufzt. »Es ist nicht viel, aber ein kleiner Lichtblick für die Kinder.«

»Dann finde ich es umso schöner, dass wir das hier machen«, verkünde ich.

»Also hilfst du auch bei der Kinderbetreuung?«, will mein Cousin wissen.

»Klar, auch wenn ich mit Kindern nicht viel Erfahrung habe.«

Mein Mund wird bei den Worten trocken und ich berühre verstohlen meinen Bauch. Dann lasse ich die Hand sinken und hoffe, niemand hat etwas bemerkt.

»Haben wir alle nicht«, meint Jen mit einem Zwinkern. »Wird schon schiefgehen.«

»Aber du musst einen hässlichen Weihnachtspullover anziehen und gestreifte Strümpfe zu einem Rock«, fügt Mark hinzu. »Immerhin wollen wir Weihnachtsstimmung verbreiten.«

»Mit einem hässlichen Weihnachtspullover?«, brumme ich. »Aber einverstanden. Wenn du auch einen trägst.«

»Klar.« Mark zwinkert und ich habe das Gefühl, dass sein Pullover nicht halb so hässlich sein wird wie meiner.

Wir trinken den Kakao aus und schließen den Laden ab, als wir gehen. Auf dem Heimweg bleibe ich immer wieder stehen und sehe mir die Auslagen der Geschäfte an. Wobei ich eher die Menschen mustere, die noch auf den Straßen unterwegs sind. Was absolut schwachsinnig ist, aber irgendwie ... hoffe ich, dem Fremden von vorgestern zu begegnen.

»Du hast Montag einen freien Tag«, sagt Mark, der ungeduldig klingt. »Dann kannst du shoppen.«

»Das ist es nicht«, erkläre ich kleinlaut und schiebe meine Hände in die Jackentaschen.

»Sondern?«

»Nichts«, murmle ich.

Ich muss meinem Cousin nicht von dem gut aussehenden, aber emotionslosen Typen erzählen, der mich bei meiner Ankunft mehr oder weniger gerettet hat. Mark würde nämlich darauf bestehen, dass wir ihn suchen, nur damit er ihn bewerten kann. Sollte er ihm gefallen, würde er mit mir Pläne schmieden, um ihn aufzureißen. Weil Mark natürlich nicht weiß, wie wenig ich gerade jetzt einen Mann in meinem Leben will.

»*Nichts* sieht aber anders aus«, meint Mark und grinst. »Hältst du nach Mr Perfect Ausschau?«

»Lass gut sein«, weiche ich aus und beschleunige meine Schritte.

Nachdem wir die Wohnung betreten haben, gehe ich gleich in mein Zimmer, aber Mark folgt mir natürlich.

»Was ist los?«, will er wissen. »Wieso reagierst du so auf meine kleine Stichelei? Ich dachte, du bist über diesen Mistkerl Dominik hinweg.«

»Bin ich auch«, schnaube ich.

Dominik und ich sind seit Monaten getrennt. Den Grund kennt Mark allerdings nicht. Er denkt, Dominik sei fremdgegangen. Wenn es nur das gewesen wäre …

»Na, warum bist du dann so sauer?«, hakt er mit in die Hüften gestemmten Fäusten nach.

»Ich will einfach nicht über Männer nachdenken«, erkläre ich. »Für die nächsten zehn Jahre habe ich davon die Schnauze voll.«

Mark seufzt theatralisch. »Zehn Jahre ist ziemlich lang«, meint er schließlich. »Dann bekommst du nur die ab, die keiner will.«

»Manchmal nicht lang genug«, entgegne ich. »Und dabei würde ich es gerne belassen.«

»In Ordnung, aber falls du doch reden willst … findest du mich in der Küche, wo ich Abendessen für uns mache.«

Damit verlässt Mark mein Zimmer und ich stoße den Atem lang gezogen aus. Wieso habe ich überhaupt nach diesem Fremden Ausschau gehalten? Er war arrogant und kalt, auch wenn er mir geholfen hat. Und er war sexy und elegant und zuvorkommend … Ich reibe mir über die Schläfen. So jemanden brauche ich nicht in meinem Leben. Und davon lasse ich mich auch nicht abbringen.

Am nächsten Tag fühle ich mich alles andere als fit, weil ich vor Aufregung kaum geschlafen habe. Mark und ich müssen heute zwar erst um sieben Uhr in der

Bäckerei sein, trotzdem kommt es mir vor, als wäre ich gerade erst ins Bett gefallen.

Zum Glück ist Jen da, versorgt uns mit Kakao und herzhaftem Frühstück, während wir backen und die Teige portionieren.

Um neun Uhr geht es dann los und die ersten Kinder stürmen mit ihren Eltern den Laden. Mark, Jen und ich geben uns alle Mühe, ihnen zu helfen und einen unvergesslichen Tag zu bereiten. Es ist schön zu sehen, dass ihnen das Ausstechen und Dekorieren Freude macht und Lächeln auf ihre Gesichter zaubert, während Weihnachtslieder erklingen und es nach Zucker und Zimt duftet.

Wobei die Kleinen vermutlich am meisten über meinen Pullover lachen, denn Mark hat mich mit einem rot-weiß gestreiften Teil mit riesigem Rentierkopf ausgestattet. Und die rote Nase in der Mitte ist mit einer Glühbirne versehen, leuchtet also hell auf. Ich bin froh, dass die Kinder das hauptsächlich süß finden, sonst wäre ich auf Mark, der einen ziemlich schlichten grünen Pullover mit einer Schneeflocke trägt, richtig sauer.

Gegen Mittag wird mein Cousin nervös und verschwindet im Büro. Als er rauskommt, trägt er seinen Mantel.

»Du musst kurz ohne mich klarkommen«, raunt er mir zu.

»Was?«, quietsche ich und sehe mich um. »Hier sind mindestens fünfzehn Familien. Jen und ich schaffen das zu zweit nicht.«

»Ich bin nicht lange weg, aber ich muss etwas erledigen«, entgegnet Mark. »Es ist wichtig. Bitte,

Fine. Ich würde dich hier nicht allein lassen, wenn es anders ginge.«

Ich beiße mir auf die Unterlippe, dann nicke ich. »Schön.«

Er gibt mir einen Kuss auf die Wange. »Danke. Du bist ein Engel.«

Bevor ich noch etwas sagen kann, stürmt Mark aus dem Geschäft, als wäre der Teufel persönlich hinter ihm her. Lang kann ich ihm nicht nachsehen, denn die Kinder fordern all meine Aufmerksamkeit.

Während ich Schokoladendrops als Schneemannknöpfe in den Teig drücke, stellen sich meine Nackenhaare auf. Irgendetwas braut sich über mir zusammen. Ich bin nur noch nicht sicher, was.

KAPITEL 4 - HENRY

*A*uf dem Weg zu einem meiner Termine, die Louisa mir befohlen hat, läutet mein Handy. Ich will den Anruf wegdrücken, doch dann sehe ich den Namen meiner Tante auf dem Display, bleibe stehen und hebe ab.

»Tante Louisa, was verschafft mir die Freude? Willst du kontrollieren, ob ich mich vor dem Termin drücke?«

Einen Moment ist es still, dann räuspert sich meine Tante. »In Anbetracht der Tatsache, dass ich dich meistens zwingen muss, solche Verpflichtungen zu übernehmen … Wundert es dich?«

»Wie du hören kannst«, sage ich so ruhig wie möglich, »befinde ich mich mitten auf der Oxford Street, um deinen Wunsch zu erfüllen und einen Scheck zu überreichen.«

»Wunderbar«, meint sie. »Du trägst hoffentlich einen vornehmen Anzug?«

»Ich komme aus dem Büro«, erwidere ich ein wenig gereizt. »Natürlich trage ich einen Anzug. Aber ich wüsste nicht, wieso das von Bedeutung wäre.«

»Nun, es wäre möglich, dass ein Fotograf und ein Reporter auf dich warten«, erklärt sie.

Ich kneife die Augen zusammen und atme dreimal tief durch. Das hat sie nicht wirklich getan, oder? Sie weiß, wie sehr ich die Presse hasse. Während ich versuche, mich wieder zu beruhigen, fährt meine Tante fort.

»Das ist erst der Beginn einer Reihe von Verpflichtungen, die du wahrnehmen musst, und du hast dich lange aus dem öffentlichen Leben zurückgezogen. Bis vor Kurzem konnte ich noch behaupten, es läge am Liebeskummer, aber irgendwann zieht diese Ausrede nicht mehr.«

»Du weißt sehr genau, dass es keinen Liebeskummer gibt.« Ich muss mir Mühe geben, nicht zu knurren, denn die Einmischungen meiner Tante nehmen langsam überhand. »Und ich wäre dir dankbar, wenn du Cecile nicht weiter ermutigen würdest, um mich zu kämpfen. Um ehrlich zu sein, bin ich froh, dass wir unsere Verlobung gelöst haben.«

»Sie ist eine Lady und wäre die richtige Frau an deiner Seite«, entgegnet Louisa in herablassendem Tonfall. »Besonders wenn du bald der …«

»Ich weiß, was ich bald sein werde«, unterbreche ich sie scharf. »Und nur um Großvaters willen bin ich bereit, all das mitzumachen, was du dir überlegst. Damit er sich nicht auch noch darum sorgen muss. Aber wen ich heirate und wen nicht, wird immer meine Entscheidung sein. Also hör auf, Cecile anzustacheln. Mach ihr lieber klar, dass sie aufgeben und sich jemand anderen suchen soll.«

Ohne auf eine Antwort zu warten, lege ich auf. Meine Finger schließen sich viel zu fest um das Handy und es wundert mich, dass es nicht laut knackt. Bevor ich es zerstöre, stecke ich es ein und setze meinen Weg fort.

Auf Begleitschutz habe ich bewusst verzichtet. Solange es möglich ist, möchte ich ein gewöhnliches Leben führen. Deswegen hasse ich es, von der Presse abgelichtet zu werden. Weil mich dadurch irgendwann jeder auf der Straße erkennen wird. Nicht dass ich so bekannt wäre wie die Königsfamilie, aber ich habe jetzt schon keine Lust, mich mit Bittstellern oder Groupies herumzuschlagen.

Mit einem unangenehmen Knoten im Magen bringe ich den Rest der Strecke hinter mich. Louisa hätte mich vorwarnen können. Der einzige Grund, warum ich diesen Termin gewählt habe, ist der, dass in der Beschreibung nichts von Presse stand. Da hat sie mich mal wieder überrumpelt.

Bei der von Margy notierten Adresse bleibe ich stehen und betrachte das Kunstwerk in Rosa. An dieser Bäckerei laufe ich jeden Tag vorbei und fand sie immer etwas zu kitschig, obwohl der Duft, der aus dem Inneren strömt, mich öfter fast hineingelockt hätte. Aber ich kenne mich. Wenn ich einmal mit Süßkram beginne, höre ich nicht damit auf, ihn zu essen, und irgendwann gleicht mein Sportprogramm die zusätzlichen Kalorien nicht mehr aus. Genügsamkeit war nie meine Stärke.

»Eure Lordschaft«, reißt mich eine Stimme von dem Anblick der Bäckerei los.

Zwei Männer in verknitterten Trenchcoats stehen vor mir. Einer hält eine Kamera in der Hand, der andere sein Handy. Um ihre Hälse baumelt jeweils ein Presseausweis. Zumindest tarnen sie sich nicht wie viele andere Aasgeier ihres Berufsstands.

»Wir sind vom Daily …«

»Unwichtig«, unterbreche ich den Mann mit dem Handy. »Ich hole den Eigentümer heraus, dann machen Sie Ihre Fotos und dürfen zwei Fragen stellen.«

»Zwei Fragen? Aber …«

»Das ist mein letztes Wort«, verkünde ich und lasse die Männer zurück.

Ich habe keine Lust, hier Rede und Antwort zu stehen. Zwei Fragen kann ich irgendwie hinter mich bringen. Und falls sie weitermachen, habe ich durch die Scheckübergabe eine Ausrede, die mir hilft, sie zu unterbrechen. Alles perfekt durchdacht.

Mein Plan bekommt allerdings Risse, als ich *sie* sehe. Zwar trägt sie ihre dunkelbraunen Haare heute zu einem Pferdeschwanz zusammengebunden und einen abscheulichen Pullover mit genauso hässlichen Strumpfhosen. Aber ich erkenne sie sofort. Die Frau vom Bahnhof. Die, deren Augenfarbe mich auch heute noch beschäftigt.

Mein Mund wird trocken, während ich sie dabei beobachte, wie sie mit Kindern Lebkuchenmänner dekoriert. Sie lächelt mit ihren knallrot geschminkten Lippen und scheint etwas zu erklären. Das beschleunigt meinen Puls auf verwirrende Art.

Verflucht, warum muss sie ausgerechnet hier arbeiten?

Die Hand, die ich an die Klinke gelegt habe, bebt leicht. Wieso macht sie mich so nervös? Das hier ist etwas Geschäftliches und umkehren geht nicht. Also öffne ich die Tür und trete in den Raum, der nach Zimt und Schokolade duftet.

Zuerst beachtet mich niemand, weil die Kinder mit ihren Keksen beschäftigt und die beiden Frauen, die ihnen helfen, vollkommen auf sie konzentriert sind. Erst als ich auf die zweite Frau zugehe, die vermutlich ebenfalls hier arbeitet, scheint sie mich wahrzunehmen. Auch sie trägt einen abscheulichen Pullover mit einem weihnachtlichen Motiv darauf und ihre Augen werden erstaunlich groß, als ich vor ihr stehen bleibe.

»Ich suche den Geschäftsführer«, sage ich und versuche, dabei nicht wie ein Mafiaboss zu klingen.

Das wirft Margy mir oft vor. Sie behauptet, ich schüchtere Leute ein. Und wenn ich mir die Frau vor mir so ansehe, glaube ich langsam, sie könnte recht haben. Denn kaum habe ich den Satz vollendet, reißt sie die Augen noch weiter auf und stammelt etwas, das ich nicht verstehe. Dann räuspert sie sich und nickt.

»Mr Bishop ist gerade nicht hier, aber seine Cousine ist sozusagen die zweite Geschäftsführerin«, erklärt sie kaum hörbar und deutet – wie könnte es anders sein? – auf die Frau im gestreiften Rentier-pullover.

Sie hastet voraus, tippt ihr auf die Schulter und flüstert ihr etwas ins Ohr. Es grenzt an ein Wunder, dass die andere Frau nicht vom Stuhl kippt, so schnell, wie sie sich umdreht, um mich anzusehen. Ihr Gesicht war vorher schon blass, aber jetzt erinnert es an einen Geist. Und die roten Lippen stechen noch mehr hervor, als wollten sie mich verlocken, etwas Unüberlegtes zu tun. Ob sie so verführerisch schmecken, wie sie aussehen?

Gott, woran denke ich da gerade?

Endlich steht die Frau auf, die ich schon viel zu lange anstarre, und kommt langsam auf mich zu. »Sie«, ist alles, was sie sagt.

»Ich«, erwidere ich und betrachte ihr Outfit. Wer auch immer es ausgesucht hat, wollte wohl, dass sie lächerlich aussieht. Und trotzdem … finde ich sie hinreißend.

Bevor meine Gedanken weiter in eine völlig unpassende Richtung abdriften, ziehe ich den großen Scheck für das Foto aus meinem Mantel. »Die Stiftung meiner Familie möchte dem ›Heavenly Cakes‹ eine Spende für dieses Projekt zukommen lassen«, verkünde ich und hoffe, es klingt feierlich genug.

Sie zögert, dann will sie die Hände danach ausstrecken, doch ich schüttle den Kopf.

»Sie müssen mit mir hinausgehen und ein Foto machen«, erkläre ich und merke selbst, wie brummig ich klinge.

»Was?«, fragt sie und blickt an sich hinab. »Aber ich sehe aus wie eine Weihnachtselfe.«

»Ich weiß«, entgegne ich.

»Und ich habe sicher überall Mehl und Zuckerguss und …«

Mit einem Schnauben ziehe ich ein frisches Stofftaschentuch aus meinem Mantel und wische ihr behutsam die Krümel von der Wange. Sie erstarrt und mir wird bewusst, dass ich mich vollkommen unangemessen ihr gegenüber verhalte. Um mich zurückzuziehen, ist es zu spät und eine Entschuldigung wäre irgendwie seltsam.

»Jetzt sind Sie vorzeigbar«, verkünde ich deswegen und räuspere mich, während ich das Taschentuch wieder einpacke.

Sie sieht sich verstohlen um und ich ahne, dass sie nach einem Fluchtweg sucht. Bevor sie also ihren Plan in die Tat umsetzt und fortläuft, umfasse ich ihren Ellbogen und ziehe sie so sanft wie möglich Richtung Tür.

»Hören Sie, das muss doch anders gehen«, sagt sie flehentlich. »Mein Cousin wird bald zurück sein, er musste nur etwas erledigen, und …«

»Mein Terminplan ist recht voll«, falle ich ihr ins Wort. »Und mein Besuch wurde angekündigt. Ich bin pünktlich und damit haben Sie jetzt die Ehre, auf dem Foto zu landen.«

Ich muss sie nicht ansehen, um zu wissen, dass sie das nicht als Ehre empfindet. Und ich kann sie durchaus verstehen. Trotzdem, ich will das hinter mich bringen, auch wenn es ihr nicht gefällt und sie vermutlich – vollkommen zu Recht – sauer auf mich ist.

»Meine Herren«, sage ich draußen, während ich den Scheck entfalte und meiner unfreiwilligen Partnerin hinhalte. »Wir können beginnen.«

Jetzt drücke ich der Frau das Papier in die Hand und stelle mich in angemessenem Abstand zu ihr hin. Die zwei Männer betrachten uns verwundert, bis ich mich räuspere. Dann hebt der eine seine Kamera an.

»Sehen Sie bitte beide zu mir und lächeln Sie«, fordert der Fotograf.

Ich ringe mir ein Lächeln ab und weiß, dass es gekünstelt wirkt. Innerlich verkrampfe ich mich, als die Frau näher an mich herantritt, weil sie ihren hässlichen Pullover hinter dem Scheck verstecken will. Aber ich rühre mich nicht, denn ich kann sie verstehen. Am liebsten würde ich mich jetzt auch irgendwo verbergen. Oder sie an mich ziehen und mit ihr türmen.

Verdammt, was ist nur in mich gefahren?

»Warum die Spende an eine Bäckerei?«, fragt der Mann mit dem Handy, der damit wohl das Gespräch aufnimmt, während sein Kollege knipst.

»Es ist eine wunderbare Sache für die Nachbarschaft und Familien«, erwidere ich mit erstarrter Miene.

Die Frau neben mir gibt ein Schnauben von sich und ich riskiere einen Blick in ihr Gesicht, das zu einem verkrampften Lächeln verzogen ist. Irgendwie fühle ich mich schuldig, sie in diese unangenehme Situation gebracht zu haben.

»Gibt es bei Ihnen zu Weihnachten auch Kekse?«

Eine blödere Frage ist ihm wohl nicht eingefallen. »Nein«, entgegne ich knapp. »Das waren Ihre zwei Fragen.«

»Aber ...«

»Ich muss mit der Geschäftsführerin jetzt noch etwas klären«, unterbreche ich den Reporter, lasse den Scheck sinken und berühre dafür die Schulter der Frau. »Schönen Tag noch, meine Herren.«

Sanft schiebe ich die Geschäftsführerin in die Bäckerei zurück. Dabei fällt mir das Namensschild an ihrem Pullover auf, das ein Stück über dem Rentiergeweih angebracht ist. »Fine« steht darauf. Ich bin mir aber ziemlich sicher, dass man ihren Namen nicht »Fein« ausspricht, also wie das englische Wort für »gut«.

»Haben Sie so etwas wie ein Büro, wo ich Ihnen den richtigen Scheck ausstellen kann?«, frage ich, als wir wieder im Inneren sind.

Wortlos nickt sie und führt mich zwischen den lachenden Kindern und den Kekskrümeln hindurch. Dann öffnet sie eine Tür, schaltet das Licht an und geht hinein.

Berge von Zetteln und unordentlichen Aktenordnern empfangen mich. Der Raum besitzt kein Fenster und es riecht ein wenig muffig. Ganz anders als in der Bäckerei, wo alles weihnachtlich duftet.

»Sie brauchen dringend Hilfe bei Ihrem Ablagesystem«, spreche ich das Offensichtliche aus, während ich die Tür schließe.

»Mein Cousin hat mir erst gestern erklärt, dass ich mich darum kümmern soll«, entgegnet sie ein wenig schnippisch. Und irgendwie reizt mich das an ihr gerade besonders. »Aber wenn Sie Angst haben, dass Ihr Scheck hier verschwindet, Mr …«

»Lancaster«, helfe ich ihr aus. »Henry Lancaster. Und Sie sind?«

»Fine Wagner«, stellt sie sich vor.

Ah, man spricht ihren Namen also wirklich nicht englisch aus. Immerhin.

»Ist das ein üblicher Name in Österreich?«, hake ich nach. Woher das Interesse kommt, weiß ich nicht, vielleicht liegt es an dem außergewöhnlichen Klang. Oder an der Art, wie ihr Blick sich ändert, wenn ich mit ihr rede.

»Also, eigentlich ist es eine Abkürzung von ›Josefine‹. Ich bin nach meiner Großmutter benannt und damals war das vielleicht ein passender Name, aber heute nicht mehr. ›Josi‹ hat mir nicht gefallen und irgendwann hat man mich Fine gerufen«, plappert sie los, bis sie eine Hand vor ihre knallroten Lippen hält. »Entschuldigung, ich rede zu viel, wenn ich nervös bin.«

»Ist mir aufgefallen«, murmle ich.

»Sie sind aber auch einschüchternd, so groß, wie Sie sind.«

»Ich bin gerade mal sechs Fuß und vier Zoll groß«, werfe ich ein.

»Und im metrischen System wären das …«

»Einsdreiundneunzig.« Ich atme geräuschvoll aus, obwohl mich ihre Frage belustigt.

»Oh«, macht sie nur und knetet ihre Hände.

Um uns beide nicht länger zu quälen, stelle ich den Scheck aus, ziehe zwei Zettel aus meiner Manteltasche und halte sie ihr hin. Dabei steigt mir ihr Parfum in die Nase und mit einem Mal will ich mein Gesicht in ihrem Haar vergraben. Mit mir stimmt doch etwas nicht. »Bitte unterschreiben Sie das, als Bestätigung, dass Sie den Scheck erhalten haben.«

Sie nimmt die Seiten entgegen und beginnt, sie durchzulesen.

»Die Unterschrift ist am Ende der letzten Seite notwendig«, erkläre ich ungeduldig, weil ihre Nähe mich nervöser macht, als sie sollte.

»Ich sehe es mir trotzdem genau an«, murmelt sie. »Ist eine Angewohnheit, ich bin … war Anwältin mit Spezialisierung auf Wirtschaftsrecht. Und unterschreibe nie etwas, ohne es zu lesen.«

Ich hebe eine Augenbraue. »Tragen alle Anwälte in Österreich rot-weiß gestreifte Pullover mit blinkenden Rentieren darauf?«

Keine Ahnung, warum ich so mit ihr rede, aber etwas an ihr reizt mich dazu, sie zu triezen.

Fine hebt den Blick und ein kampflustiges Funkeln erscheint in ihren Augen, das meinen Körper in Flammen aufgehen lässt. »Wow, mit einem Satz haben Sie nicht nur mich, sondern ein ganzes Land beleidigt.«

Sie lässt das Papier sinken und verschränkt die Arme vor der Brust, wohl um den Rentierkopf zu verdecken. Verdammt, jetzt ist dieses hässliche Ding nicht mehr zu sehen und alles in mir drängt mich dazu, sie zu berühren.

»Sagen Sie, halten Sie sich generell für etwas Besseres oder liegt es an mir, weil ich keine Britin bin? Denn wissen Sie …«

Weiter lasse ich sie nicht sprechen. Mit zwei schnellen Schritten bin ich bei ihr, schiebe sie gegen die Wand und stütze einen Arm neben ihrem Kopf ab. Ihre Augen sind weit aufgerissen und sie starrt mich an. Zwar lasse ich ihr dennoch die Möglichkeit zu fliehen, aber sie bleibt einfach stehen. Nur ihr Brustkorb hebt und senkt sich, während ich mich zu ihr beuge und meine Lippen dieses verführerische Rot berühren.

Für gewöhnlich mache ich so etwas nicht, aber diese Frau reizt mich so unglaublich, dass ich alle Bedenken und Zurückhaltung über Bord werfe. Und die Wärme ihrer Lippen belohnt mich dafür, genauso wie ihr Geschmack nach Zimt und Zucker. Fast wie das Versprechen einer kleinen Köstlichkeit.

Die Zettel landen geräuschvoll auf dem Boden und ich erwarte, dass sie die Hände hebt, um mir eine zu knallen. Stattdessen schiebt sie ihre Finger in meinen Nacken und fährt durch meine Haare. Dann öffnet sie ihren Mund für mich und erlaubt mir, ihn zu erkunden. Sie stöhnt leise und ich ziehe sie von der Wand zurück, lege meine Hände an ihre Taille und stöhne selbst, als sie sich an mich drückt.

Als hätte sie alle Scheu verloren, tastet ihre Zunge meine ab und entlockt mir einen kehligen Laut. Meine Finger streichen über den kratzigen Saum des Rentierpullovers. Und ich schwöre, wenn sie so weitermacht, werde ich das tun, was ich schon vorhin hätte tun sollen: ihr das hässliche Ding vom Leib reißen.

KAPITEL 5 - FINE

*M*eine Finger streichen durch sein Haar und ich schiebe mich noch enger an ihn. Was ist nur in mich gefahren, dass ich einen wildfremden Mann *so* küsse? Ich meine ... das ist kein schüchterner erster Kuss, das ist ein Inferno aus aufgestautem Verlangen und Sehnsucht.

Und verdammt, dafür, dass ich mir einreden wollte, er wäre kühl und arrogant, küsst der Mann unglaublich gut. Mit so einem Kuss könnte er glatt einen Wettbewerb gewinnen. Seine Zunge ist fordernd und zärtlich zugleich und sein Körper ... Gott, was ist nur mit mir los?

Alles in mir will noch mehr von ihm, will, dass er die Akten auf dem Tisch herunterfegt und mich stattdessen darauflegt. So bin ich doch sonst nicht.

Und trotzdem dränge ich mich enger an ihn und keuche, als seine Hand tiefer wandert, bis sie nicht länger an meiner Taille liegt, sondern an meinem

Hintern. Wie von selbst hebe ich das Bein und er macht genau das, was ich mir wünsche. Er zieht mich zu sich und presst seine Finger in mein Gesäß, damit ich mein Bein um seine Hüfte schlingen kann. Dann gibt er dieses göttliche Stöhnen von sich, das all meine Bedenken fortspült.

Als er dann auch noch meine Zunge mit seiner umspielt, ist es um mich geschehen. Dieser Kuss verbrennt mich und gleichzeitig löst er etwas in mir aus, womit ich nie gerechnet hätte. Ich will diesen Mann so sehr, dass es schon fast wehtut.

»Fine, es tut mir leid, ich … Heilige Scheiße«, entfährt es Mark.

In dem Moment, als ich seine Stimme wahrnehme, stoße ich Mr Kusswettbewerbssieger von mir und ringe um Atem. Ich starre Mark an, dessen Blick zwischen mir und Mr Lancaster hin- und hergleitet, bevor er sich räuspert.

»Mann, die letzten zehn Jahre sind aber wie im Flug vergangen«, sagt er mit einem Grinsen, bevor er sich Mr Lancaster zuwendet.

Auch ich beobachte ihn, wie er sich mit beiden Händen durch die Haare fährt und dann an seiner Krawatte herumzupft. Allerdings richtet er sie nicht wirklich. Ich glaube, er braucht einfach etwas, um seine Finger zu beschäftigen. Wie ich ihn gerade darum beneide … Ich streiche zwar die Falte in meinem Pullover glatt, aber das dauert nicht ansatzweise so lang, wie eine Krawatte zu richten, und lenkt auch nicht so richtig ab.

»Verzeihen Sie mir, Eure Lordschaft, dass ich

nicht hier war«, meint Mark schließlich, da wir beide kein Wort sagen.

Moment ... Lordschaft?

»Aber meine Cousine scheint mich würdig vertreten zu haben«, fährt er fort und wirft mir wieder ein blödes Grinsen zu.

»In der Tat«, ringt Mr Lancaster sich ab.

Er macht einen Schritt auf mich zu und alles in mir beginnt zu kribbeln. Dann beugt er sich jedoch hinab und hebt die beiden Zettel auf, die ich fallen gelassen habe. Ohne mich eines Blickes zu würdigen, geht er auf meinen Cousin zu.

»Wenn Sie mir hier bitte den Erhalt der Spende quittieren würden ...«

»Natürlich«, stimmt Mark eifrig zu, zieht einen Stift aus seiner Hosentasche und kritzelt auf dem Papier herum. »Ich will auch gar nicht länger stören und lasse Sie beide nun allein ...«

»Das wird nicht nötig sein, ich habe noch andere Verpflichtungen«, unterbricht Mr Lancaster ihn und sieht mich immer noch nicht an. »Danke für Ihren Einsatz für die Allgemeinheit, Mr Bishop.« Jetzt dreht er mir doch sein Gesicht zu und seine Augen huschen einen kurzen Moment über mich, bevor er sich wieder abwendet. »Madam.«

Damit geht er fort und verschwindet aus dem Laden. Obwohl draußen Kindergelächter erklingt und Mark vor mir steht, fühle ich mich plötzlich einsam.

»Also, dass der Earl of Lancaster ein Aufreißer ist, habe ich ja gehört«, beginnt Mark zu reden, während er die Tür hinter sich schließt. »Aber dass du dich auf ihn einlässt, nachdem du meintest, du willst zehn Jahre lang nichts von Männern wissen, erstaunt mich doch.« Er grinst noch breiter als vorher. »Wer hätte gedacht, dass meine Cousine ein Flittchen ist.«

Ich weiß, er meint es nicht böse, und eigentlich trifft mich seine Aussage auch nicht. Aber trotzdem falle ich in ein tiefes Loch und sinke hilflos gegen die Wand hinter mir.

»Ich … ich hatte keine Ahnung, wer er ist«, stammle ich.

»Ja, das ist wohl bei allen Flit…«

»Wag es nicht, mich noch einmal so zu nennen«, schneide ich ihm das Wort ab und verberge mein Gesicht dann in den Händen. Ich atme tief durch und unterdrücke den Schrei, der in meiner Kehle brennt. »Er ist ein Earl?«, frage ich, als ich mich etwas beruhigt habe.

»Sieht so aus«, meint Mark. »Ein reicher Peer und Anwalt. Einer der besten angeblich.«

»Das auch noch.« Ich stöhne auf.

Damit umfasst Henry Lancaster so ziemlich alles, wovon ich mich fernhalten will. Er ist gut aussehend und er weiß es, daran habe ich nach dem Kuss keinen Zweifel. Außerdem ist er wohlhabend, erfolgreich und denkt vermutlich, er kann haben, was er will. Und meine Bereitschaft, bei dem Kuss mitzumachen, wird ihn keines Besseren belehrt haben.

»Fine, jetzt entspann dich. Es hat nicht so ausgesehen, als hättest du dich ihm aufgedrängt.«

Mark klingt immer noch viel zu amüsiert und das lässt meine Verzweiflung anwachsen.

»Verdammt, ich habe kein Interesse an so etwas«, zische ich. »Wieso warst du nicht da, als er hier ankam?« Da dämmert es mir und ich atme scharf ein. »Warte, du bist weggelaufen, weil du dich vor dem Termin drücken wolltest, oder? Mr Lancaster meinte, du wusstest, dass er kommt.«

Das Grinsen verschwindet aus Marks Gesicht. »Ja, nun, ich gebe zu, dem Earl zu begegnen, war ... beängstigend für mich. Er drückt sich gerne vor solchen Terminen und wenn er sie doch wahrnimmt, ist er meistens ziemlich ... genervt. Mit so etwas kann ich nicht umgehen.«

»Also lässt du mich ins Verderben laufen, ohne auch nur die kleinste Warnung von dir zu geben!« Ich fege vor Zorn die Akten vom Tisch und ärgere mich noch mehr, weil ich sie wieder aufsammeln muss.

»Na, wenn ich gewusst hätte, dass ihr so gut miteinander klarkommt, wäre ich länger weggeblieben«, erwidert Mark kleinlaut.

»Wir kommen nicht gut miteinander klar!«, fahre ich ihn an. »Keine Ahnung, wie es zu dem Kuss kam.«

»Hm, ist einer von euch gestolpert und der andere hat ihn mit dem Mund aufgefangen?«, scherzt Mark munter weiter.

»Mir reicht es mit dir«, zische ich, gehe zur Tür und schiebe Mark beiseite, damit ich hier rauskann.

»Was ist so verkehrt daran, dass ihr euch geküsst habt und du es offensichtlich genossen hast?«, will mein Cousin wissen.

Ich bin unsicher, wie ich ihm von meinen Ängsten

erzählen soll, ohne alte Wunden aufzureißen. Oder wie ich ihm sagen soll, dass Mr Lancaster und ich uns am Bahnhof getroffen haben und er mir seitdem nicht mehr aus dem Kopf geht. Dass der Kuss mein Leben vermutlich noch komplizierter gemacht hat, weil ich immerzu daran denken werde, wie weich sich diese Lippen auf meinen angefühlt haben.

Also stoße ich nur den Atem aus und wechsle zu einem anderen Thema. »Jen kann nicht alle Kinder alleine betreuen, ich muss ihr helfen.«

»Fine, erklär es mir«, drängt Mark mich und versperrt mir den Weg. »Da hängt ein Schatten über dir, der nicht zu dir passt. Und wenn du ihn nicht bald loswirst, erdrückt er dich.«

»Ich … kann nicht«, presse ich hervor. »Lass mich jetzt bitte einfach wieder arbeiten.«

Mark seufzt tief, dann tritt er beiseite. »Ich bin gleich bei euch«, verspricht er geknickt.

Ich nicke nur, hebe meine Mundwinkel zu einem angespannten Lächeln und setze mich zu einer Familie, die gerade Mürbteigkekse verziert. Meine Lippen brennen noch von dem Kuss und die Erinnerung daran beschleunigt meinen Puls, während sie gleichzeitig einen Klumpen in meinem Magen formt.

Es war ein Fehler, das weiß ich. Und Mr Lancasters hastige Flucht beweist, dass er es genauso sieht. Trotzdem wandern meine Gedanken ständig zu dem Feuer in seinen Augen, als er sich zu mir gebeugt hat. Auch wenn ich immer noch rätsle, welche Farbe sie haben, werden sie mich bestimmt ab jetzt in meinen Träumen verfolgen.

KAPITEL 6 - HENRY

*M*ein Weg führt mich diesmal nicht zu meinem Loft, sondern zu einer anderen Adresse. Die Abenddämmerung legt sich bereits über die Häuser, als ich vor der Stadtvilla stehen bleibe und meinen Blick über die blassgelbe Fassade schweifen lasse.

Mit diesem Haus verbinde ich so viele Erinnerungen und in letzter Zeit sind es nur schlechte, die hinzukommen. Eigentlich will ich nicht hineingehen. Aber ich weiß, dass ich es mir vorwerfen würde, wenn ich es nicht tue.

Also atme ich tief die kalte feuchte Luft ein, straffe meine Schultern und trete an die Tür. Eine Klingel gibt es hier nicht, nur den antiken Türklopfer, den ich benutze. Insgesamt ist dieses Haus ziemlich in die Jahre gekommen, aber Louisa behauptet, es besäße immer noch genug herrschaftliche Eleganz und bräuchte nur ein wenig Pflege.

Ich habe nichts gegen das Anwesen. Aber ginge es nach mir, würde es generalsaniert werden. Weil die Stromleitungen vermutlich noch vor dem zweiten Weltkrieg gelegt wurden und die Fassade seit der Krönung der Queen wohl keine neue Farbe bekommen hat. Aber darum werde ich mich früh genug kümmern müssen.

Als der Butler öffnet, dringt abgestandene warme Luft von innen zu mir. Wortlos tritt der Mann beiseite, der so alt wirkt wie das Gebäude selbst, und lässt mich ein.

»Ich finde den Weg allein, danke«, sage ich zu ihm, als er Anstalten macht, mich in den Salon zu führen.

Die Tür ist nur angelehnt und Licht fällt im Kegel in die Vorhalle, die trotz des leuchtenden Kronleuchters düster wirkt. Deswegen gehe ich schnell in den Salon, aus dem zumindest angenehme Wärme dringt. Die Möbel sind antik, aber gut gepflegt. Für meinen Geschmack ein wenig zu dunkel, besonders in Kombination mit den rubinroten Wänden, doch ich kenne das Zimmer nicht anders. Die unzähligen Teppiche, die den Boden bedecken, und die Gemälde meiner Vorfahren strahlen Vertrautheit aus. Selbst hier befindet sich bereits weihnachtliche Dekoration in Form eines Christbaums und unzähliger Girlanden, die Fensterrahmen und Kamin zieren. Wenn ich hier stehe und all das glitzernde Zeug betrachte, könnte man meinen, ich wäre der Einzige, der Weihnachten nicht leiden kann.

»Henry, welch eine Überraschung«, ruft Louisa aus, als sie mich sieht.

Ich begrüße sie zuerst, meine Aufmerksamkeit gehört allerdings meinem Großvater, der in einem Rollstuhl sitzt und sich ein Lächeln abringt. Er streckt mir die Hand entgegen und ich sinke neben seinem Stuhl auf die Knie.

»Bist du gewachsen, Junge?«, fragt er und tätschelt meine Wange, als wäre ich noch das Kind, das einmal auf seinem Schoß saß. Als er gesund war und ich ihn für den mutigsten Mann von ganz England gehalten habe, neben meinem Vater natürlich. Wenn ich ihn so zerbrechlich sehe, habe ich das Gefühl, dass diese Zeit schon ewig zurückliegt.

»Aber Gramps«, antworte ich mit einem Zwinkern. »Ich wachse schon lange nicht mehr.« Dann werde ich ernst. »Wie geht es dir heute?«

Er räuspert sich und ich weiß, dass er ein Husten unterdrückt. »Wie es einem Mann eben so geht, wenn er zusieht, wie sein eigener Körper zerfällt.«

Ich wende mich Louisa zu, die den Mund verzieht. »Keine Verschlechterung, behauptet der Arzt. Immerhin.«

»Ja, immerhin«, murmle ich und streiche über die Hand meines Großvaters.

Von dem Mann, der er einmal war, ist nichts übrig. Sein ehemals dichtes Haar ist schütter und unter seinen Augen liegen Schatten, als hätte er tagelang durchgefeiert. Dabei schläft er fast nur noch.

Im Gegensatz dazu wirkt Louisa wie Morgentau. Ihre grau melierten Haare sind wie immer streng zu einer Aufsteckfrisur drapiert und ihr blasses Kostüm lässt sie ein wenig wie eine Haushälterin aussehen und nicht wie die Lady, die sie eigentlich ist.

»Ich habe ein Wörtchen mit dir zu reden, Henry«, sagt Louisa gereizt. »Gehen wir in die Bibliothek.«

»Ihr könnt das auch vor mir besprechen«, hält mein Großvater sie zurück. »Ich sehe den Jungen zu selten. Lass ihn doch hier.«

Das schlechte Gewissen nagt an mir. Ich versuche zwar, jeden zweiten Tag herzukommen, aber Großvater schläft meistens, wenn ich eintreffe. Und ich will ihn nicht wecken lassen. Er braucht seine Ruhe.

»George, es könnte dich aufregen«, wirft Louisa besorgt ein.

»Unsinn«, entgegnet er und hustet dann. »Ich will hören, was im Leben meines Enkels vor sich geht.«

Meine Großtante stößt theatralisch den Atem aus und verschränkt ihre Hände vor der schmalen Taille. Sie hat vor Jahren geheiratet, ihr Mann ist aber früh gestorben und seitdem kümmert sie sich ausschließlich um die Familie meines Großvaters. Ich frage mich immer noch, wieso. Wollte sie keine eigene Familie mehr gründen?

»Wie du möchtest«, gibt sie nach. »Ich habe gerade einen sehr unangenehmen Anruf erhalten. Von den Reportern, die Henrys Auftritt begleiten sollten. Sie waren ziemlich erzürnt über das Verhalten des künftigen Duke of Westminster.«

Ich sehe bei ihren Worten meinen Großvater an, dessen grüne Augen auf mir ruhen. Allerdings kann ich nicht deuten, was er gerade denkt.

»Wieso hast du sie mit einem übereilten Foto und zwei lächerlichen Fragen abgespeist?«, fährt Louisa fort.

»Wäre es dir lieber gewesen, ich hätte sie ein

Arsenal von Fragen auf mich abfeuern lassen?«, stelle ich die Gegenfrage. »Dann hätten sie früher oder später über mein Privatleben sprechen wollen. Weil es das ist, was ihre Leser wirklich interessiert.«

»Natürlich tut es das«, keift Louisa. »Weil du jede Woche mit einer neuen Frau in Verbindung gebracht wirst, seit du dich von Cecile getrennt hast.«

»Und wir beide wissen, dass ich mit keiner von denen wirklich etwas habe«, entgegne ich so ruhig wie möglich.

»Das hindert die Presse aber nicht, irgendwelche Geschichten und verschwommene Fotos zu drucken«, ereifert sich Louisa. »Und du bringst keine Gegendarstellung.«

»Wozu? Es käme einem Geständnis gleich«, sage ich gereizt. »Du kennst doch das Credo der Königsfamilie, das wir auch befolgen, oder? ›Beschwere dich nie, rechtfertige dich nie.‹ Kommentiere ich etwas, sieht die Presse das vermutlich als Hinweis, tiefer zu graben. Dann kommen vielleicht noch mehr von diesen Geschichten zustande, die gar nicht stimmen. Nur weil irgendjemand mich mit einer Kellnerin in einem Lokal fotografiert, in dem ich esse. Es gibt keine Möglichkeit, das zu unterbinden.«

Ich begehe den Fehler, meine Großtante anzusehen, die ihr Kinn hebt und mir diesen überlegenen Blick zuwirft. Das wird jetzt vermutlich unschön für mich.

»Doch, die gibt es«, verkündet sie und zieht einen Zettel aus einem Umschlag hervor, der neben ihr auf dem Tisch liegt. »Ich habe hier drei Namen notiert von Frauen, die für dich geeignet wären.«

»Das ist nicht dein Ernst«, knurre ich und stehe auf.

Statt Louisa den Wisch abzunehmen, gehe ich zu einem Beistelltisch, auf dem ein Dekanter und Gläser stehen. Bei so einem Gespräch brauche ich etwas Starkes.

»Mein voller Ernst«, erwidert sie ruhig. »Drei Frauen. Alle aus gutem Hause, hübsch, wohlerzogen …«

»Langweilig«, wirft mein Großvater ein und ich proste ihm mit meinem Cognac zu.

»Angemessene Partnerinnen für dich, Henry«, geht Louisa darüber hinweg. »Wenn das Schlimmste eintritt, wirst du eine starke Frau an deiner Seite brauchen. Diese drei erfüllen die Kriterien einer künftigen Duchess. Und wenn du eine davon auf dem Weihnachtsball als deine Freundin vorstellst, verstummen auch die Berichte, die es über dich gibt.«

»Klingt, als hättest du alles schon geplant«, murmle ich und kippe den Cognac hinunter. »Aber eines hast du dabei vergessen.«

»Und das wäre?«, will Louisa wissen.

Ich schweige einen Moment und überlege, noch einen Cognac zu trinken. Aber ich halte das leere Glas nur fest und sehe meiner Großtante ins Gesicht.

»Ich habe damals einer Verbindung mit Cecile zugestimmt, weil ich dachte, es wäre für mich in Ordnung, eine Ehe aus Pflichtgefühl einzugehen.«

Während ich spreche, flammt die Erinnerung an den Kuss vorhin auf. An das Gefühl, diese Frau zu halten, ihre Lippen mit meinen zu berühren. Seit Jahren habe ich mich nicht mehr so lebendig gefühlt, niemanden mehr so gewollt, obwohl ich sie kaum kenne und sie eigentlich nicht mein Typ ist. Aber wieso kann ich dann nicht aufhören, an sie zu denken?

»Wir haben gesehen, wohin das geführt hat«, nehme ich den Faden wieder auf. »Du weißt doch noch, wie Cecile mich betrogen und dann über die Presse versucht hat, sich als Opfer darzustellen. Daher auch die ganzen Geschichten über meine angeblichen Eroberungen. Wer sagt, dass diese Frauen«, ich deute mit dem Kinn auf den Zettel, den Louisa immer noch hält, »nicht genauso ein Reinfall sind?«

»Henry«, sagt Louisa und Resignation schwingt in ihrer Stimme mit. »Versteh mich nicht falsch. Du bist dreiunddreißig und das ist für einen Mann wahrlich kein Alter. Aber ich werde auch nicht jünger und wenn ich nicht mehr bin, wirst du auf dich gestellt sein.«

Ihre Augen schimmern bei ihren Worten verräterisch. Ich weiß, dass ich ihr viel bedeute und sie das alles macht, um mir zu helfen. Sie hat mich immer behütet und mir Naschereien zugesteckt, wenn meine Mutter Nein sagte. Aber Louisa ist nicht mehr meine Tante, die Gramps bei seinen Terminen unterstützt, sondern die Matriarchin der Familie.

»Ich will nicht, dass du allein bist«, fügt sie zittrig hinzu.

Mit einem Seufzen stelle ich das Glas auf dem Tisch ab und strecke ihr meine Hand entgegen. Louisa räuspert sich, kommt zu mir und überreicht mir das Papier. Ich überfliege die Namen darauf und muss innerlich stöhnen. Ja, alle drei Damen sind akzeptable Partien. Für jeden, nur nicht für mich. Denn ihre einzigen Ziele sind es, sich hübsch anzuziehen und auf Fotos vorteilhaft auszusehen. Ich kann mir beim besten Willen nicht vorstellen, dass eine von ihnen eine würdige Duchess wäre.

»Ich weiß«, meint Louisa und greift nach meiner Hand, »dass du andere Pläne für dein Leben hattest. Und wären deine Eltern und dein Bruder nicht bei diesem Flugzeugabsturz ums Leben gekommen, würde ich dich nicht bitten, diese Frauen kennenzulernen. Aber vielleicht ist eine von ihnen die Richtige für dich.«

Ich schlucke die Wut und Trauer hinunter. Wäre das Unglück vor neun Jahren nicht passiert, wäre mein Vater der nächste Duke of Westminster und nach ihm mein Bruder. Ich hätte Anwalt bleiben und ein ganz normales Leben führen können. Aber das alles wurde an einem einzigen Tag mit fast meiner gesamten Familie ausgelöscht.

»Ich nehme an, du hast bereits Treffen arrangiert?«, frage ich hoffnungslos und ärgere mich, dass ich das Cognacglas nicht wieder gefüllt habe.

»Margy hat alle Informationen erhalten. Sie wird sich um die Koordination kümmern. Dieses Wochenende wirst du mit zwei der Frauen zum Brunch gehen«, verkündet Louisa.

»Das habe ich befürchtet«, murmle ich.

»Sei höflich, Henry. Sie können nichts dafür.«

»Ja, ich weiß«, brumme ich.

»Morgen um zehn Uhr triffst du dich im ›Le Meridian‹ mit der ersten und …«

Ich höre ihr nicht mehr zu. Mein Blick wandert zu Großvater, der wieder eingenickt ist, und ich frage mich, ob ich mich wirklich auf diese Treffen einlassen soll. Denn während ich die Namen auf der Liste erneut betrachte, muss ich an jemand anderen denken, der nicht darauf steht.

CAKEPOPS - GRUNDREZEPT

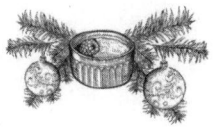

*Z*utaten für etwa 50 Cakepops
Zutaten Kuchen: 195 g Backkakao, 390 g Mehl, 600g Zucker, 1 Prise Salz, 1 TL Natron, 170 g Öl, 240 g Milch, 1 TL Backpulver, 2 TL Vanillezucker, 4 große Eier, 120g Sauerrahm, 240 g heißes Wasser; Kastenform zum Backen

Zutaten Ganache: 250ml Schlag und 350 g dunkle Schokolade

Für den Kuchen den Ofen auf 180° vorheizen. Kastenform einfetten und mit Zucker ausstreuen (damit der Kuchen nicht kleben bleibt).
Trockene Zutaten (Kakao, Mehl, Zucker, Salz, Natron, Backpulver) mit einem Löffel mischen. Mixer auf niedrige Stufe stellen. Öl, Milch und Rahm

langsam in die trockenen Zutaten einarbeiten. Eier untermischen. Wasser nach und nach zugeben. Der Teig wird recht flüssig sein (das ist okay!). In Form geben und ca. 45 Minuten backen lassen.

Am besten über Nacht auskühlen lassen.

Für die Ganache die Schokolade grob hacken. Schlag langsam erhitzen und über Schokolade gießen. Rühren, bis alles aufgelöst ist.

Den Kuchen zerkrümeln und mit der Ganache vermengen. Danach mindestens 2 Stunden kühlen. Jetzt können Kugeln geformt, auf Stiele gesteckt und dekoriert werden.

KAPITEL 7 - FINE

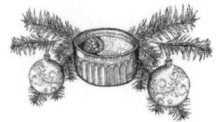

*B*acken hat mich immer beruhigt. Und deswegen liebe ich es, hier in der Bäckerei zu stehen und seit Stunden nichts anderes zu machen, als Cakepops in Schokolade zu tauchen, sie zu dekorieren und kühl zu stellen. Wenn ich mich darauf konzentriere, schweifen meine Gedanken nicht ständig zu einem bestimmten Thema ab, das ich am liebsten aus meinen Erinnerungen streichen würde. Cakepops zu machen ist also die ideale Ablenkung.

Doch der ereignisreiche Freitag, an dem ich nicht nur mit hundert Kindern gebacken, sondern auch einen Earl geküsst habe, hatte auch sein Gutes. Denn Mark hat mir – vermutlich wegen seines schlechten Gewissens – erlaubt, eine meiner Kreationen anzubieten. Und die Cakepops sind ein riesiger Erfolg geworden, weswegen ich sie heute wieder zubereite.

Während die Schokolade rund um die kleinen Kuchen am Stiel aushärtet, kehren meine wirren

Gedanken zurück. Sie drehen sich um das Prickeln auf meinen Lippen und undefinierbare Augen, sodass ich fieberhaft überlege, was ich demnächst noch versuchen soll, um mich abzulenken. Ich denke an weihnachtliche Muffins oder Törtchen, an besondere Kekse oder … Crème brûlée. Irgendwie würde ich das gerne hier im Laden servieren. Oder Marzipanwaffeln mit warmen Kirschen. Meine Fantasie sprudelt über und lenkt mich doch nicht ganz von dem ab, was mich seit Tagen beschäftigt. Nämlich Mr Lancaster und die Frage, warum er mir nicht aus dem Kopf geht.

»Verflixt«, zische ich, weil mir schon wieder eine Schleife um einen der Cakepops misslingt. Das passiert mir ständig, wenn ich auch nur flüchtig an Henry Lancaster denke.

Dabei ist heute Dienstag. Ich müsste längst über den Kuss hinweg sein, der eigentlich nie hätte passieren dürfen. Trotzdem halte ich so an meinen Erinnerungen daran fest, dass ich kaum bemerke, wie Jen die Backstube betritt.

»Fine!«, reißt sie mich mit einer Berührung am Arm aus meinen Gedanken und ich sehe sie blinzelnd an. »Geht es dir nicht gut? Ich habe dich mindestens fünfmal gerufen und du hast nicht reagiert.«

»Entschuldige, ich grüble gerade über etwas«, murmle ich.

»Und deswegen bindest du drei Schleifen um ein und denselben Cakepop?«, hakt sie mit einem unsicheren Schmunzeln nach.

Ich blicke auf mein Werk hinunter, seufze und lege den Kuchen am Stiel weg. Das ist einfach nur peinlich, zum Glück habe ich sonst keinen Mist gebaut.

»Brauchst du mich draußen?«, will ich wissen.

»Nein, wobei … Könntest du später bis Ladenschluss vorne sein und bedienen?« Sie sieht mich mit ihren großen haselnussbraunen Augen an wie ein Schoßhündchen, das ein Leckerchen möchte. »Ich müsste nämlich früher gehen.«

»Oh, wieso das?«

Sie beißt sich auf die Unterlippe. »Ich … habe ein Date. Zum ersten Mal seit bald drei Jahren.«

Ihr Gesicht hellt sich ein wenig auf und ich bemerke, dass ich lächle. »Na, in dem Fall übernehme ich gerne.«

»Ich danke dir, du hast was bei mir gut«, sagt sie und wirkt erleichtert. »Abends ist auch nicht so viel los und ich putze, was ich kann, bevor ich gehe, und …«

»Schon gut, Jen, ich bekomme das hin«, unterbreche ich ihren Redeschwall.

»Danke«, wiederholt sie und fällt mir um den Hals. »Das ist wirklich lieb. Ich weiß, du musst viel backen und könntest die Zeit brauchen. Aber …«

»Keine Sorge, alles gut«, verkünde ich.

Jen lächelt und deutet auf die fertigen Cakepops auf der Arbeitsfläche, von denen keiner drei Schleifen oder unpassende Dekoration besitzt. »Kann ich die mitnehmen? Die letzten sind gerade weggegangen.«

»Klar, ich helfe dir.«

Wir bringen die Kuchenteile, die ich wie Christmas Puddings und Schneemänner verziert habe, hinaus, dann widme ich mich den restlichen Schleifen.

Nachdem ich fertig bin, rühre ich Teig für die Cakepops an, die ich morgen machen möchte. Der Kuchen muss einen Tag ruhen, bevor man ihn zerbröselt, mit Ganache mischt und in Form bringt.

Während der Teig im Ofen aufgeht, fällt mein Blick auf die Äpfel, die Mark für seine Pies verwendet.

Bratäpfel wären toll, denke ich und schmunzle. Noch toller wären sie in Form von Cupcakes. Also beginne ich, die Zutaten zusammenzusuchen und für ein paar wenige Teststücke abzuwiegen.

Mark möchte alles, was ich fabriziere, erst selbst kosten, also werden es diese Cupcakes frühestens morgen Nachmittag in den Laden schaffen, wenn überhaupt. Aber ein herrlicher Duft nach Weihnachten breitet sich bereits nach kurzer Zeit in der Backstube aus und ich verliere mich in Kindheitserinnerungen an Grandma, die oft Bratäpfel mit uns gemacht hat. Ob Mark sich daran noch erinnern kann? Oder an den magischen Zucker, den Grandma immer auf Cupcakes gestreut hat, damit sich unser größter Herzenswunsch erfüllt? Vermutlich nicht.

Trotzdem mische ich bunten Zucker mit ein wenig essbarem Glitzer und fülle ihn in einen Streuer, der wie ein Zauberstab aussieht.

Als die ersten Sponges, wie die kuchigen Teile von Cupcakes heißen, fertig sind und abkühlen, rühre ich das Topping an. Aus Eiweiß, Zucker und Butter wird eine sogenannte Swiss Meringue, in die ich jede Menge Zimt mische.

Zum Schluss schneide ich Äpfel klein und schmore sie in ein wenig Apfelsirup mit Rosinen, bis sie weich sind. Sobald das ausgedampft ist, kann ich beginnen, die Cupcakes zusammenzusetzen.

Auf den Sponge – was auf Deutsch Schwamm heißt, was ich immer noch seltsam finde – dressiere ich die Meringue und träufle dann langsam den Apfelsirup darüber, bevor ich die Obststücke vorsichtig verteile. Es sollen nicht zu viele sein, aber auch nicht zu wenig.

Anschließend schieße ich ein Foto und schicke es Mark mit den Worten:

>*Freu dich schon mal auf das Testen morgen. Ich streue noch Zauberpulver drauf.*«

Die Antwort kommt recht fix:

»*Ich hoffe, du meinst damit nichts Illegales. Oder warte, eigentlich hoffe ich doch, dass du so etwas wie Magic Mushrooms meinst. Aber dann bitte nur für mich, ja? ;)*«

»*Finde es raus*«,

schreibe ich zurück und grinse.

Mark erinnert sich wohl wirklich nicht an das kleine Ritual, das wir mit Grandma hatten. Aber ich mich dafür umso mehr.

Deswegen schnappe ich mir einen fertigen Cupcake und zücke den Zauberstab. Während Zucker und Glitzer auf die Apfelstückchen rieseln, überlege ich, was ich mir wünschen soll. Meine

Wangen beginnen zu glühen, als ich an den Kuss am Freitag denke. Ja, es war eine schlechte Idee, dem Earl so nahe zu kommen. Es war falsch. Dumm. Und das, was ich will, ist genauso verrückt. Aber ich fand den Kuss schön. Meine Lippen prickeln immer noch, wenn ich daran denke …

»Es ist zwar so gut wie unmöglich, aber vielleicht will ich es genau deswegen«, sage ich leise, lege den Zuckerstreuer beiseite und betrachte den Cupcake. Einen Moment zögere ich. Soll ich das wirklich tun? Bevor ich meine Meinung ändern kann, spreche ich aus, wonach ich mich insgeheim so sehr sehne. »Ich wünsche mir, dass Mr Lancaster mich noch einmal küsst.«

Mit einem verwegenen Lächeln beiße ich in meine Kreation und seufze. Das Marzipan im Kuchen und der Zimt im Topping harmonieren wunderbar. Meinen Wunsch wird der Cupcake kaum erfüllen, aber zumindest schmeckt er köstlich.

»Wenn Mark die nicht verkaufen will, ist er selbst schuld«, murmle ich.

Konzentriert notiere ich den Wareneinsatz und einen Preisvorschlag für den Laden, ehe ich die restliche Swiss Meringue auf die Sponges dressiere und sie dekoriere. Die fertigen Cupcakes stelle ich in die Kühlung und räume auf.

Ehe ich michs versehe, kommt Jen zurück.

»Ich bin dann weg, ist das in Ordnung?«, fragt sie und zieht dabei ihre Schürze aus.

»Klar, ich bin hier fertig«, verkünde ich und wirble herum. »Warte noch einen Moment.« Ich hole einen Cupcake aus dem Kühlraum und schiebe ihn ihr hin. »Koste das mal.«

Sie betrachtet das Küchlein, als wäre es ein Kunstwerk, beißt allerdings nicht davon ab. »Darf ich noch einen haben und sie mitnehmen?« Ein schüchternes Lächeln umspielt ihre Lippen. »Ich behaupte auch nicht, dass ich sie gebacken habe, nur …«

»Nimm ruhig«, erwidere ich, schnappe mir einen Transportkarton und packe ihr zwei Stück ein.

»Und du bist sicher, dass du allein zurechtkommst?«, hakt sie nach.

»Klar, solange ich nur nachmittags backe, kann ich auch öfter vorne aushelfen, wenn du willst«, erkläre ich ihr schnell.

»Du bist ein Engel«, sagt sie, umarmt mich und schlüpft dann in ihre Jacke. »Wenn irgendwas ist, melde dich einfach«, fügt sie hinzu, bevor sie geht.

»Viel Spaß«, rufe ich ihr winkend zu und ziehe schließlich meine Kochjacke aus.

Dann schlüpfe ich in eine der pinken Schürzen mit Rüschen, die wir im Verkauf tragen sollen, und gehe hinaus. Ein einzelner Gast sitzt noch über seinem Kaffee im To-go-Becher und liest in einer Zeitung. Jen hat die Vitrine bereits halb geleert, weil wir in wenigen Minuten schließen.

Deswegen versuche ich mich an einer heißen Schokolade, die ich schon lange nicht mehr gemacht habe. Dazu setze ich Milch auf und rühre dunkle Schokolade hinein, bis sie sich löst. Ich bin so in meine Arbeit vertieft, dass ich gar nicht merke, wie der Kunde geht.

Erst als ich nach ihm sehen will, fällt mir auf, dass ich allein bin. Ein Blick auf die Uhr verrät mir, dass es Zeit wird zu schließen. Und während meine heiße Schokolade auf kleiner Flamme köchelt, beginne ich, die Stühle auf die Tische zu heben und Krümel vom Boden zu fegen.

Mein Magen kribbelt und ich weiß nicht, wovon. Irgendwie denke ich, dass es mit meinem Wunsch zu tun hat. Dann schüttle ich den Kopf. Manche Wünsche sind so verrückt, dass sie nie in Erfüllung gehen.

KAPITEL 8 - HENRY

*W*as ist das?«, frage ich brummig und sehe von dem Berg Akten auf, der sich über meinem Schreibtisch verteilt hat.

»Etwas, das Sie hoffentlich aufmuntert, Sir«, erwidert Margy. »Sie waren gestern so verstimmt, dass ich Ihnen damit eine kleine Freude machen wollte.«

Ich betrachte den Teller, auf dem zwei Schneemänner und zwei Christmas Puddings liegen, die auf Stäben stecken. Sie riechen köstlich und auch wenn ich nichts von Dekorationen halte, sehen diese Süßigkeiten unglaublich gut aus. Sie sind nicht besonders groß, gerade mal einen Daumen lang, aber die Schneemänner besitzen richtige Hauben, Gesichter, tragen einen Schal und Knöpfe. Und die Christmas Puddings wirken täuschend echt mit dem Stechpalmenblatt und den roten Beeren auf dem weißen Zuckerguss.

»Sie werden mir trotzdem sagen müssen, was das ist«, nehme ich den Faden wieder auf.

»Man nennt es Cakepops, also Kuchen am Stiel, und als ich sie gesehen habe, dachte ich, das könnte Ihnen gefallen«, erklärt Margy. »Und Ihre Stimmung wieder aufhellen.«

Stimmungsaufheller habe ich nötig, wobei ich nicht weiß, ob vier kleine Kuchen da reichen werden. Die beiden *Dates* am Wochenende waren katastrophal.

Melinda Cartwright, die erste der Frauen, die ich getroffen habe, mag in der Öffentlichkeit eher zurückhaltend wirken. Ein Gespräch haben wir dennoch nicht wirklich zustande gebracht, was daran lag, dass ich ständig vor ihren Füßen fliehen musste, mit denen sie zwischen meinen Beinen herumgetastet hat.

Chantelle Stevenson hat mich dafür kein einziges Mal zu Wort kommen lassen und mir erzählt, wie vielen Söhnen ihre Schwestern bereits das Leben geschenkt haben. Als ob mich das interessieren würde.

Beiden Damen hat Louisa offensichtlich meine Handynummer gegeben, denn sie bombardieren mich seit unseren Treffen mit Nachrichten und Anrufen, die ich ignoriere. Ich warte nur darauf, dass sie mich vor meinem Büro abfangen. Aber vielleicht scheuen sie sich davor, weil das ihrem Ruf schaden könnte. Immerhin soll es ja nicht so aussehen, als würden sie mir hinterherrennen. Das schickt sich für eine vornehme Dame nicht und ist somit meine einzige

Hoffnung. Denn ich will keine der beiden je wiedersehen.

»Sir? Wollen Sie darüber reden?«, fragt Margy und bringt mich damit ins Hier und Jetzt zurück.

»Nicht wirklich«, entgegne ich.

Margy kann an der Situation nichts ändern. Ich muss noch eine Frau treffen, ehe ich Louisa sagen kann, dass keine von der Liste für mich in Betracht kommt. Weder Melinda, die mich vermutlich am liebsten auf die Toilette gezerrt hätte, um über mich herzufallen, noch Chantelle, die wohl meint, sie könnte mir zehn Erben in fünf Jahren schenken. Und die Dritte … Beatrice Simour. Sie ist vermutlich die Schlimmste von allen.

Ich habe sie nie persönlich getroffen, aber sie gehört zu Ceciles erweitertem Freundeskreis. Und das kann schon mal kein gutes Zeichen sein, sondern deutet darauf hin, dass sie auf den Titel aus ist und ihr jedes Mittel recht wäre, ihn zu bekommen. Warum sind diese Frauen nie im einundzwanzigsten Jahrhundert angekommen? Früher, als der Titel alles und Absicherung wichtig war, hätte ich so ein Benehmen vielleicht verstanden. Aber heute? Ich empfinde es vielmehr als Bürde, eines Tages Duke zu sein. Die Presse schleicht um einen herum. Jedes falsche Wort kann zu einer mittelschweren Krise führen. Man muss an langweiligen Terminen teilnehmen, immer lächeln und freundlich sein, selbst wenn man gerade einen schweren Verlust verkraften muss. Trotzdem scheint es für diese Frauen die Erfüllung all ihrer Träume zu sein.

»Wo haben Sie die her?«, frage ich, während ich

einen der Cakepops betrachte, um die düsteren Gedanken zu verscheuchen.

»Aus der Bäckerei in der Nähe«, erwidert Margy mit einem Lächeln auf den Lippen. »Die haben eine neue Konditorin, die diese Dinger zaubert. Vielleicht haben Sie sie ja am Freitag getroffen, als Sie dort waren.«

Ich zucke kaum merklich zusammen und sehe wieder schokoladenbraune Augen und leuchtend rote Lippen vor mir. Ob Fine diese Cakepops gemacht hat?

Bevor ich länger an den Kuss und dieses seltsame Verlangen, ihn zu wiederholen, denken kann, beiße ich dem Schneemann den Kopf ab. Samtige Schokolade verteilt sich in meinem Mund und ich fühle mich augenblicklich besser.

»Die Verkäuferin hat mir gesagt, diese Küchlein wirken Wunder«, fügt Margy grinsend hinzu. »Jetzt glaube ich daran.«

»Und ich habe Ihnen gesagt, dass ich keine Süßigkeiten will«, murmle ich mit vollem Mund.

»Es sind nur vier kleine Stücke«, rechtfertigt sich meine Assistentin. »Und Sie brauchen das jetzt.«

»Ja, es mögen nur vier Stücke sein, aber ich weiß jetzt leider auch, wo ich Nachschub bekomme«, werfe ich ein.

»Dann hätten Sie mal nicht gefragt, wo ich sie gekauft habe«, sagt sie und stemmt die Hände in die Hüften. »Und nun: aufessen. Nach einem Bissen heben sich Ihre Mundwinkel und wenn der Teller leer ist, sind Sie bestimmt fast wieder ein Sonnenschein.«

»Ich bin nie ein Sonnenschein«, gebe ich zu bedenken.

Margy zwinkert. »Darum *fast*. Ich hole Ihnen noch Tee.«

Während meine Assistentin den Raum verlässt, esse ich den Rest des Schneemanns auf. Er schmeckt so herrlich schokoladig, ist nicht zu süß, nicht zu schwer. Einfach genau richtig.

Ehe ich es bemerke, ist auch der letzte Cakepop verputzt und ein seltsames Gefühl von Zufriedenheit erfüllt mich. Die Treffen am Wochenende sind unwichtig geworden, genauso wie der Ärger mit diesem Ehevertrag, den die Verlobte meines Mandanten nicht unterzeichnen möchte.

Alles, woran ich denken kann, ist Ms Wagner … Fine … und ihr Lächeln, das mein Inneres wärmt. Ich weiß, ich sollte es nicht tun, aber immerhin habe ich durch die Cakepops eine Ausrede, wenn ich in die Bäckerei gehe.

Als Margy mit dem Tee zurückkommt, schmunzelt sie. »Na, geht doch«, meint sie und stellt die Tasse ab.

Ich gebe nur ein »Hm« von mir, hebe einen Stift an und kritzle auf dem Papier vor mir herum, damit ich Margy nicht ansehen muss. »Senden Sie mir bitte die Öffnungszeiten der Bäckerei auf mein Handy«, murmle ich.

»Aber Sir, wenn Sie noch mehr Cakepops wollen, kann ich Ihnen welche holen«, entgegnet Margy überrascht.

»Das ist nicht nötig, ich möchte nur wissen, wann geöffnet ist.«

Ich weiß, dass Margy erst verwirrt aussieht und dann grinst. Was genau sie denkt, kann ich natürlich nicht ahnen, aber Margy ist verdammt gut darin, mich zu durchschauen. Allerdings habe ich meine Begegnung mit Fine an der Paddington Station nie erwähnt. Also glaubt Margy sicher, ich will mir Nachschub besorgen, ohne dass sie davon erfährt.

Tja. Fast richtig.

Ich bin nicht sicher, ob das, was ich vorhabe, eine gute Idee ist, und schleiche ewig um den Eingang zur Bäckerei umher. Der Laden schließt gleich und ich weiß ehrlich gesagt nicht, was ich tun soll, wenn Fine wirklich da ist. Oder wenn sie nicht hier sein sollte.

Als die Tür sich öffnet, mache ich einen Satz rückwärts und erschrecke den älteren Herrn, der mit seiner Zeitung herauskommt. Er mustert mich mit einem finsteren Blick und ich neige den Kopf leicht zum Gruß. Mit einem Schnauben wendet er sich ab und geht. Zumindest ruft er nicht die Polizei, also hält er mich nicht für einen Verbrecher.

Doch genauso komme ich mir gerade vor. Als würde ich mir den besten Weg ins Innere suchen, um den Laden zu überfallen. Wie lächerlich das alles ist.

Ich balle meine Fäuste und löse sie wieder, dann will ich einfach gehen. Dabei fällt mein Blick allerdings auf Fine, die gerade vor den Tresen tritt. Die nostalgische rosa Schürze mit den Rüschen verleiht ihr etwas von den Zuckerfeen aus der Geschichte vom Nussknacker. Sonst trägt sie eher schlichte Kleidung, schwarze Jeans sowie ein anliegendes langärmliges weißes Oberteil. Und High Heels. Ich verstehe nicht, warum Frauen sich so etwas antun, aber ich muss gestehen … ihr steht das Outfit. Sogar die Schürze.

Mit einem Mal bin ich sicher, dass sie die Cakepops gemacht hat. Ich konnte die Hingabe darin schmecken, die Freude. Und in diesem Moment strahlt Fine genau das aus. Sie schauspielert nichts von dem, was sie tut, sie ist … echt. Diese Ausstrahlung zieht mich in einen Bann, aus dem ich mich nicht zu lösen vermag.

Und bevor ich weiß, was ich tue, liegt meine Hand auf der Klinke und öffnet die Tür.

KAPITEL 9 - FINE

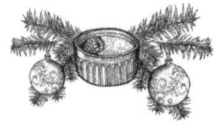

*W*ir haben schon geschlossen«, sage ich und drehe mich zur Tür um.

Der Besen, den ich in der Hand halte, rutscht beinahe zwischen meinen Fingern hindurch, als ich *ihn* sehe. Wie ein dunkler Prinz steht er vor mir mit dem geöffneten schwarzen Kurzmantel über dem maßgeschneiderten dunkelgrauen Anzug. Die leuchtend rote Krawatte verschwindet unter einer ärmellosen Weste und der Kragen des weißen Hemds sieht gestärkt aus.

Wahrscheinlich hat er ein Dutzend Diener, die ihm jeden Morgen die Kleidung herauslegen und sie am Ende des Tages säubern. Immerhin … ist er ein Earl. Und wenn ich Wikipedia trauen darf, das ich in einem Anfall geistiger Umnachtung nach ihm befragt habe, wird er irgendwann der Duke von Westminster sein. Einer der reichsten und mächtigsten Männer Englands. Wieso ist er dann hier?

»Ich weiß, ich bin spät dran«, gesteht er mit kratziger Stimme und räuspert sich. »Darf ich trotzdem … mit Ihnen reden?«

Innerlich verkrampfe ich mich und umfasse den Besenstiel fester. Er ist quasi das Einzige, was zwischen Mr Lancaster und mir steht. Und gleichzeitig würde ich den Besen gerne zur Seite werfen und meine Hände wieder in seinem Nacken verschränken.

Verflucht, Fine, reiß dich zusammen.

»Mit mir reden?«, frage ich und ärgere mich, wie piepsig meine Stimme klingt. Fast so, als würde mir die Intelligenz fehlen, seine Worte zu begreifen. Dabei denkt er sicher ohnehin schon, dass ich nicht die hellste Kerze auf dem Adventskranz sein kann.

»Ja, ich wollte …«, beginnt er und hebt dann leicht den Kopf. Seine Nasenflügel blähen sich und er sieht dann wieder mich an. »Was riecht hier so gut?«

»Mist, die Schokolade«, entfährt es mir. Ich lasse den Besen fallen und haste hinter den Tresen.

Ich habe die heiße Schokolade auf kleiner Flamme stehen lassen, damit sie nicht kalt wird, während ich putze. Zum Glück ist sie nicht zu dick eingekocht.

Erleichtert nehme ich den Topf von dem winzigen Herd und rühre darin. Fast fällt er mir aus der Hand, als ich Mr Lancaster entdecke, der nur eine Armlänge entfernt vor dem Tresen steht.

»Himmel, wie können Sie sich so anschleichen bei Ihrer Größe?«, frage ich vorwurfsvoll.

Sein Mundwinkel zuckt. »Ich habe sehr wohl Geräusche beim Gehen gemacht. Aber wie es scheint, sind Sie gerade ein wenig in Ihrer eigenen Welt versunken.«

Mehr als ein Schnauben bringe ich als Erwiderung nicht hervor. Irgendwie hat er recht, aber das werde ich ihm nicht auf die Nase binden.

»Möchten Sie Versuchskaninchen spielen?«, will ich versöhnlicher wissen.

Er hebt wieder die Augenbrauen, was ziemlich sexy ist. Wie eigentlich alles an ihm. Auch wenn ihn diese Aura umgibt, als hätte er einen unüberwindbaren Schutzschild um sich errichtet. Doch mittlerweile ergibt diese distanzierte Art Sinn. Er ist Brite *und* ein Peer. Und Anwalt. Und verdammt heiß. Zu heiß.

Verflucht, hat er gerade etwas gesagt?

»Entschuldigung, würden Sie das wiederholen?«

»Ich sagte, solange kein Gift in der Schokolade ist, teste ich sie gerne«, erwidert er mit diesem Anflug eines Schmunzelns, das meine Knie weich werden lässt.

»Nun, da ich sie auch selbst kosten werde, würde ich uns beide damit vergiften«, erkläre ich und fülle das Getränk in zwei Tassen. »Möchten Sie einen Cakepop dazu haben?«

Fast meine ich, ihn lächeln zu sehen, aber dieses kleine Strahlen verschwindet genauso schnell von seinem Gesicht, wie es gekommen ist.

»Gerne«, antwortet er einsilbig, nimmt mir aber die beiden Tassen ab und stellt sie auf einen Tisch, von dem er die Stühle wieder auf den Boden befördert.

Inzwischen lege ich drei unterschiedliche Cakepops auf einen Teller und gehe zu ihm. Einen Moment überlege ich, ob ich die Schürze abnehmen soll, dann lasse ich sie an. Ich weiß, dass ich lächerlich darin aussehe, aber er soll nicht denken, dass ich mich für ihn aufbrezle.

Als ich den Teller abstelle und mich setze, betrachtet Mr Lancaster die drei Kuchen am Stiel.

»Ist der Weihnachtsbaum neu?«, wirft er ein und räuspert sich dann, als wäre ihm das unangenehm.

»Ja, die Variante habe ich erst heute gemacht«, erwidere ich. »Haben Sie etwa schon einmal Cakepops von hier gegessen, ehm …« Ich schlucke und er sieht fragend auf. »Entschuldigung, ich habe keine Ahnung, wie ich Sie korrekt anspreche. Eure Lordschaft? Sir? Oder doch nur Mr Lancaster?«

Diesmal verziehen sich seine Mundwinkel zu einem schiefen Grinsen. Oh Gott, jetzt sieht er noch verführerischer aus.

»Wie wäre es mit Henry?«, schlägt er vor und falls ich noch nicht knallrot bin, laufe ich spätestens jetzt wie eine Tomate an.

»Aber ich kann doch nicht …«

»Doch, bitte, ich bestehe darauf«, unterbricht er mich. »Wenn ich Sie Fine nennen darf.«

Ich nicke vermutlich wie einer der Wackeldackel, die manche Taxifahrer auf ihrem Armaturenbrett haben. Henrys Lächeln vertieft sich.

»Und um Ihre erste Frage zu beantworten: Ja, meine Assistentin hat heute ein paar Cakepops besorgt. Und ich wollte sehen, wer sie gebacken hat.«

»Ja, die habe ich verbrochen. Schuldig im Sinne der Anklage«, gestehe ich kleinlaut. »Also, es tut mir leid.«

Das Lächeln verschwindet aus seinem Gesicht. »Was genau?«

»Dass Sie die Cakepops fürchterlich fanden.«

»Wie kommen Sie darauf?«

Ich blinzle. »Na, weil Sie extra hergekommen sind. Da wollen Sie sich bestimmt beschweren«, sage ich und starre auf meine Hände.

Henry gibt ein Geräusch von sich, das wie ein Schnauben klingt, doch als ich aufsehe, stelle ich fest, dass er sich ein Lachen verkneift. Jetzt lacht er mich auch noch aus, wunderbar.

Innerlich koche ich gerade über, versuche aber, ruhig zu bleiben. Nur weil einem Typen meine Süßigkeiten nicht schmecken, heißt das nicht, dass ich eine schlechte Konditorin bin. Vermutlich findet er auch die Dekoration lächerlich. Klar, er ist sicher viel filigranere Kunstwerke gewöhnt.

Ich staune allerdings nicht schlecht, als er den Weihnachtsbaum-Cakepop hochhebt und abbeißt, nachdem er sich wieder unter Kontrolle hat. Der Ausdruck, der über sein Gesicht huscht, lässt mich um Atem ringen. Henry schließt für einen Moment die Augen und seufzt tief, bevor er mich wieder ansieht. Dieses Geräusch lässt meinen Körper kribbeln.

»Ich finde Ihre Cakepops absolut himmlisch«, erklärt er ernst.

»Wirklich?« Mein Erstaunen muss ihn verwundern – das sagt mir zumindest sein Gesichtsausdruck. Als er nickt, während er zu dem zweiten Cakepop greift, füge ich hinzu: »Da bin ich erleichtert.«

»So?« Er hat den zweiten Kuchen schneller verputzt, als ich sprechen konnte. Das scheint ihm auch aufgefallen zu sein. Er wirkt mit einem Mal verlegen und weicht meinem Blick aus. Dann greift Henry zu der Tasse mit der heißen Schokolade und riecht daran. Er setzt sie an die Lippen und hat wieder diesen Ausdruck zum Niederknien im Gesicht.

»Ja. Ich hätte ungerne mit Ihnen über eine Rückerstattung diskutiert«, sage ich.

Henry verschluckt sich und hustet, woraufhin ich aufspringe und auf seinen Rücken klopfe.

»Das trauen Sie mir zu?«, fragt er krächzend und hustet weiter.

»Na, so abwegig finde ich es nicht«, erkläre ich und versuche dennoch, versöhnlich zu klingen. Dann trete ich einen Schritt zurück, um ihn ansehen zu können. »Geht es wieder?«

Er hat aufgehört zu husten, dafür ist sein Gesicht etwas rot. Irgendwie erinnert er mich so an den Höllenfürsten persönlich. Verführerisch, dunkel, gefährlich.

»Ja, geht schon. Aber so dürfen Sie bitte nicht von mir denken. Deswegen würde ich nicht herkommen.«

»Nicht?« Ich setze mich wieder hin und nippe an meiner Schokolade. »Also sind Sie hier, weil Sie noch mehr Cakepops wollten.«

»Ja und nein«, erwidert er und weicht meinem

Blick aus. »Ich bin eigentlich hier, um mich für das, was Freitag geschehen ist, zu entschuldigen.«

»Wofür genau?«, hake ich nach und stelle die Tasse ab. »Den Kuss oder das Verhalten davor? Das eine ist längst vergessen und für das andere müssen Sie sich nicht entschuldigen.«

»Na, dann hoffe ich für mein Selbstbewusstsein, dass Sie nicht den Kuss vergessen haben«, murmelt er und sein Blick wandert für einen Moment zu meinen Lippen.

Mir wird gerade ziemlich heiß und das liegt sicher nicht an der Schokolade.

»Ich denke, den kann man nicht vergessen«, erwidere ich und räuspere mich. »Also, kein Grund für ein schlechtes Gewissen.«

Auch ich weiche seinem Blick aus und eine Weile sitzen wir uns schweigend gegenüber. Dann greift Henry zum letzten Cakepop und betrachtet ihn.

»Wie kamen Sie dazu, ihren Job als Anwältin aufzugeben und in der Bäckerei tätig zu werden?«, fragt er fast beiläufig.

»Das ist eine lange Geschichte«, erkläre ich. »Kurz gesagt: Ich wollte eigentlich nie Anwältin werden, aber es war der Wunsch meiner Eltern. Und wie das manchmal mit Familie so ist, macht man Dinge, die man nicht will, um ihr eine Freude zu bereiten. Aber ...« Ich seufze, verdränge die Momente, die vor meinem geistigen Auge aufsteigen und mich zur Flucht getrieben haben. »Manchmal läuft im Leben so viel auf einmal schief«, fahre ich mit bebender Stimme fort, »dass man nach jedem Strohhalm greift. Backen hat mich immer glücklich gemacht und irgendwann habe ich mich gefragt, warum ich nicht das mache, was ich liebe. Außerdem hat mein Cousin Hilfe gesucht und ich war verfügbar. Also hat sich alles irgendwie gefügt.«

Henry schweigt und ich wage es nicht, ihm ins Gesicht zu sehen, obwohl ich seinen Blick auf mir spüre.

»Jedenfalls sind meine Eltern nicht besonders glücklich darüber, dass ich meine Karriere *weggeworfen* habe, wie sie es nennen«, beende ich meine Geschichte. »Aber immerhin ist es mein Leben. Oder?«

»Das ist bewundernswert«, sagt Henry schließlich.

Ich nehme meinen ganzen Mut zusammen und sehe ihn an. In dem Licht wirken seine Augen dunkelgrün, als wäre er ein mystisches Wesen. Und es liegt etwas Mitfühlendes in seinem Blick. So viel Wärme hätte ich ihm gar nicht zugetraut.

»Es gehört viel Mut dazu, von vorne anzufangen«, fügt er hinzu.

»Na ja, so viel dann auch nicht«, murmle ich. »Immerhin bin ich finanziell ganz gut abgesichert.«

»Trotzdem. Sie haben Ihre Heimat und Ihre sichere Karriere zurückgelassen, um etwas Neues zu wagen. Das würde nicht jeder tun.«

Ich nicke und trinke dann wieder von der Schokolade.

»Und wenn Sie mich fragen ...«, meint Henry und isst den letzten Cakepop, bevor er weiterspricht. »... haben Sie sich absolut richtig entschieden.«

»Weil ich nicht wie eine Anwältin aussehe,

meinen Sie?«, ziehe ich ihn auf. »Dabei habe ich heute gar keinen hässlichen Pullover an.«

»Ich dachte, das hätten Sie vergessen«, wirft er mir mit einem Zwinkern vor.

»Touché«, entgegne ich. »Vermutlich komme ich nicht darüber hinweg.«

»Dann entschuldige ich mich für diese überaus unpassende Bemerkung«, verkündet er und legt seine Hand auf meine.

Ich halte den Atem an, als ich seine Wärme fühle, und betrachte zuerst seine Augen, mit denen er mich offenkundig mustert, und dann seine Lippen. Schnell sehe ich wieder weg.

»Schon in Ordnung«, stammle ich.

»Sicher? Ich könnte noch einige positive Dinge über Ihre köstliche Schokolade sagen und Ihre Entscheidung herzukommen noch einmal lobend bekräftigen.«

Er drückt sich zwar ein wenig geschwollen aus, aber ich finde es irgendwie süß. »Ziemlich sicher. Aber Sie können meine Schokolade trotzdem loben.«

»Typisch Frau«, sagt er mit einem Grinsen und zieht dann seine Hand zurück.

Enttäuschung macht sich in mir breit und ich muss mich davon abhalten zu seufzen. Deswegen beobachte ich Henry, der noch einen Schluck von der Schokolade nimmt.

»Also, die sollten Sie auf jeden Fall auf die Karte nehmen«, verkündet er. »Weil dieses Getränk es schafft, jeden aufzuheitern.«

»Schokolade macht eben glücklich«, meine ich mit

einem Schulterzucken, obwohl mich seine Aussage freut.

Henry wirkt viel umgänglicher und lockerer als vorhin.

»Ja, sofern man sie richtig zubereitet«, gibt er zu bedenken. »Und das können Sie.«

»Danke«, stammle ich verlegen.

»Aber ich halte Sie auf«, sagt Henry mit einem Mal. »Sie wollen bestimmt nach Hause.«

»Oh, ich bin so gut wie fertig«, erkläre ich. »Nur noch ein wenig sauber machen und dann abschließen.«

»Trotzdem, Sie haben sicher Besseres zu tun, als hier mit mir zu sitzen. London ist im Winter wirklich schön, wenn man Weihnachten mag.«

»Ach, und Sie mögen Weihnachten nicht?«, hake ich nach.

Diesmal zuckt er mit den Schultern. »Nicht besonders. Auch das ist eine lange Geschichte.«

»Die können Sie mir ja das nächste Mal erzählen«, schlage ich vor und beiße mir auf die Unterlippe. Ob er das Angebot zu forsch findet? Was habe ich mir bei dem Satz nur gedacht?

»Soll ich denn wiederkommen?«, erwidert er.

Soll er das? Will ich das?

»Das würde mich freuen«, spreche ich meinen Gedanken aus, bevor mein Kopf ihn richtig begriffen hat. »Dann kann ich Ihnen erzählen, dass ich keine Ahnung habe, was ich vom weihnachtlichen London besichtigen soll, und in Wahrheit nichts lieber ansehen würde als das British Museum«, plappere ich wieder ohne Punkt und Komma.

»Ach, und warum gehen Sie dann nicht einfach in das Museum?«, fragt er.

»Nun, es öffnet um zehn und schließt um fünf«, erkläre ich. »In der Zeit arbeite ich. Montags habe ich zwar frei, aber … im Moment ist es sowieso wegen Umbaumaßnahmen geschlossen.«

Wie erbärmlich das klingt. Aber Henry sieht mich nachdenklich und nicht spottend an.

»Verstehe«, murmelt er. »Wenn es wirklich in Ordnung ist, komme ich in nächster Zeit nach Ladenschluss mal wieder vorbei.«

»Ja, sehr gerne«, sage ich viel zu schnell und greife dann nach seiner leeren Tasse. »Ich hoffe, es hat geschmeckt?«

»Zweifeln Sie daran?«, fragt er und hebt eine Augenbraue.

Verdammt, weiß er eigentlich, wie sexy er damit aussieht?

»Nein«, erwidere ich schmunzelnd.

»Was schulde ich Ihnen?«, will er wissen, als er aufsteht.

»Geht aufs Haus. Weil Sie mein Versuchskaninchen waren.«

»Aber die Cakepops waren kein Test«, wirft er ein.

»Geht trotzdem aufs Haus.«

Er stößt den Atem aus. »Dann muss ich mir wohl etwas anderes als Entschädigung überlegen.«

»Sie könnten noch etwas für mich versuchen«, sage ich, stehe auf und renne in die Backstube.

Hastig packe ich einen Bratapfelcupcake in eine Papierschachtel und kehre mit dem Zuckerstreuer bewaffnet zu Henry zurück. Ich stelle die offene Box vor ihm ab und hebe den Zauberstab.

»Was wird das?«, fragt er und betrachtet den Zucker mit dem Glitzer, der sich auf dem Topping verteilt.

»Das ist Weihnachtsmagie. Der Zucker erfüllt Ihnen einen Wunsch«, erkläre ich und die Worte kommen so schnell, dass ich nicht weiß, ob er sie versteht.

Henry blickt vom Cupcake zu mir auf und seine Mundwinkel zucken. »Muss ich den Wunsch aussprechen?«

»Dann geht er doch nicht in Erfüllung«, sage ich entsetzt. »Denken Sie einfach daran, wenn Sie den Cupcake essen.«

Damit schließe ich die Box und drücke sie Henry in die Hand.

»Erzählen Sie mir morgen, wie er Ihnen geschmeckt hat. Oder übermorgen. Oder wann auch immer.«

»Morgen klingt gut«, meint er. »Vielen Dank.«

»Keine Ursache. Viel Glück bei dem Wunsch.«

»Haben Sie einen schönen Abend und eine geruhsame Nacht, Fine.«

»Sie auch, Henry.«

Ich sehe ihm nach, wie er aus dem Laden tritt, und kann mich gerade noch davon abhalten, ihm hinterherzulaufen und meine Nase an der Glastür platt zu drücken. Ist das gerade wirklich passiert? Und war das tatsächlich derselbe Mann wie beim letzten Mal?

»Na ja, der Wunsch hat … fast funktioniert«, murmle ich und atme geräuschvoll aus.

In meinem Magen flattern vermutlich Tausende Schmetterlinge um ihr Leben. Ewig dürfen sie nämlich nicht darin herumschwirren. Sie würden sich genauso die Flügel verbrennen wie ich mir, wenn ich zu lange in Henrys Nähe sein sollte. Denn … welche Zukunft hätten schon ein Duke und eine Konditorin?

BRATAPFEL CUPCAKES - REZEPT

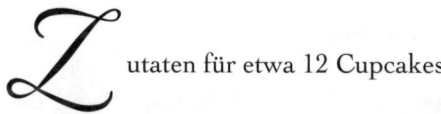 utaten für etwa 12 Cupcakes

Zutaten Sponge: 100g Marzipan, 125g weiche Butter, 100g Zucker, 2 Packungen Vanillezucker, 2 Eier, 160g Mehl, 100g Mandeln

Ofen auf 160 Grad Umluft einstellen. Marzipan in kleine Stücke zupfen, mit Butter schaumig rühren. Nach und nach Zucker und Vanillezucker einrieseln lassen. Eier nach und nach einrühren.

Inzwischen Mehl mit Mandeln mischen und zum Teig hinzufügen. Nicht zu lange mischen, es sollte alles nur vermengt sein.

Papierförmchen in ein Muffinblech legen, Teig bis ca. 2/3 einfüllen und für 15-20 Minuten backen. Abkühlen lassen.

. . .

Bratapfel Topping: 1 süß-säuerlicher Apfel (geschält und in kleine Stücke geschnitten), gemahlener Zimt, 1 EL Ahornsirup, 1 Handvoll Rosinen

Alle Zutaten in einen Topf geben und bei niedriger Hitze etwa 30 Minuten köcheln lassen. Falls die Flüssigkeit zu wenig ist, etwas Wasser aufgießen. Am Ende sollte Apfelgemisch zähflüssig sein.

Zutaten Swiss Meringue: 3 Eiweiß, 180g Zucker, 270g Butter auf Zimmertemperatur

In einer Rührschüssel über dem Wasserbad werden die Eiweiße mit dem Zucker so lange per Hand geschlagen, bis die Masse warm ist und der Zucker sich vollkommen aufgelöst hat. Das dauert etwa 5 Minuten. Masse in Küchenmaschine füllen und bei hoher Geschwindigkeit schlagen, bis Schnee fest ist (etwa 10 Minuten). Geschwindigkeit auf langsam stellen und esslöffelweise Butter hinzugeben.

Jetzt kann die Meringue auf die Sponges gespritzt werden (am Besten mit einer Sterntülle) und anschließend mit den Bratapfelstücken und dem Sirup dekoriert werden.

KAPITEL 10 - HENRY

Zu spät wird mir bewusst, dass ich am Abend keine Zeit habe, in die Bäckerei zu gehen. Damit Fine nicht denkt, ich wäre jemand, der leere Versprechen gibt, gehe ich in meiner Pause in den Laden. Dann kann ich die Gelegenheit gleich nutzen, um etwas zu kaufen.

Allerdings steht nicht Fine, sondern die andere Frau am Tresen. Als sie mich erkennt, klappt ihr Mund auf und sämtliche Farbe weicht aus ihrem Gesicht, bevor ihre Wangen zu glühen anfangen.

»Was kann ich für Sie tun?«, fragt sie mit bebender Stimme und ringt sich ein Lächeln ab. Sie weiß natürlich, wer vor ihr steht.

Ich habe jedoch keine Ahnung, ob sie weiß, dass Fine und ich uns vor knapp einer Woche im Büro geküsst haben. Fine schätze ich nicht so ein, als würde sie groß darüber reden. Bei ihrem Cousin bin ich da weniger sicher.

»Ich würde gerne Ms Wagner sprechen«, sage ich. »Ist sie da?«

»Ehm … ja, also …«, stammelt die Frau und sieht über die Schulter zur Backstube. »Soll ich sie holen?«

»Das wäre nett«, antworte ich und versuche, möglichst nicht einschüchternd zu klingen.

Die Frau dreht sich um und rennt förmlich nach hinten. Es dauert nicht lange, da kommt Fine mit einem unsicheren Lächeln nach vorne.

»Sie sind unerwartet früh hier«, begrüßt sie mich.

»Mir ist leider entfallen, dass ich heute Abend schon etwas vorhabe«, erkläre ich. »Und damit Sie nicht umsonst auf mich warten, wollte ich Ihnen Bescheid geben.«

Ich bin nicht sicher, aber ich habe das Gefühl, dass sich Enttäuschung in ihren unendlich tiefen dunklen Augen spiegelt, obwohl sie immer noch lächelt.

»Dann danke, dass Sie es mir gesagt haben«, ringt sie sich ab.

»Aber wenn es in Ordnung ist, komme ich morgen kurz nach Ladenschluss?«, schlage ich vor.

Jetzt erreicht das Lächeln endlich wieder ihre Augen. »Das würde mich sehr freuen.«

»Gut, also bin ich morgen auf jeden Fall hier«, verspreche ich. Dann sehe ich mir die Köstlichkeiten in der Vitrine an. »Haben Sie zufällig noch ein paar dieser herrlichen Cupcakes, von denen ich gestern einen kosten durfte?«

»Nicht offiziell im Verkauf«, erwidert sie. »Mein Cousin testet sie derzeit. Aber wenn Sie möchten, ich habe hinten noch welche …«

»Wäre es unverschämt, Sie um vier zu bitten?«, frage ich.

Fine lächelt, schüttelt den Kopf und dreht sich um. »Bin gleich wieder da.«

»Vergessen Sie das Wunschpulver nicht!«, rufe ich ihr nach.

»Sieh an, glauben Sie jetzt auch daran?«, will sie an der Tür zur Backstube wissen.

»Manchmal kann ein bisschen Magie nicht schaden, oder?«

Sie zwinkert, was ein angenehmes Kribbeln in meinem Inneren auslöst, dann ist sie hinter der Tür verschwunden. Um den Verkauf nicht zu behindern, trete ich zur Seite, vor allem weil die Frau, auf deren Namensschild »Jen« steht, sich wohl sonst nie wieder an den Tresen traut.

Nach wenigen Minuten kehrt Fine zurück, umrundet den Tresen und steht in Jeans und Kochjacke vor mir. In ihren Händen hält sie einen rosaroten Karton, auf dem »Heavenly Cakes – take me, I'm yours« steht. Ich tue jetzt einfach mal so, als wäre das nicht darauf geschrieben, denn wenn ich Fine so ansehe, würde ich sie wirklich gerne mit mir nehmen.

Sie öffnet den Deckel und zeigt mir die vier Cupcakes, die mit dem magischen Zucker bestreut sind. Auch ein paar Servietten hat sie eingepackt. »Genug Wunschpulver oder brauchen Sie mehr?«

»Ich denke, das wird genügen«, erwidere ich und schmunzle. Fine schließt den Karton und hält ihn mir hin. »Was schulde ich Ihnen?«

»Da es sie noch nicht offiziell zu kaufen gibt, nichts«, entgegnet sie.

»Aber Sie hatten Arbeit damit«, werfe ich ein und betrachte die Leckereien in der Vitrine. »Also, die meisten Cupcakes hier kosten drei Pfund fünfzig. Ihre sind wesentlich schöner und aufwendiger, also würde ich mal fünf Pfund pro Stück annehmen.«

Ich greife in meine Jackeninnentasche zum Portemonnaie, aber Fine legt ihre Hand auf meine. Bei ihrer Berührung wird mir mit einem Mal warm und mein Blick wandert von ihren Augen zu ihren rot geschminkten Lippen. Ob sie weiß, was für eine Versuchung sie damit darstellt?

»Bitte nicht, das geht nicht«, sagt sie leise.

Dann starrt sie auf ihre Hand, mit der sie meine hält, und lässt mich viel zu schnell los.

»Gut, dann … werde ich mir wirklich etwas Besonderes ausdenken, als Gegenleistung«, erwidere ich.

»Sie müssen nicht …«

»Ich weiß, dass ich nicht muss, aber ich möchte es«, unterbreche ich sie und nehme den Karton. »Danke für die Cupcakes. Wir sehen uns morgen Abend.«

Ihre Wangen färben sich etwas dunkler und ich blende alle Menschen um uns aus. Wie gerne würde ich sie jetzt in ihr Büro bitten, diese Lippen wieder mit meinen berühren und mich in dem Moment mit ihr verlieren.

»Bis morgen, Henry«, wispert sie.

Es kostet mich all meine Willenskraft, jetzt zu gehen. Aber es muss sein. Also drehe ich mich um und verlasse die Bäckerei. Zumindest vorerst.

Ich kehre nicht in die Kanzlei zurück, sondern

mache mich auf den Weg zur Stadtvilla meiner Familie. Denn ich möchte etwas Zeit mit Gramps verbringen und ihn von diesen köstlichen Cupcakes kosten lassen.

Als ich dort ankomme, befindet er sich im Salon, von Louisa fehlt jede Spur.

»Henry«, begrüßt Gramps mich mit einem Lächeln.

Seine Haut wirkt noch blasser und mittlerweile hat er Schläuche in den Nasenlöchern. Alles in mir verkrampft sich bei dem Anblick und ich frage mich, wie viel Zeit uns wohl noch bleibt.

»Du siehst gut aus«, sage ich zu ihm und versuche, es auch so zu meinen.

»Ach, lügen liegt dir nicht«, entgegnet Gramps und deutet auf die rosarote Schachtel in meinen Händen. »Was hast du denn da?«

»Die wohl besten Cupcakes, die ich je gegessen habe«, erkläre ich und öffne die Box. »Und sie erfüllen sogar Wünsche.«

Gramps lacht und hustet dann. Bevor ich reagieren kann, ist der Hustenanfall jedoch vorbei und er wischt sich mit dem Handrücken über den Mund. »Seit wann glaubst du an so etwas wie Magie, Henry?«

»Ich weiß nicht«, murmle ich. »Die Dame, die diese Küchlein macht, scheint zu wissen, wovon sie redet. Und sie glaubt daran.«

Auf dem Gesicht meines Großvaters breitet sich ein Schmunzeln aus. »Sieh an, dann hat sie dich wohl verzaubert.«

»Wie kommst du darauf?«, frage ich und räuspere mich unbehaglich.

»Na ja, weil deine Augen strahlen, wenn du über sie sprichst. Wer ist das Mädchen, das dich so beeindruckt hat?«

Verstohlen sehe ich mich um. »Louisa ist nicht im Haus?«

»Nein, sie kümmert sich um den Ball«, antwortet Gramps. »Und jetzt erzähl.«

»Da gibt es nicht viel zu erzählen«, entgegne ich und stelle einen Cupcake auf eine der mitgebrachten Servietten, bevor ich ihm das Gebäckstück reiche. »Ich kenne sie kaum.«

»Aber sie gefällt dir?«

Bevor ich weiß, was ich tue, nicke ich und Großvater lächelt breiter.

»Dann bring sie nächste Woche mal vorbei.«

»Wir hatten noch nicht einmal ein Date«, werfe ich ein. »Außerdem … Wie stellst du dir das vor? Louisa wird …«

»Deine Großtante wird nächste Woche jeden Tag wegen des Balls außer Haus sein. Und ich würde diese Frau gerne kennenlernen, die dich so zum Strahlen bringt, bevor …«

»Sag es nicht«, unterbreche ich ihn und seufze. »Ich werde sehen, was sich machen lässt.« Mit einem Knoten im Magen deute ich auf den Cupcake. »Und jetzt wünsch dir was.«

Gramps hebt das Gebäckstück hoch und betrachtet es. »Gut, dann wünsche ich mir …«

»Nicht aussprechen«, versuche ich, ihn zu unterbrechen, aber Gramps lässt sich nicht abhalten.

»… dass du trotz allem glücklich wirst«, verkündet er und beißt ab.

Genau wie ich es häufig tue, wenn ich Fines Kreationen koste, schließt er die Augen und seufzt.

»Junge, eine Frau, die so etwas zaubern kann, darfst du nie wieder gehen lassen«, erklärt er und beißt noch einmal ab.

Ich schmunzle, obwohl meine Brust sich eng anfühlt. Jedes Mal, wenn ich herkomme, wirkt Großvater zerbrechlicher und obwohl er es nicht zeigen will, sehe ich, dass ihm alles Mühe bereitet. Angst legt sich wie eine eiskalte Klaue um mein Herz. Ich will ihn nicht verlieren. Nicht, weil ich dann mein ganzes Leben auf den Kopf stellen muss. Sondern weil ich nicht bereit bin, ihn gehen zu lassen. Er ist mein letzter Halt und ich weiß nicht, was ich ohne ihn machen soll.

Schnell verdränge ich den Gedanken und unterhalte mich mit ihm über meinen Job. Am Ende muss ich ihm noch einmal versprechen, mit Fine zu reden und sie mitzubringen. Zwar habe ich keine Ahnung, wie ich sie darum bitten soll, ohne sie zu verschrecken – immerhin sind wir kein Paar, werden es vielleicht nie –, aber … irgendetwas wird mir schon einfallen.

Mit einem gigantischen Kranz in den Händen schlendere ich am Donnerstagabend auf die Bäckerei zu. Ich bin unschlüssig, wie ich die Tür damit öffnen soll, aber Fine bemerkt mich zum Glück und lässt mich in den nach Zucker und Marzipan duftenden Laden ein.

»Was haben Sie denn da?«, fragt sie belustigt und hält inne, als ich das Mitbringsel leicht kippe. »Einen Adventskranz«, haucht sie.

»Ich habe mal gelesen, dass in Deutschland und Österreich Adventskränze mit Kerzen auf den Tisch gestellt werden«, erkläre ich und bin nicht sicher, wie ich ihren Blick deuten soll. Ist sie enttäuscht? »In England werden ja nur grüne Tannenkränze an die Türen gehängt. Deswegen dachte ich … Aber wenn Sie schon einen haben …«

»Nein, ich habe überall nach einem gesucht, erfolglos. Dabei ist Sonntag schon der zweite Advent«, sagt sie leise und hebt ihre Hand an die grünen Nadeln. »Er ist wunderschön.«

Ich betrachte die roten Kerzen, die goldenen Schleifen und weiß der Geier, was noch alles darauf drapiert ist. Mit Dekoration konnte ich noch nie etwas anfangen. Aber solange es ihr gefällt …

»Wo darf ich ihn abstellen?«, will ich wissen.

»Ich kann nicht glauben, dass Sie einen Advents-kranz für mich besorgt haben.« Sie blinzelt und sieht mich endlich richtig an.

»Ich sagte doch, ich lasse mir etwas einfallen als Entschädigung für die Cakepops und Cupcakes«, erkläre ich und lächle.

»Aber … der war bestimmt teuer und … wo haben Sie den überhaupt gefunden?«

»Man kann bei dem Blumenhändler seines Vertrauens fast alles anfertigen lassen«, entgegne ich mit einem Zwinkern. »Er war zwar etwas verwirrt, aber nachdem er im Internet nach Inspiration gesucht hat, war er schnell begeistert von der Idee. Wäre also möglich, dass es dieses Jahr in einigen Haushalten solche Kränze gibt.«

»Ich … Danke, das ist unheimlich nett von Ihnen«, bringt sie ergriffen hervor und wendet sich räuspernd ab. Aber das verräterische Glänzen in ihren Augen ist mir nicht entgangen und es lässt mein Herz schneller schlagen. »Würden Sie ihn in das Büro bringen? Da ist auch meine Jacke, dann nehme ich ihn auf jeden Fall nachher mit. Ich hole inzwischen meine neueste Kreation, damit Sie kosten können.«

»Einverstanden.«

Ich folge ihr hinter den Tresen und während sie in der Backstube verschwindet, betrete ich das kleine Büro. Als ich das Licht anschalte, staune ich nicht schlecht. Die unordentlichen Akten sind verschwunden und die losen Blätter auch.

»Ich hätte nicht gedacht, dass hier wirklich ein Schreibtisch steht«, sage ich laut genug, dass Fine es hören muss.

Schritte nähern sich und kurz darauf steht sie so dicht neben mir, dass unsere Körper sich fast berühren. Ein kleines Feuerwerk tobt in mir und ich halte mich an dem Kranz fest, um mich nicht umzudrehen und den nächsten Fehler zu begehen. Den ersten Kuss mag sie mir verziehen haben, aber ob sie es gut findet, wenn ich mich ihr wieder aufdränge?

»Ja, ich kann Unordnung nicht leiden«, erklärt sie. »Deswegen bin ich jeden Tag früher gekommen als nötig, habe hier aufgeräumt und mir einen Überblick verschafft.«

»Machen Sie jetzt die Buchhaltung?«

»Ich habe zwar neben Jura auch Wirtschaft studiert, aber mir ist es lieber, jemand, der sich wirklich mit der Rechtslage in England auskennt, kümmert sich darum«, erwidert sie.

Nun drehe ich mich doch um und betrachte sie in ihrer rosaroten Schürze. »Sie haben ein Doppelstudium absolviert?«

»Wenn ich etwas mache, dann richtig«, murmelt sie und senkt den Blick. »Und da ich mich auf Wirtschaftsrecht spezialisiert habe, dachte ich, das wäre sinnvoll.«

»Aber … Sie können doch unmöglich viel älter als dreißig sein«, stammle ich.

Sie hebt das Kinn und etwas Angriffslustiges blitzt in ihren Augen auf.

»Ich meine, Sie sehen höchstens wie dreißig aus«, füge ich hinzu. »Wie konnten Sie nach dem Studium noch arbeiten?«

»Ehrlich gesagt werde ich Sonntag dreißig«, entgegnet sie. »Und ich war ziemlich schnell mit dem Studium fertig. Ich wollte es einfach hinter mich bringen.«

»Sie haben Sonntag Geburtstag?«

Fine ringt sich ein Lächeln ab. »Leider, ja.«

»Wieso leider? Sie feiern doch bestimmt mit Ihrer Familie, oder?«

»Ich fürchte, Mark hat wirklich etwas geplant.« Fine seufzt. »Aber außer ihm und Jen wird wohl keiner mit mir feiern. Ich bin noch nicht einmal sicher, ob meine Eltern dieses Jahr überhaupt anrufen.«

Trauer legt sich über ihre sonst so strahlende Miene und bevor ich weiß, was ich sage, verlassen die Worte bereits meinen Mund. »Hätten Sie dann vielleicht Lust, am Montag etwas mit mir zu unternehmen?«

Sie blinzelt wieder. »Bitte?«

»Meinten Sie nicht, Sie hätten Montag frei?« Fine nickt und sieht mich verwirrt an. »Dann erlauben Sie mir bitte, Sie abzuholen und mit Ihnen Ihren Geburtstag nachzufeiern.«

»Aber … das müssen Sie nicht, ich habe das nicht erwähnt, weil …«

»Ich würde es dennoch gerne tun«, unterbreche ich sie. »Darf ich Sie also abholen?«

Sie zögert, dann nickt sie und ich bin froh, dass sie nicht fragt, ob das am Montag ein Date ist. Denn ich bin mir ehrlich gesagt nicht sicher, aber ich möchte sie wirklich ausführen. Und ich habe schon eine Idee für die gemeinsame Zeit.

»Was haben Sie heute zum Testen?«, will ich wissen.

Ich lege den Kranz auf einen Stuhl neben dem Jackenständer und folge Fine in den Verkaufsraum zurück. Sie hat einen Tisch für uns vorbereitet. Zwei Schälchen befinden sich bereits darauf.

»Crème brûlée«, antwortet sie und nimmt auf einem Stuhl Platz. »Mit Tonkabohne.«

»Ich habe noch nie Tonkabohne gegessen«, murmle ich und setze mich ihr gegenüber an den Tisch.

Sie schiebt mir einen Teller mit einer kleinen weißen Form hin. Die Zuckerschicht, die sie flambiert hat, ist dunkel und als ich hineinsteche, knackt sie genau so, wie sie soll. Ein würziger Duft steigt mir in die Nase. Ein wenig Vanille, ein wenig Nuss und ein Hauch Marzipan. Als ich mir den Löffel in den Mund schiebe, explodieren die Süße und die Gewürze auf meiner Zunge und ich seufze tief.

»Das ist unglaublich«, gestehe ich.

»Ja, wegen der Tonkabohne, sie hat ein spezielles Aroma«, meint Fine.

»Oder es liegt daran, dass Sie diese Creme einfach perfekt gemacht haben«, schlage ich vor.

Sie lächelt verlegen und wieder färben sich ihre Wangen dunkel. Ich finde, das steht ihr unheimlich gut.

»Wollen Sie mehr?«, fragt sie, nachdem ich das Schälchen viel zu schnell ausgegessen habe.

»Wollen ja, aber ich sollte nicht«, entgegne ich mit einem Seufzen. »Bei Süßigkeiten werde ich leider viel zu schnell süchtig.«

»Sieh an, Sie haben also auch Schwächen«, sagt sie mit einem Zwinkern. »Wer hätte das gedacht.«

Sie schiebt mir ihre unberührte Portion hin und nach kurzem Zögern greife ich zu und esse das Dessert auf.

»Ich hätte Tonkabohne wohl viel früher kosten müssen«, meine ich und lehne mich auf dem Stuhl zurück.

»Ich bin auch nur durch Zufall darauf gestoßen«, gibt sie zu.

Das Lächeln in ihrem Gesicht lässt die Süße der

Nachspeise noch intensiver erscheinen. Ich würde gerne herausfinden, ob ihre Lippen immer noch nach diesem Versprechen einer Versuchung schmecken wie letzte Woche.

»Darf ich Ihnen den Kranz nach Hause tragen?«, frage ich, um mich davon abzuhalten, mich über den Tisch zu beugen und sie zu berühren.

»Das schaffe ich schon«, winkt sie ab.

»Ich bestehe darauf. Der Blumenhändler hat es mit der Größe wohl zu gut gemeint und außerdem liegt Ihre Wohnung für mich auf dem Weg.«

Sie hebt einen Mundwinkel. »Das stimmt doch gar nicht«, sagt sie. »Letzte Woche sind Sie Richtung Westen gegangen. Die Bäckerei liegt ebenfalls westlich von meiner Adresse. Also würden Sie in die falsche Richtung gehen.«

»Erwischt.« Ich zwinkere. »Aber das stört mich nicht. Außerdem ist es dunkel und ich hätte ein besseres Gefühl, wenn ich Sie nach Hause begleiten würde.«

»Ein britischer Gentleman wie aus dem Buche«, meint sie amüsiert. »Dann gerne. Ich räume nur schnell das Geschirr weg und bin gleich bei Ihnen.«

»Ich hole inzwischen den Kranz und Ihren Mantel«, schlage ich vor.

Fine nickt und wir teilen uns auf, nur um kurz darauf gemeinsam im Verkaufsraum zu stehen. Ich lege den Kranz auf einen Tisch, helfe ihr in den Mantel und halte ihre Schultern dabei einen Moment länger als nötig. Ihr scheint es auch aufzufallen, denn sie presst ihre Lippen zu einem schmalen Strich zusammen, während sie mich unsicher ansieht.

In meinem Magen kribbelt es und ich reiße meinen Blick von ihr, lasse sie los und nehme den Kranz auf. Fine räuspert sich, öffnet mir die Tür und schließt hinter uns ab. Wortlos gehen wir nebeneinander über die weihnachtlich beleuchtete Oxford Street.

Dieses Jahr hängen glitzernde Regenschirme zwischen Sternen und Engeln. Fine blickt hoch und lächelt.

»Das ist angeblich eine der schönsten Straßen zur Weihnachtszeit«, erkläre ich nach einer Weile.

»Heißt das, Sie wissen es nicht?«, fragt sie überrascht.

Ich zucke mit den Schultern. »Ich habe Ihnen doch schon gesagt, ich mache mir nichts aus Weihnachten.«

»Na, auf die Erklärung bin ich gespannt«, murmelt sie.

»Vielleicht erzähle ich es Ihnen nach Montag einmal«, erwidere ich. »Es ist wirklich eine längere Geschichte.«

Ehe ich michs versehe, stehen wir vor dem Haus, in dem sich Fines Wohnung befindet. Sie zieht einen Schlüssel aus ihrer Manteltasche und bleibt auf der ersten Stufe zum Eingang stehen.

»Ich hoffe, Sie sind mir nicht böse, aber ich werde es die nächsten Tage nicht in die Bäckerei schaffen.«

»Oh. Nein, alles gut«, antwortet sie und klingt trotzdem enttäuscht. Zumindest rede ich mir das ein.

»Dafür hole ich Sie Montag um sechs Uhr hier ab. Ist das in Ordnung?«

»Natürlich. Ich freue mich«, erwidert sie. »Nur …
eine Frage. Was soll ich anziehen?«

Ich hebe eine Augenbraue. »Ich denke, etwas
Warmes, Bequemes. Ich führe Sie nicht zum Essen
aus. Außer … Sie wollen das?«

»Oh, nein, ich frage nur, damit ich nicht unpassend gekleidet bin«, stammelt sie. »Wissen Sie, ich
habe einen Hang dazu, falsche Kleidung auszuwäh-
len. Einmal bin ich in einem Cocktailkleid auf einer
Kartbahn gewesen. Es war eher unpraktisch, darin
über eine Piste zu rasen. Aber ich habe mich auf der
Einladung verlesen und …« Sie atmet scharf ein und
ich kann nicht anders, als zu grinsen. »Entschuldigung, das …«

»Schon gut. Ziehen Sie etwas an, in dem Sie sich
wohlfühlen«, bestätige ich meine Worte.

»Alles klar«, haucht sie.

Wenn ich hier länger stehen bleibe, überwinde ich
die Entfernung zwischen uns und koste ihre Lippen
noch einmal. Das sollte ich wirklich nicht machen,
nicht, wenn sie mich so verwirrt ansieht wie jetzt.

»Dann bis Montag. Schlafen Sie gut«, sage ich
deswegen und gehe.

»Henry!«, ruft sie mir nach und ich drehe mich
um. »Der Kranz?«

Erst da bemerke ich, dass ich den Adventskranz
immer noch halte. Ich ringe mir ein Lachen ab und
reiche ihn ihr.

»Entschuldigung, ich war wohl mit den Gedanken
woanders«, erkläre ich.

»Kein Problem«, entgegnet sie. »Gute Nacht,

Henry. Und vielen Dank, dass Sie mich nach Hause gebracht haben.«

»War mir ein Vergnügen.«

Mit einem leichten Nicken drehe ich mich wieder um und gehe, solange ich die Kraft dazu noch aufbringen kann. Außerdem muss ich mir überlegen, wie ich meinen Plan für Montag am besten umsetze, um Fine einen schönen Abend zu bereiten.

KAPITEL 11 - FINE

*H*appy Biiiiirthday tooooo yooooouuu!«, trällern Mark und Jen vollkommen falsch, aber von Herzen, und halten mir die kleine Torte vor die Nase. »Los, blas die Kerze aus und wünsch dir was.«

Ich betrachte den rosa Zuckerguss, den Mark mit so viel Liebe in Form von Rosen auf die Torte aufgespritzt hat, schließe meine Augen und puste die kleine Flamme aus.

»Was hast du dir gewünscht?«, will Jen wissen und grinst mich breit an. »Oder an wen hast du gedacht?«

»An niemanden«, murmle ich und nehme das erste Stück, das Mark abgeschnitten hat.

»Na, er war ja auch schon lange nicht mehr hier im Laden«, verkündet mein Cousin und reicht Jen das nächste Stück. »Seit Donnerstag, oder?«

»Ich habe keine Ahnung, wovon ihr sprecht«, sage ich und schiebe mir Torte in den Mund.

»Nein? Dann frische ich deine Erinnerung auf. Wir reden von dem Kerl, bei dem du vor etwas mehr als einer Woche eine Mandeluntersuchung mit deiner Zunge durchgeführt hast«, hilft Mark mir auf die Sprünge.

»Igitt, wieso sagst du das so?« Ich verziehe das Gesicht.

»Na, weil ich euch sicher ganz anders vorgefunden hätte, wenn ich drei Minuten später gekommen wäre.« Mark schaudert. »Davon hätte ich mich den Rest meines Lebens nicht erholt.«

»Du übertreibst«, nuschle ich. »So was wäre nicht passiert.«

»Danach wart ihr hoffentlich zivilisierter«, sagt Mark und seine Augen weiten sich. »Oder habt ihr es hier auf den Tischen getan? Bitte sag, dass es nicht so war, weil sonst …«

»Beruhig dich«, unterbreche ich ihn. »Wir haben uns weder geküsst noch sonst etwas getan, wenn er hier war.«

»Aha.« Mark stützt sein Kinn auf einer Hand ab. »Und jetzt erzähl, warum ist er heute nicht hier? Hast du ihm nicht gesagt, dass du Geburtstag hast?«

Ich schweige und stochere in meinem Kuchen herum, ehe ich kleinlaut gestehe: »Er holt mich morgen ab und wir … gehen aus. Glaube ich zumindest.«

»Wie, *du glaubst*?«, fragen mich die beiden wie aus einem Mund.

»Na, ich habe nicht gefragt, ob es ein Date ist,

und er hat es nicht so bezeichnet.« Ich zucke mit den Schultern und hoffe, es wirkt gleichgültig. »Ich weiß auch nicht, was er vorhat, aber er meinte, ich soll mir etwas Bequemes anziehen.«

»Ach, das fragst du, aber nicht, was ihr macht?« Mark schnalzt mit der Zunge. »Und was wirst du tragen?«

»Jeans und Pullover«, erwidere ich.

Mark stöhnt theatralisch. »Ich meine darunter.«

»Mark!«, quietsche ich. »Wieso ...«

»Du weißt nie, was passiert«, rechtfertigt sich mein Cousin. »Ehrlich, was, wenn du umkippst und er dir das Oberteil aufreißen muss, um dir zu helfen? Stell dir vor, er sieht einen BH, den unsere Grandma getragen haben könnte. Oder dass dein Höschen nicht dazu passt. Das wäre ein unverzeihlicher Fauxpas.«

»Verflucht, Mark, warum sollte er mein Oberteil aufreißen müssen, um mir zu helfen? Oder dabei herausfinden, dass mein Höschen nicht zum BH passt?«

»Man weiß nie.« Mein Cousin hebt grinsend die Hände. »Vielleicht helfe ich dir morgen, das Outfit auszusuchen. Auch in Casual kann man klasse aussehen oder viel falsch machen.«

»Mark, wozu?«, will ich wissen.

»Weil du auf ein Date gehst«, antwortet Jen statt ihm. »Mit einem gut aussehenden, wenn auch furcht-einflößenden Mann. Und obwohl ihr schon rumge-knutscht habt, gebe ich Mark recht. Du solltest Casual Chic tragen.«

Ich rolle mit den Augen. »Fein, ich habe wohl

kaum eine andere Wahl«, murmle ich und fürchte mich schon vor morgen, wenn zuerst mein Cousin meine Garderobe auseinandernimmt und dann Henry vor mir steht. Weil ich wirklich keine Ahnung habe, was ich von dem Abend erwarten soll. Vermutlich nichts, dann bin ich weniger enttäuscht, wenn er mit mir doch nur ein schnelles Abendessen einnimmt.

Am nächsten Tag bin ich gegen fünf Uhr nachmittags ein nervliches Wrack. Mark hat mich jeden Pullover, den ich besitze, mehrfach an- und ausziehen lassen, keinen für gut befunden und ist daher kurzerhand einkaufen gegangen. Noch ist er nicht zurück und ich stehe in Jeans und BH im Wohnzimmer und bete, dass Henry nicht genau jetzt klingelt.

Als die Tür aufgeht, laufe ich zu Mark, der mit einer Tüte aus einer Boutique in der Nähe vor mir steht.

»Wo warst du so lange?«, frage ich und will ihm den Einkauf abnehmen.

Er zieht die Tüte zurück, bevor ich sie erreiche. »Gut Ding braucht Weile, aber ich habe ihn gefunden. Den perfekten Pullover für dich, der sagt: ›Ich bin ein braves Mädchen‹ und ›Stell mit mir all die schmutzigen Dinge an, die dir einfallen‹.«

Ich tippe mit meinem Fuß auf den Boden und verschränke die Arme vor meiner quasi nackten Brust. »Darf ich das Wunderding dann auch mal sehen?«

Mark grinst, stellt die Einkaufstasche ab und

zieht einen weißen Pullover heraus. Der Ausschnitt ist ziemlich tief und ich befürchte, dass das Teil schulterfrei ist, als ich es nehme. Aber die Wolle ist unglaublich weich und warm.

»Ist das Kaschmir?«

»Für meine liebste Cousine nur das Beste«, verkündet Mark.

»Ich bin deine einzige Cousine.«

»Weiß ich, aber du bist mir trotzdem die liebste von allen.« Er grinst breiter. »Zieh schon an, ich will sehen, ob ich recht habe.«

Seufzend streife ich den Pullover über. Jap, der Ausschnitt ist tief, aber die Schultern sind zumindest größtenteils bedeckt. Und man sieht die BH-Träger nicht.

»So, und jetzt noch die Kette, die du früher immer getragen hast«, meint Mark und rennt in mein Zimmer.

Bevor ich ihn rufen kann, ist er zurück und hält mir die feine Goldkette mit dem Anhänger hin, den Grandma mir geschenkt hat. Es ist ein kleines Herz, in das ein Spruch eingraviert ist. »Omnia vincit amor« – Liebe überwindet alles.

Mark drückt sie mir in die Hand und ich lege sie an. »Die habe ich schon ewig nicht mehr getragen«, murmle ich.

»Ja, aber heute passt sie perfekt. Die Länge, das Symbol, der Spruch …«

»Kann es sein, dass du mehr in diesen Abend hineininterpretierst, als er wirklich bedeutet?«, frage ich. »Immerhin hast du gesagt, der Earl wäre ein Aufreißer und würde nichts anbrennen lassen.« Ich stoße den Atem aus. »Soll ich dann überhaupt mit ihm ausgehen? Ich meine, ich bin wirklich nicht der Typ für ein kurzes Abenteuer und …«

»Fine«, unterbricht mein Cousin mich leise und deutet auf den Couchtisch, wo der Adventskranz steht. »Wenn er ein kurzes Abenteuer mit dir suchen würde, hätte er dir keinen Kranz gebracht. Er würde dich in irgendeinen hochexquisiten Laden einladen oder in einen Club schleppen, versuchen, dir zu imponieren, dich zu sich mitnehmen, Spaß haben und vor Mitternacht in ein Taxi nach Hause setzen. Glaub mir. Ich kenne das Vorgehen von solchen aristokratischen Männern.«

»Ist das so?«, frage ich überrascht.

»Ja, ist es«, meint Mark und wirkt verbittert. »Jedenfalls … hat er dich besucht, dir ein Geschenk gemacht und daher heute ziemlich sicher nicht vor, dich irgendwo abzufüllen, zu verführen und dann fallen zu lassen.«

Ich beginne, meine Hände zu kneten. »Es ist nur, ich bin …«

»Das mit Dominik ist längst zu Ende«, sagt Mark, als mir die Worte ausgehen, und legt seine Hände auf meine Schultern. »Und der Earl mag etwas hochnäsig wirken, seine Handlungen erzählen aber eine andere Geschichte. Lass dich drauf ein, genieß den Abend und wenn du Rettung brauchst, schick mir eine SMS und ich bin da, so schnell ein Taxi mich zu dir bringt. Als Ritter in Lederjacke, sozusagen.«

Seine Worte zaubern ein Lächeln auf mein Gesicht. »Danke«, hauche ich. »Auch für den Pullover. Er ist wunderschön.«

»Ja, und er steht dir. Auch der BH darunter ist schön und ich hoffe, das Höschen passend?«

Ich nicke schnell, bevor mein Cousin mich auffordert, die Jeans zum Beweis zu öffnen.

»Gut. Darf ich dir noch einen Tipp geben?« Mark legt den Kopf schief und redet weiter, ohne auf meine Antwort zu warten. »Du trägst immer passendes Make-up, mit den Haaren gibst du dir aber nie Mühe. Dabei sind sie wirklich schön, wenn du sie offen lässt.«

»Na ja, in der Bäckerei will ich nicht riskieren, dass sie im Teig landen, und …«

»Jetzt bist du nicht in der Bäckerei«, unterbricht Mark mich. »Komm, wir haben noch ein paar Minuten. Ich mache dir unwiderstehliche Locken.«

Es ist vermutlich auch hierbei sinnlos zu widersprechen, also folge ich Mark ins Bad, wo er zu meiner Überraschung ein Glätteisen aus einer Lade zieht und damit beginnt, meine Haare zu bearbeiten.

Er wird in dem Moment fertig, als es an der Tür klingelt.

»Uh, das ist er«, ruft Mark aus und klatscht aufgeregt in die Hände. »Halt still und mach die Augen zu.«

Er sprüht etwa eine halbe Dose Haarlack auf meine Frisur, sodass ich um Atem ringe.

»Das hält selbst dem britischen Wetter stand«, verkündet er.

Bevor ich einen Blick auf das Werk werfen kann, zieht er mich in den Flur und drückt bei der Gegensprechanlage auf den Knopf, um Henry in das Haus einzulassen.

»Nicht die Schuhe, nimm die Stiefel da«, weist er mich an, bevor er auch die Wohnungstür öffnet.

Ich richte mich gerade auf, als Henry vor mir steht. Nervös sehe ich in sein Gesicht und frage mich, wieso er seine Augen so weit öffnet und mich stumm anstarrt. Gerade will ich nach meinen Haaren greifen, da blinzelt er und räuspert sich.

»Sie sehen umwerfend aus«, bringt er statt einer Begrüßung heraus.

»Ja, nicht wahr? Schöner als jeder Weihnachtsengel«, pflichtet Mark ihm grinsend bei und streckt Henry die Hand hin, die dieser schüttelt, ohne den Blick von mir zu wenden.

»Sind Sie so weit? Oder bin ich zu früh oder …«, stammelt Henry.

»Nein, sie ist so weit«, antwortet Mark statt mir und reicht mir einen Schal.

Als er mir den Kurzmantel geben will, nimmt Henry ihm diesen aus der Hand und breitet das Kleidungsstück vor mir aus. Mit einem Lächeln schlüpfe ich hinein und atme erst aus, als ich die Knöpfe schließen kann.

»Der Zauber hält nur bis Mitternacht«, erklärt Mark. »Danach verwandelt sie sich in einen Kürbis zurück.«

»Erinnere mich daran, dir nachher Spinnen ins Bett zu legen«, zische ich ihm zu.

Henrys Mundwinkel zucken, während er zwischen uns hin- und herblickt. »Ich kann Ihnen beim Spinnenverteilen helfen«, erklärt er sich bereit. »Und ich bringe Fine rechtzeitig zurück. Auch wenn ich mir nicht vorstellen kann, dass sie jemals etwas anderes als bezaubernd ist.«

Bei seinen Worten wird mir heiß und obwohl Marks Mund aufklappt, als wäre er ein Karpfen, kommt kein Ton heraus. Hat Henry das gerade wirklich gesagt?

Er räuspert sich. »Sollen wir?«

Ich ergreife den Arm, den er mir hinhält. Etwas nostalgisch, aber irgendwie schön.

»Bis später!«, ruft Mark uns nach, als wir gehen, und schließt die Tür, noch bevor wir im ersten Stock ankommen.

»Ihr Cousin ist …«

»Sonderbar?«, helfe ich Henry aus, als er nach Worten sucht.

»Ich würde sagen, auf seine Weise charmant. Und er ist Ihnen sehr zugetan.«

»Beruht auf Gegenseitigkeit. Meistens.« Ich beiße mir auf die Unterlippe. »Sagen Sie mir jetzt, wohin Sie mich heute entführen?«

Ich hatte kaum Zeit, Henry zu mustern, aber ich habe bemerkt, dass auch er Jeans statt der Anzughose trägt.

»Nein, es ist eine Überraschung«, erwidert er geheimnisvoll.

Am Straßenrand wartet ein Taxi auf uns, dessen Tür Henry für mich öffnet, ehe er nach mir einsteigt. Er nennt dem Fahrer keine Adresse, also hat er das wohl zuvor schon getan. Das Auto setzt sich in Bewegung und nachdem wir angeschnallt sind, fahren wir über die noch gut besuchte Oxford Street mit all ihren Lichtern und Auslagen.

Trotz des dichten Verkehrs scheint das Taxi das Ziel schnell erreicht zu haben, denn es hält mit einem Mal.

»Wir sind da«, verkündet Henry, öffnet die Tür, steigt aus und hält mir eine Hand hin.

Es hat zu regnen begonnen, wobei es so kalt ist, dass sich erste Schneeflocken zwischen die dicken Tropfen mischen. Mein Atem gefriert und ich sehe von Henry, der schief grinst, zu dem Gebäude vor uns.

»Das British Museum«, wispere ich und wende mich wieder Henry zu. »Aber es hat doch wegen des Umbaus geschlossen.«

»Für uns öffnet es ausnahmsweise die Türen«, erwidert er und greift nach meiner Hand. Er hilft mir beim Aussteigen und führt mich anschließend die Stufen zum Haupteingang hinauf.

Das Gebäude erinnert an einen griechischen Tempel und es ist so groß, dass man vermutlich mehrere Tage darin verbringen könnte. Vor der riesigen Tür aus dunklem Holz bleiben wir stehen und Henry klopft an.

Tatsächlich öffnet sie sich und ein Mann in Nachtwächteruniform steht vor uns.

»Willkommen, Mr Lancaster. Madam« Der Mann zieht an seiner Mütze. »Das Museum ist zu weitläufig, um es in zwei Stunden vollkommen zu erkunden. Wenn Sie sich also für eine Ausstellung entscheiden würden, bringe ich Sie dorthin.«

Henry wendet sich mir fragend zu. »Die ägyptische Ausstellung bitte«, sage ich schnell.

»Mit Vergnügen«, entgegnet der Wachmann und lässt uns ein.

Er führt uns durch das stille und fast stockdunkle Museum zu dem Teil, in dem sich die ägyptische Ausstellung befindet. Dort schaltet er alle Lichter an, was mir nur recht ist. Auch wenn ich die Exponate spannend finde, ein wenig gruselig wäre es im Dunkeln schon mit den Mumien, Waffen und Sarkophagen.

»Wie gesagt, in zwei Stunden muss ich Sie leider abholen, Sir«, verkündet der Nachtwächter.

»Das genügt vollkommen. Vielen Dank für Ihre Hilfe.«

Der Wachmann macht kehrt und verschwindet im Museum. Somit sind wir beide allein hier.

»Wie haben Sie … und wieso …«

»Sie meinten, Sie würden das Museum gerne besuchen«, erklärt er mit einem Schmunzeln. »Und ich habe ein paar Kontakte, die ganz hilfreich dabei waren, das hier zu organisieren.« Seine Miene wird ernster. »Oder möchten Sie etwas anderes machen? Wir können auch …«

»Nein«, unterbreche ich ihn schnell. »Das hier ist unglaublich. Ich weiß gar nicht, was ich sagen soll.«

Er beugt sich ein Stück herab und meine Haut prickelt, während ich ihm in die undefinierbaren Augen sehe. »Dann sagen Sie nichts und genießen einfach.«

Ich bin ein wenig enttäuscht, dass er sich wieder aufrichtet, statt die Entfernung zwischen uns zu überwinden und mich zu küssen. Irgendwie habe ich gehofft, dass mein Wunsch, den ich an den Cupcake gerichtet habe, doch noch in Erfüllung geht. Aber so ist das eben manchmal mit Wünschen …

Obwohl überall Licht brennt, bin ich froh, dass Henry immer noch meine Hand hält, während wir an den verschiedenen Exponaten vorbeischlendern. Meine Fantasie ist bei manchen Dingen zu ausgeprägt und beinahe erwarte ich, dass irgendwo etwas umkippt oder sich aus seinem Sarg erhebt.

»Warum gerade Ägypten?«, will Henry wissen.

»Ich fand es schon immer faszinierend, weil diese Kultur so anders war als die anderen«, erkläre ich. »Die Göttergeschichten, der Glaube an das Leben nach dem Tod, die Bauwerke … Das alles ist einzigartig. Und die Ägypter wussten viele Dinge, die wir in Europa erst deutlich später herausgefunden haben.«

»Hm«, macht Henry nur.

»Früher wollte ich Archäologin werden«, gestehe ich. »Und zwar nur wegen Ägypten.«

»Was hat Sie davon abgehalten?«, hakt er nach.

»Die Vorstellung, jahrelang im Sand zu graben und nichts zu finden«, murmle ich. »Außerdem hätte ich nur Überreste gefunden von etwas, das schon lange nicht mehr existiert. Ich wollte lieber etwas erschaffen und in der Küche kann ich das.« Ich seufze. »Und trotzdem bin ich meinen Eltern zuliebe Anwältin geworden.«

»Also haben Sie schon früh mit dem Backen begonnen«, greift er zum Glück das schönere Thema auf und übergeht meinen Einwurf mit dem Jurastudium.

»Ja, ich habe meiner Großmutter schon geholfen, als ich gerade einmal gehen konnte.«

»Früh übt sich eben«, meint er und schmunzelt wieder.

Während wir uns den Stein von Rosette ansehen, durch den man die Hieroglyphen entschlüsselt hat, nehme ich all meinen Mut zusammen.

»Erzählen Sie mir, warum Sie Weihnachten nicht mögen?«

Henry stößt den Atem aus. »Ich dachte, wir reden erst ab morgen darüber.«

»Wir sind hier ungestört und ich bezweifle, dass ich Sie mit meinen Erzählungen über die ägyptische Mythologie wirklich gut unterhalten kann«, erwidere ich.

»Ja, aber es könnte den Abend verderben und ich habe eigentlich noch etwas mit Ihnen vor«, murmelt er und räuspert sich, nachdem er mir ins Gesicht geblickt hat. »Das klang jetzt unvorteilhaft. Ich wollte Ihnen noch etwas zeigen, bevor ich Sie nach Hause bringe.« Ich halte seinem Blick stand und er stößt noch einmal den Atem aus. »Sagen wir einfach, dass mein Leben zu Weihnachten eine unschöne Wendung genommen hat und ich die Feiertage seitdem nicht mehr mag. Und dabei würde ich es für den Moment gerne belassen.«

»In Ordnung«, bringe ich heraus und versuche, mich auf die Ausstellung zu konzentrieren. Henry schweigt und hält meine Hand, lässt mir alle Zeit, mir die Exponate anzusehen. Aber ich muss mich wirklich zwingen, nicht ständig Henry zu betrachten.

Als der Nachtwächter unvermittelt vor uns steht und uns hinausbringt, kann ich nicht glauben, wie schnell zwei Stunden vergehen können. Trotz der angespannten Stille zwischen uns. Seit meiner Frage hat Henry kein Wort mehr gesagt. Und das nagt ein wenig an mir.

Ich fand die Abende, an denen Henry und ich miteinander geredet haben, schön. Ihn jetzt so schweigend zu erleben, ist seltsam. Fast so, als stünde etwas zwischen uns.

»Es tut mir leid«, sagen wir beide wie aus einem Mund, nachdem die Tür sich hinter uns geschlossen hat.

Dann lächeln wir gleichzeitig. »Was tut Ihnen leid?«, frage ich, weil Henry mir bedeutet, als Erste zu sprechen.

»Dass ich den Abend trotz allem ruiniert habe«, erklärt er und seufzt. »Wenn Sie wollen, sage ich dem Taxifahrer, dass er uns zurückbringen soll.«

»Nein, der Abend ist doch nicht ruiniert und wenn, bin ich schuld«, erkläre ich viel zu schnell. »Ich hätte Ihren Wunsch, nicht darüber zu reden, respektieren sollen. Aber ich kenne sonst niemanden, der Weihnachten nicht mag.«

Er sieht zu dem Taxi, das auf uns wartet, dann zu meinen Füßen. »Wie gut können Sie in den Stiefeln gehen?«, will er wissen.

»Gut, wieso?«

»Dann … lassen Sie uns zu unserem nächsten Ziel spazieren. Das Taxi findet uns dort.«

Aus dem Schneeregen ist mittlerweile ein leichter

Schneefall geworden. Aber ich weiß, dass nichts liegen bleiben wird. Dazu ist es trotz allem noch zu warm.

»Es ist nicht weit«, fügt Henry hinzu, weil ich noch überlege. »Etwa zehn Minuten zu Fuß.«

»Na, dann sollte es kein Problem sein«, meine ich.

Also gehen wir durch die fast leeren Straßen und Henry hält immer noch meine Hand.

»Dass ich der nächste Duke of Westminster werde, wissen Sie vermutlich schon?«, fragt er nach einer Weile.

»Ja, das habe ich bereits erfahren«, erwidere ich und mein Magen verknotet sich bei dem Gedanken.

Immerhin könnten wir kaum aus unterschiedlicheren Welten stammen. Es ändert auch nichts, dass meine Großmutter einen Adelstitel hatte, bevor sie ihr Leben hier aufgegeben hat, um meinen Großvater zu heiraten. Weil ich eben bin, wer ich bin.

»Ich werde den Titel von meinem Großvater erben«, fährt er fort. »Nicht von meinem Vater. Meine Familie ist nämlich vor neun Jahren bei einem Flugzeugabsturz ums Leben gekommen. Am Heiligen Abend. Ich habe damals studiert und mich nicht für die Charity-Events interessiert, an denen meine Familie beteiligt war. Mein Bruder George war da anders. Er hat diese Aufgaben gern übernommen. Deswegen war er bei meinen Eltern und ich im Wohnheim des Colleges. Sie sind mit einer kleinen Propellermaschine geflogen. Die Sicht war wohl schlecht und das Flugzeug kollidierte mit einer Bergspitze.« Er schluckt schwer. »Ich rede ungern darüber, aber ich wollte das nicht ungeklärt zwischen uns stehen lassen.«

»Oh, Henry, das … tut mir unglaublich leid«, bringe ich wispernd heraus.

»Seitdem bedeuten mir die ganzen Dinge rund um die Weihnachtstage nichts mehr«, gesteht er. »Die Lichter sind nichts als Hohn und Spott, die ganze Dekoration erinnert mich nur daran, was damals geschehen ist …«

»Und trotzdem haben Sie mir einen Adventskranz geschenkt«, werfe ich ein.

Henry bleibt stehen und ich wende mich ihm zu. Er lässt meine Hand nicht los, mustert mich nur einen ewig erscheinenden Moment.

»Weil Ihnen Weihnachten wichtig ist«, sagt er.

»Wie kommen Sie darauf?«

»Sie wirkten so glücklich, als Sie mit den Kindern gebacken haben. Und als ich Ihnen den Adventskranz überreicht habe, lag dieses Strahlen in Ihren Augen. Und deswegen dachte ich, ich bringe Sie hierher.«

Er deutet mit dem Kinn hinter mich und ich wende mich in die Richtung. Bei dem Anblick der riesigen Markthalle, die hell erleuchtet ist, stockt mir der Atem. Überall funkelt es und der rosa dekorierte Weihnachtsbaum, der vor dem Gebäude steht, sieht beeindruckend aus.

»Covent Garden«, murmle ich und drehe mich wieder zu Henry um.

»Angeblich auch einer der schönsten Orte zu Weihnachten«, sagt er leise. »Hat zumindest meine Recherche für diesen Abend ergeben.«

Schneeflocken fangen sich in seinen dunklen Haaren und schmelzen, während ich ihn betrachte. Mein Herz schlägt schneller und in meinem Magen kribbelt es. Er hat sich so viele Gedanken meinetwegen gemacht …

»Aber … warum tun Sie sich das an, wenn Sie Weihnachten doch mit so etwas Schlimmem verbinden?«, spreche ich meinen Gedanken aus.

Er zögert einen Moment, dann kommt er ein wenig näher. »Ich habe mich an etwas erinnert, das mein Großvater einmal zu mir gesagt hat«, erklärt er flüsternd, sodass ich es kaum höre. »Man kann die Vergangenheit nicht ändern und wenn man immer darin feststeckt, verpasst man die Gegenwart. Vielleicht färbt Ihre Freude an alldem ja ein wenig auf mich ab. Immerhin …« Er schmunzelt. »… finde ich Ihre weihnachtlichen Cakepops und Cupcakes himmlisch. Das ist ein guter Anfang.«

Das Herz schlägt mir bis zum Hals, während ich die Entfernung zwischen uns überbrücke. Augenblicklich legt Henry seine Hände an meine Taille und blickt zu mir herab.

»Ich möchte Weihnachten durch deine Augen sehen, Fine. Denkst du, das wäre möglich?«, fragt er unsicher.

Ich bekomme fast keine Luft, so heftig pocht mein Herz, als ich mich auf die Zehenspitzen stelle und meine Finger in seinem Nacken verschränke.

»Ja«, hauche ich nur.

Dann finden meine Lippen seine und Wärme flutet meinen Körper. Dieser Kuss ist sanft und stillt eine Sehnsucht, die mich seit Tagen quält. Während

Henry seine Arme um mich legt und mich an sich zieht, fällt auch die Anspannung von mir ab. Denn obwohl ich nicht weiß, was die Zukunft bringt, ist eines sicher: Ich will diesen Moment mit Henry genießen, solange er anhält.

KAPITEL 12 - HENRY

So oft habe ich mir vorgestellt, wie es sich anfühlen würde, sie wieder zu küssen. Jetzt stehen wir mitten auf einem noch recht belebten Platz und alles, was ich wahrnehme, ist Fines Wärme und die Süße ihres Kusses. Ich will nicht, dass dieser Moment endet, denn das hier ist die Erfüllung meines Cupcake-Wunsches.

Und dieser Wunsch war es, der mich das letzte Treffen, das Louisa arrangiert hat, überstehen ließ. Beatrice Simour war definitiv die schlimmste der drei Frauen. Aber all das ist nun wie fortgefegt, da ich Fine in meinen Armen halte.

Ich will sie nicht gehen lassen, als sie ihre Lippen von meinen löst und ihren Kopf ein wenig senkt. Also lehne ich meine Stirn an ihre und genieße noch etwas länger die Nähe. Mit den Händen streicht sie über die Knopfleiste meines Mantels, und die Geräusche der Menschen um uns herum kehren zurück. Vielleicht hätte ich einen anderen Ort wählen sollen, an dem sich nach acht Uhr weniger Leute tummeln.

»Möchtest du die Dekorationen aus der Nähe betrachten?«, frage ich mit belegter Stimme.

Ich persönlich würde lieber mit ihr stehen bleiben, aber ich habe sie hergebracht, damit sie einen der weihnachtlichsten Orte Londons entdecken kann. Fine nickt und blickt dann auf. Also hebe auch ich den Kopf.

In ihren Augen liegt ein Strahlen, das ich noch nie gesehen habe. Als würden Sterne darin wetteifern. Es zieht mich magisch an und ich kann mich nicht dagegen wehren. Deswegen beuge ich mich nach vorn und stehle noch einen Kuss von ihren Lippen, den sie sofort erwidert. Ich weiß nicht, wann ich mich das letzte Mal so leicht gefühlt habe wie in diesem Moment.

Es kostet mich Überwindung, sie loszulassen und nur ihre Hand zu halten, während wir auf den Eingang der alten Markthalle zugehen. Die Geschäfte haben gerade geschlossen, aber die Halle ist ständig zugänglich.

Fine legt den Kopf in den Nacken und blickt hinauf zu den Lichtern, die über uns schweben. »Wie Mistelzweige«, murmelt sie und sieht mich dann verstohlen an.

»Gibt es die Tradition mit den Mistelzweigen auch in Österreich?«, frage ich, ohne die Miene zu verziehen.

»Du meinst das mit dem ... Küssen?«, erwidert sie und ich könnte schwören, dass ihre Wangen zu glühen beginnen. »Nein, das machen wir nicht.«

»Schade«, sage ich, sehe mich um und da niemand uns beobachtet, lehne ich mich ein Stück vor. »Sonst hätten wir das jetzt machen können.«

»Küssend durch die Markthalle schreiten?«, will sie wissen und schließt die Finger ihrer freien Hand um mein Mantelrevers.

»Mhm«, mache ich und schmunzle, als sie sich auf die Zehenspitzen stellt und mir ihr Gesicht entgegenstreckt. Ich hauche einen Kuss auf ihre Lippen und Fine lächelt.

Offensichtlich sind die weihnachtlichen Auslagen aber bald interessanter als ich, denn Fine bestaunt die Dekorationen der Läden und kleinen Cafés und das Strahlen in ihren Augen nimmt mit jedem Schritt zu. Sie so zu sehen, lässt mein Herz höherschlagen. Obwohl ich mit dem ganzen Kitsch nichts anfangen kann, gefällt es mir zu beobachten, wie sie jedes Detail in sich aufsaugt.

»Diese Kugeln sehen irgendwie aus wie Kirschen«, verkündet sie ziemlich am Ende der Markthalle und bleibt stehen.

Ich betrachte die dunkelroten Glaskugeln, die an einem Fenster baumeln. Tatsächlich haben sie durch die grüne Girlande etwas von Kirschen.

»Ich sollte etwas mit Kirschragout backen«, murmelt Fine.

»Inspiriert dich das?«, will ich ehrlich interessiert wissen.

Sie legt den Kopf schief, betrachtet erst die roten Kugeln, dann mich. »Ich finde in allem Inspiration. Auf die Idee mit der Crème brûlée hast du mich gebracht.«

Kaum sind die Worte ausgesprochen, presst sie die Lippen zu einem schmalen Strich zusammen und sieht verlegen weg.

»Habe ich das? Wie denn?«, hake ich nach.

Einen Moment schweigt sie, dann stößt sie den Atem aus. »Offen gestanden habe ich ständig Dinge gebacken, die mich an dich erinnern.«

»Das musst du mir jetzt erklären«, sage ich, während wir uns wieder in Bewegung setzen.

Fine ringt um Worte, bis wir aus der Markthalle treten. Dann sprudelt es nur so aus ihr heraus. »Die Cakepops habe ich gebacken, nachdem du und ich … also, nachdem die Kinder die Kekse bei uns dekoriert haben. Weil ich immer backe, wenn ich aufgeregt bin, und du hast mich ziemlich durcheinandergebracht. Cakepops zu machen erfordert Konzentration, das habe ich in dem Moment einfach gebraucht. Diese kleinen Dekoelemente zu machen ist nämlich nicht so einfach, wie man meinen mag, und leider gibt es nicht alles zu kaufen, was ich mir vorstelle.«

Sie räuspert sich und hält in ihrem Redeschwall inne. Ich schmunzle und bin froh, dass Fine es nicht sehen kann, weil sie starr nach vorne blickt. Sie würde es vielleicht falsch auffassen.

»Was war mit den Cupcakes?«, will ich wissen.

»Ich liebe Bratäpfel und wollte etwas machen, das ähnlich schmeckt, aber anders ist. Außerdem brauchte ich einen Wunsch.«

Sie räuspert sich erneut und sieht mich jetzt doch an. Ihr Blick wandert zu meinen Lippen und ich frage mich, ob sie sich das Gleiche gewünscht hat wie ich.

»Und bei der Crème brûlée?«, hake ich nach.

Fine sieht auf und ich erkenne Unsicherheit in ihren Augen. »Da habe ich auch nur an dich gedacht, weil ich etwas machen wollte, das zu dir passt.«

»Harte Schale, weicher Kern?«

»Auch, aber … die Tonkabohne ist … ehm …«

Ich habe nachgelesen, was sie für ein Gewürz ist. Angeblich hat sie eine erotisierende Wirkung und ich bin gespannt, ob Fine darauf hinauswill.

»Sie ist etwas Besonderes«, sagt sie schließlich. »Ihr Aroma ähnelt Vanille und ist doch ganz anders. Man kann es am Anfang nicht wirklich zuordnen, dann rätselt man und will doch immer mehr und … Oje, ich rede mich gerade wieder um Kopf und Kragen.«

Sie lächelt entschuldigend.

Bei den meisten Frauen würde mich dieser Hang zum Redefluss vermutlich stören. Aber nicht bei Fine. Weil ihre Art einfach zuckersüß ist, wie ihr Gebäck. Deswegen umfasse ich ihr Gesicht mit beiden Händen und hebe es leicht an. Ihre Worte berühren mich und lassen etwas in mir aufblühen, das ich schon lange nicht mehr empfunden habe.

Anfangs war Fine nur ein hübsches Gesicht für mich, das eigentlich gar nicht meinem Geschmack entspricht. Aber sie ist wunderschön. Nicht nur das, sie ist so viel mehr und wenn ich meinem rasenden Herzschlag zuhöre, dann fürchte ich, dass ich mich bald an sie verlieren werde. Und das macht mir irgendwie Angst.

Sie sieht mich mit ihren Rehaugen an und alles,

was ich will, ist, sie wieder zu küssen. Aber vielleicht sollte ich langsamer machen.

»Das Taxi wartet da vorne«, sage ich deswegen.

Das Strahlen in ihren Augen verdunkelt sich und sie schluckt. »Oh«, macht sie nur und schenkt mir ein Lächeln. Aber ich weiß, dass es nicht echt sein kann, weil das Leuchten nicht in ihr Gesicht zurückkehrt.

Das schlechte Gewissen legt sich wie ein schwerer Mantel auf meine Schultern. Deswegen überlege ich, wie ich die Situation noch retten kann, und bekomme unerwartet Hilfe von Fines Magen, der laut knurrt.

»Oh«, macht sie noch einmal und senkt dann den Blick.

In dem Moment knurrt auch mein Magen, als wollte er ihrem antworten.

»Vielleicht hätte ich dich doch zum Essen einladen sollen«, meine ich verlegen. »In der Nähe deiner Bäckerei gibt es ein nettes Lokal. Wenn du möchtest, könnten wir dort hingehen.«

»Oder …«, beginnt sie und spricht so leise, dass ich mich anstrengen muss, um sie zu hören. »… wir bestellen uns auf dem Weg Pizza in meine Wohnung und essen dort bei einem Glas Wein? Ich meine, Mark ist zwar da, aber er wird vermutlich bald schlafen, also wären wir ungestört.«

Sie reißt den Kopf hoch und sieht mich mit großen Augen an.

»Ich meine, wir könnten uns noch unterhalten. Also …«

»Ich verstehe dich schon«, unterbreche ich sie und muss darum kämpfen, nicht zu grinsen. Es ist erfrischend, wenn sie sich ein wenig zweideutig ausdrückt. »Pizza und Wein klingen gut.«

Fine atmet erleichtert aus und ich deute mit meinem Arm in die Richtung des Taxis. Kaum sitzen wir darin, öffnet Fine eine App und zeigt mir das Speisenangebot einer Pizzeria. An dieser laufe ich zwar oft vorbei, aber betreten habe ich sie noch nie.

»Wie ich sehe, hast du wieder Empfang«, murmle ich, während ich eine Pizza auswähle.

»Ja, seit ich dem Handy angedroht habe, es aus Versehen aus dem Fenster fallen zu lassen, wenn es nicht spurt«, erwidert sie und zwinkert.

»Das beruhigt mich. Dann muss ich mir keine Gedanken machen, ob du je wieder alleine an einem Bahnhof stehst und vergeblich auf ein Taxi wartest«, werfe ich nachdenklich ein.

»Erstens habe ich nicht erwartet, dass der Bahnhof so ausgestorben sein wird«, rechtfertigt sie sich.

»Ja, so leer habe ich Paddington Station auch noch nie gesehen«, gestehe ich.

»Und zweitens hatte ich so die Chance, mir mit einem ziemlich arroganten Engländer ein Taxi zu teilen.«

»Oh, das muss fürchterlich gewesen sein«, meine ich und lege mir theatralisch eine Hand an die Brust.

»War es auch«, sagt sie ernst. »Und ich habe wirklich gehofft, dass ich ihn nie wiedersehe.«

»Und dann steht der Kerl plötzlich vor dir«, übernehme ich für sie.

»Richtig. Und ist genauso arrogant wie bei der Taxifahrt.«

»Hm, was für ein Snob, oder?«

Fine nickt immer noch ernst. »Ja, und dann überrascht er mich damit, dass er ziemlich aufmerksam sein kann, weil er mir wirklich zuhört, wenn ich vor mich hinbrabble, und sich an meine Worte erinnert. Und irgendwie finde ich ihn gar nicht mehr arrogant. Auch wenn ich immer noch nicht weiß, warum er mit mir auf dieses Date gegangen ist.«

Sie beißt auf ihre Unterlippe und betrachtet mich nachdenklich.

»Nun, ich kann ja nur für mich sprechen«, sage ich nach einer Weile. »Aber ich denke, dieser Snob verbringt gerne Zeit mit dir.«

»Wirklich? Stört es ihn nicht, dass ich nur eine Konditorin bin?«

Ich schiebe meine Augenbrauen zusammen und versuche, den Sinn ihrer Worte zu begreifen. Doch das Taxi kommt zum Stillstand und der Fahrer beginnt, die Rechnung zu erstellen. Fine seufzt, tippt auf ihrem Handy herum und steckt es dann ein.

»Die Pizzen kommen in etwa zwanzig Minuten und Mark ist vorgewarnt, dass du mich begleitest«, erklärt sie und wirkt irgendwie bedrückt.

Nachdem ich das Taxi bezahlt habe, öffne ich die Tür und trete nach draußen. Dort halte ich Fine meine Hand hin und helfe ihr auszusteigen. Sie blickt hoch zu den Fenstern, die wohl zu ihrem Wohnzimmer gehören.

»Er ist auf jeden Fall noch wach«, murmelt sie, ehe sie nach ihrem Schlüssel sucht.

Ich weiß, dass ihr irgendetwas auf dem Herzen liegt. Aber ich habe keine Ahnung, wie ich sie danach fragen soll, und hoffe, sie spricht das Thema selbst an. Schließlich möchte ich sie noch darum bitten, mich zu meinem Großvater zu begleiten. Der Abend heute hat mir klargemacht, dass ich mich mehr zu ihr hingezogen fühle, als ich mir bisher eingestehen wollte. Also hatte Gramps recht und es bedeutet ihm viel, Fine kennenzulernen. Wie meine Bitte bei ihr ankommt, weiß ich allerdings nicht. Ich hoffe, sie stimmt zu.

Als wir ihre Wohnungstür erreichen, dringt Musik zu uns heraus. Fine seufzt und öffnet die Tür.

»Mark?«, ruft sie in den hell erleuchteten Gang hinein.

Die Musik kommt aus einem Raum mit angelehnter Tür, aus dem es dampft. Vermutlich handelt es sich um das Badezimmer.

Während ich Fine aus dem Mantel helfe, ruft sie noch einmal nach ihrem Cousin und diesmal hören wir einen lauten Schmerzensschrei als Antwort.

»Mark, geht es dir gut?«, fragt Fine besorgt.

Ich hänge ihren Mantel und meinen auf, bevor ich ihr tiefer in die Wohnung folge.

»Oh, Darling«, gibt ihr Cousin von sich.

Dann tritt er aus der Tür mit einem Handtuch um seine Hüften, einer Hand vor dem Gesicht und die andere nach vorne gestreckt, als würde er sich seinen Weg ertasten.

»Bevor du mir alles über deinen Abend erzählst … könntest du mir helfen?« Mark klingt ein wenig weinerlich, während er spricht.

»Wobei denn?«, fragt Fine und geht auf ihn zu.

»Kannst du mir sagen, ob meine Brustwarze noch dran ist?«

Fine bleibt stehen und ich muss eine Hand vor meinen Mund legen, um nicht loszulachen. Hat er das gerade wirklich gesagt?

»Bitte, was?« Fine kämpft wohl auch etwas mit ihrer Fassung, denn ihre Stimme überschlägt sich.

»Ich habe ein neues Enthaarungswachs ausprobiert und fürchte, ich habe mir eine Brustwarze abgerissen«, sagt Mark gequält.

Fine verbirgt ihr Gesicht in den Händen und ich ahne, dass sie jetzt gerne im Boden versinken würde. Also räuspere ich mich und Mark, der immer noch seine Augen verdeckt, keucht.

»Beide Brustwarzen sind genau da, wo sie hingehören«, verkünde ich.

Mark öffnet die Finger vor seinen Augen, gibt einen Schrei von sich und macht einen Satz zurück. »Eure Lordschaft, Sie … ich … Fine! Wieso warnst du mich nicht vor, dass du und er und …«

»Ich habe dir eine Nachricht geschickt«, gibt Fine von sich. »Vor fünf Minuten. Darin stand, dass wir uns Pizza bestellen und hier essen werden und du dich nicht erschrecken sollst.«

»Verfluchter Mist«, brummt Mark. »Ich … ziehe mir nur schnell etwas an und dann … jaaaaa.«

Er lässt den Satz unvollendet, sprintet ins Badezimmer zurück und knallt die Tür zu. Fine atmet lang gezogen aus.

»Entschuldige, das macht er sonst nicht«, erklärt sie verlegen.

»Oh, war doch ganz lustig«, erwidere ich und grinse, als sie mich entrüstet ansieht.

Nun schluckt sie und ihr Blick gleitet über meinen Körper. Stimmt, sie hat mich vermutlich noch nie in Jeans und Pullover gesehen. Vorhin hatte ich nicht genug Zeit, sie zu betrachten, aber die nehme ich mir jetzt. Ihre Schultern sind nur halb bedeckt und die langen Locken umrahmen ihr Gesicht und lassen es weicher wirken. Besonders in dem Licht, das aus dem offenen Wohnzimmer dringt. Ich kann mir gut vorstellen, lange Wochenenden mit ihr vor dem Kamin zu verbringen, sie einfach nur zu halten und ihre Nähe zu genießen. Das habe ich mir bisher noch nie bei jemandem ausmalen können, aber bei ihr … geht das. Obwohl wir uns erst so kurz kennen.

»So, da bin ich wieder«, verkündet Mark, der anständig bekleidet aus dem Bad zurückkommt. »Ich störe euch auch nicht lange. Obwohl, wenn ihr euch nur schweigend anstarrt, hindere ich euch ohnehin an nichts.«

Fine räuspert sich. »Willst du auch ein Glas Wein, Mark?«, fragt sie und macht sich auf den Weg in die Küche, die mit dem Wohnzimmer verbunden ist.

»Nein, ich muss jetzt schlafen, aber lieb, dass du fragst«, erwidert ihr Cousin.

»Es wird gleich läuten«, wirft sie ein.

»Ich stopfe mir ohnehin Stöpsel in die Ohren, damit ihr mich nicht mit irgendetwas, das ihr hier anstellt, weckt«, verkündet er und als sein Blick meinem begegnet, fügt er hinzu: »Ihr wisst schon. Schmatzen beim Essen und so. Aber haltet euch meinetwegen nicht zurück. Genießt die Pizza und was euch sonst noch so einfällt.«

Bevor Fine etwas erwidern kann, ist Mark in einem Zimmer verschwunden und schließt die Tür. Genau in dem Moment klingelt es.

»Was kosten die Pizzen?«, frage ich, während ich öffne.

»Sind schon bezahlt«, erwidert sie.

»Fine, ich wollte dich einladen«, sage ich finster.

Der Lieferjunge ist unglaublich schnell und drückt mir zwei Schachteln mit einem »Schönen Abend« in die Hand, dann ist er weg. Ich bewege mich auf das Wohnzimmer zu, in dem sich auch ein Esstisch befindet.

»Direkt in der App zu bezahlen ging leichter«, meint sie und kommt mit einer Weinflasche und Gläsern zu mir.

Wir setzen uns an den Tisch und sie schenkt ein. Sonst hat sie kein Geschirr hingestellt. Als sie ihre Schachtel öffnet und ein Pizzastück herausnimmt, weiß ich auch, wieso.

Ihr fällt wohl auf, dass ich sie anstarre, denn sie hält in der Bewegung inne. »Stimmt etwas nicht?«

»Alles gut. Ich habe nur noch nie Pizza mit den Händen gegessen«, gestehe ich.

Ihre Augen werden groß. »Was? Aber … wie dann?«

»Messer und Gabel?«

»Oh«, macht sie und will aufstehen, aber ich lege meine Hand auf ihren Unterarm.

»Schon gut, ich versuche es«, verkünde ich und öffne meine Schachtel.

»Am einfachsten ist es, wenn du das Stück zusammenklappst«, erklärt sie und faltet den breiten Teil in der Mitte. »Zumindest habe ich das so in Italien gelernt.«

»Ach, du warst in Italien?«, frage ich und versuche, es ihr mit der Pizza nachzumachen. Es funktioniert sogar.

»Jap, drei Monate, um die Sprache zu lernen«, erwidert sie und lächelt. »War eine tolle Zeit.«

»Kann ich mir vorstellen«, meine ich und koste von der Pizza. »Die ist echt gut.«

»Du isst nicht oft Pizza, oder? Du hättest auch sagen können, dass du etwas anderes willst.«

»Ich esse selten Pizza, aber das heißt nicht, dass ich sie nicht mag«, entgegne ich. »Ich esse auch selten Süßes und mag es dennoch mehr, als ich sollte. Besonders wenn es von dir ist.«

Endlich erscheint wieder dieses strahlende Lächeln auf ihrem Gesicht. »Wirklich?«

»Ja, wirklich. Deswegen habe ich ein paar deiner Cupcakes auch meinem Großvater gebracht.« Ich räuspere mich. Das ist der Moment. Jetzt oder nie. »Er würde dich übrigens gerne treffen.«

Das Lächeln verschwindet und sie schluckt unbehaglich. »Wieso?«

Für gewöhnlich bleibe ich in jeder Situation besonnen. Aber hier gelingt es mir nicht. Weil ich meinen Großvater nicht enttäuschen und Fine nicht verschrecken will. Soll ich ihr einfach erklären, dass Gramps die Frau, die mich zum Lächeln bringt, kennenlernen möchte? Ein solches Treffen wäre unter normalen Umständen viel zu früh, aber ihm läuft nun einmal die Zeit davon.

»Weil er mit eigenen Augen die Bäckerin sehen will, die es schafft, mich zum Naschen zu verleiten«, erwidere ich deswegen. Das ist unverfänglich. Es zeigt nicht, wie wichtig es mir ist, und nimmt Fine den Druck. Ich bin beinah stolz auf mich.

»Oh«, macht sie wieder und beißt von der Pizza ab.

Gedankenverloren betrachtet sie die Schachtel vor sich und meine Selbstsicherheit bekommt Risse. Ob ich das Falsche gesagt habe?

»Und wann soll ich dich begleiten?«

Vielleicht kommt es mir nur so vor, aber ihre Stimme hat irgendwie jegliche Wärme verloren. Möglicherweise ist sie trotz meiner Erklärung nervös.

»Da du jetzt wieder erreichbar bist, könnte ich dir eine Nachricht schicken«, schlage ich vor. »Wenn du mir sagst, an welchen Tagen es für dich gar nicht geht, dann …«

»Ich habe abends eigentlich nie etwas vor«, murmelt sie, entsperrt ihr Handy und schiebt es mir hin.

Ich wische mir die Hände an einer Serviette ab, die Fine auf den Tisch gelegt hat, und tippe meine Nummer ein. Dann rufe ich mich an und speichere ihre Daten bei mir ab.

Fine isst wortlos ihre Pizza, während ich ihr das Gerät zurückgebe, und schiebt nach etwa der Hälfte den Karton von sich. Da auch ich fertig bin, nehme ich die Weinflasche und die Gläser und deute auf die Couch. Sie nickt und trottet mir nach.

Der Kranz, den ich ihr geschenkt habe, steht auf dem kleinen Tisch. Zwei Kerzen sind schon angezündet worden und wie es scheint, brannte die erste öfter, weil schon ein ordentliches Stück fehlt. Ich bin froh, dass ich ihr eine Freude damit machen konnte.

Auch jetzt entzündet sie die beiden Kerzen und ich stelle die noch vollen Weingläser samt Flasche auf dem Tisch ab. Fine starrt inzwischen in das halb niedergebrannte Feuer im Kamin. Irgendetwas hat sich zwischen uns verändert, aber ich habe keine Ahnung, was.

»Bevor wir anstoßen …«, sage ich trotzdem und stehe auf, um etwas aus meinem Mantel zu holen, »… habe ich hier noch ein kleines Geschenk für dich.«

Sie betrachtet das goldene Päckchen in meiner Hand, als ich wieder bei ihr ankomme, dann sieht sie mich an. »Wir sind doch heute ausgegangen. Du musst mir nichts schenken«, erwidert sie.

»Ja, dass ich nicht muss, weiß ich«, erkläre ich und setze mich wieder neben sie. »Aber ich will es.«

Fine zögert kurz, dann nimmt sie mir das Päckchen ab und öffnet es. Ein antikes in Leder gebundenes Buch kommt zum Vorschein und ihre Augen leuchten wieder auf.

»Es ist ein altes Rezeptbuch«, sage ich, während sie es behutsam aufschlägt und die Seiten überfliegt. »Ich dachte, es könnte dir gefallen.«

Sie schließt es und presst es an ihren Oberkörper, bevor sie mir ins Gesicht blickt. »Das ist … wundervoll. Ich liebe alte Backbücher und das hier … Woher hast du es?«

»Aus der Sammlung meiner Familie«, gestehe ich.

»Aber … darf ich es dann überhaupt behalten?«

Sie will es mir zurückgeben, doch ich schließe meine Hände um ihre. »Ja, weil ich will, dass du es besitzt.«

Fines Mund kräuselt sich und sie rückt näher, legt ihre Arme auf meine Schultern und haucht einen Kuss auf meine Lippen. Das war dann wohl zumindest eine Sache, die ich heute richtig gemacht habe.

»Vielen Dank. Ich werde immer gut darauf aufpassen«, verspricht sie. »Und vielleicht einmal etwas daraus nachbacken.«

»Das muss ich dann probieren«, fordere ich mit einem Schmunzeln. »Vor allem weil ich keine Ahnung habe, was die Leute vor zweihundert Jahren so gegessen haben.«

»Gerne«, murmelt sie und legt das Buch weg, als ich ihr ein Glas reiche.

»Happy Birthday, Fine.«

Wir stoßen an und ich zwinge mich, den Wein zu trinken, statt das zu tun, was ich eigentlich will. Sie zu küssen und zu halten. Fine trinkt, dann stellt sie das Glas ab und lehnt sich an mich. Und ich … lege meinen Arm um sie.

Ich will das mit ihr nicht überstürzen, will sie nicht erschrecken. Fine bedeutet mir etwas und ich fühle mich ihr jetzt schon so nahe. Aber gleichzeitig spüre ich, dass der Graben, der anfangs zwischen uns lag, heute noch breiter geworden ist, statt sich zu schließen.

KAPITEL 13 - FINE

rgendwann fliegt ein Vogel in deinen Mund, wenn du weiter so gähnst«, zieht Mark mich auf, als er in die Backstube zurückkehrt. »Lange Nacht?«

»Ja«, entgegne ich und rolle die Cakepopkugel in meiner Hand.

»Oho, schlecht gelaufen?«, will mein Cousin wissen und kommt zu mir. Sein Grinsen verschwindet, nachdem er mich gemustert hat. »Oh nein, was war los?«

Ich sehe ihn nicht an, forme nur einen Cakepop nach dem anderen, bis Mark seine Hände auf meine legt.

»Fine, sprich mit mir. Bitte.«

»Es ist nur …«, ringe ich mir ab und gebe dann einen verzweifelten Laut von mir. »Ich will nicht, dass er mir das Herz bricht.«

Mark zieht die Augenbrauen zusammen. »Erklärst du mir auch, warum er das tun sollte?«

»Weil ich jetzt schon ein Flattern spüre, wenn ich an ihn denke. Und wenn ich vor ihm stehe, will ich mich ihm an den Hals werfen und …«

»Stop right there!«, ruft Mark und hebt eine Hand. »Das will ich gar nicht so genau wissen. Dass du in ihn verschossen bist, ist mir längst klar und so wie ich die Sache sehe, beruht das auf Gegenseitigkeit. Also, wo ist das Problem?«

»Wie kommst du darauf, dass er etwas für mich übrighat?«

Mark grunzt, weil er versucht, sich das Lachen zu verkneifen. Ich werfe dafür mit Mehl nach ihm.

»Hey, nicht mit den Lebensmitteln spielen«, tadelt er mich und lacht, nachdem er auch mich mit Mehl eingestäubt hat. »So, und jetzt Fakten auf den Tisch. Der Earl von Lancaster, einer der besten Scheidungsanwälte und begehrtesten Junggesellen Londons, kommt jeden zweiten Abend nach Ladenschluss her, um mit dir Kakao zu trinken und zu reden. Am Tag nach deinem Geburtstag nimmt er dich auf ein romantisches Date mit …«

»Und woher weißt du, dass es romantisch war?«, unterbreche ich ihn.

»War es nicht?«

»Doch. Eigentlich schon. Sehr sogar.« Ich muss lächeln und erzähle Mark, was Henry für mich geplant hatte, und wie wir den Abend auf der Couch haben ausklingen lassen. Aneinandergeschmiegt, mit Geschichten aus dem Leben des jeweils anderen. Zwar weiß ich nicht viel mehr, als dass seine Assistentin Margy heißt und für ihn zur Familie gehört – hauptsächlich hat er mir nämlich von seinem Büroalltag erzählt – aber als er weit nach Mitternacht ging, habe ich dieses seltsame Kribbeln in mir gespürt. Ich habe eine völlig andere Seite von ihm gesehen. Eine, die mir noch mehr gefällt als das, was ich bisher von ihm wusste. Und das macht mir Angst. Vor allem weil …

»Er will dich seinem Großvater vorstellen?« Marks Mund klappt auf und wieder zu. »Und du zweifelst noch daran, dass er mehr für dich empfindet?«

»Du hast nicht gehört, wie er es vorgebracht hat«, murmle ich.

»Und wie hat er das, wenn ich fragen darf?« Mein Cousin stützt den Ellbogen auf der Arbeitsfläche ab und legt sein Kinn auf die Hand.

»Er meinte«, beginne ich und rufe mir den Moment noch einmal in Erinnerung, »sein Großvater möchte die Bäckerin kennenlernen, die es schafft, Henry zum Naschen zu verleiten«, gebe ich seine Worte wieder.

»Und dir wäre es lieber gewesen, er hätte gesagt: ›Ich will meinem Großvater die Frau vorstellen, die ich vor den Altar schleppen möchte‹?«

»Nein«, erwidere ich entrüstet. »Wir kennen uns gerade mal zwei Wochen und hatten ein einziges Date. Wenn es überhaupt eines war. Außerdem …« Ich zögere und seufze dann. »Mark, er wird der Duke of Westminster. Ihm gehört dann ein riesiges Herzogtum und er bewegt sich in Kreisen, von denen ich nicht einmal weiß, wie man die Menschen anspricht.«

»Du wirst ihnen im Normalfall auch erst vorgestellt«, wirft er ein.

»Mark!«, sage ich, bevor er weiterspricht. »Das mit Henry kann doch nicht echt sein. Was will ein Mann wie er mit einer Frau wie … mir?«

Ich trete von der Arbeitsfläche zurück, als meine Augen zu brennen anfangen. Tränen lassen alle Speisen bitter schmecken und ich will sie nicht in der Nähe der Cakepops.

Mark reagiert schnell, reißt unzählige Blätter einzeln von der Küchenrolle und hält sie mir hin.

»Wovon redest du denn?«, will er wissen.

»Ich bin doch nichts für ihn«, schluchze ich.

»Wie kommst du darauf? Unsere Großmutter entstammte ebenfalls niederem Adel und wir leben im einundzwanzigsten Jahrhundert. Wenn sogar ein Thronfolger eine Bürgerliche heiraten kann, gibt es nichts, was zwischen euch steht, vor allem, falls du den Titel von Gran zurückbekommen kannst.«

»Um den Titel geht es doch gar nicht«, erwidere ich mit brüchiger Stimme. »Der ändert nichts an meinem Charakter, meiner Ausbildung und der Tatsache, dass ich keine Ahnung von der aristokratischen Gesellschaft habe. Wahrscheinlich würde jeder über mein Benehmen die Nase rümpfen. Ich bin nichts für einen Mann wie Henry.«

Mark kommt näher und legt seine Hände auf meine Schultern. »Fine, was ist wirklich zwischen diesem Drecksack Dominik und dir passiert? Was hat er gesagt oder getan, dass du denkst, du wärst nicht gut genug für Henry?«

Einen Moment überlege ich, es ihm zu sagen. Alles. Selbst das, was ich geschworen habe, für immer in meinem Herzen zu verschließen. Aber ich kann nicht. Noch nicht. Denn die Worte lassen meine Kehle eng werden, als ich versuche, sie auszusprechen. Also schlucke ich sie hinunter und dränge sie erneut in die dunkelste Ecke meiner Seele.

»Er hat mir klargemacht, dass ich nicht gut genug für ihn bin«, murmle ich ausweichend. Das ist zumindest ein Teil der Wahrheit. Jener Teil, über den ich reden kann. »Wieso sollte es bei Henry anders sein?«

Mark löst eine Hand von meiner Schulter und schnippt gegen meine Stirn.

»Autsch«, zische ich.

»Soll ich noch mal?«, fragt er finster. »Wenn du dir von einem Arsch wie Dominik einreden lässt, dass du für ihn *nicht gut genug* bist, müssen wir dringend mit einem Seelenklempner reden. Denn Tatsache ist, dass der Kerl für *dich* nie gut genug war.«

Ich reibe mir über die schmerzende Stelle. »Das sehen meine Eltern anders.«

»Ja, weil die blind sind«, echauffiert Mark sich. »Der Kerl ist Anwalt und biedert sich an, damit er die Kanzlei übernehmen kann. Deswegen lieben sie ihn. Zum Kotzen.« Er schüttelt schnaubend den Kopf. »Du bist einer der wunderbarsten Menschen, die es gibt. Und wer das nicht sieht, braucht eine Brille.«

Ich muss bei seiner leidenschaftlichen Ansprache schmunzeln. Mark bemerkt das nicht einmal, er redet einfach weiter.

»Mal ehrlich, ich dachte, der Earl ist ein Aufreißer. Man liest jede Woche von seinen angeblichen
Liebschaften, aber … ich glaube, das ist gar nicht
wahr«, fährt Mark fort. »So wie er dich ansieht, sich
um dich bemüht … Ich bin sicher, er empfindet etwas
für dich und ihm ist es vollkommen gleichgültig, ob
du Tellerwäscherin bist oder Staranwältin.«

»Ich bin Konditorin«, werfe ich ein.

»Und eine verdammt gute«, stimmt Mark mir
grinsend zu. »Außerdem bist du aus gutem Haus.
Nur eben nicht hier aufgewachsen wie ich.«

»Ach, darum drückst du dich wie ein Lord aus,
hm?«, ziehe ich ihn auf.

»Hey, ich kann nichts dafür, dass mein Vater den
Titel nicht übernehmen wollte, weil ihm das zu
anstrengend gewesen wäre.«

Das Lächeln, das gerade noch mein Herz
erwärmt hat, erkaltet auf meinem Gesicht. »Ja, so
etwas ist eine große Bürde«, sage ich. »Und
deswegen braucht Henry jemanden, der ihm hilft. Ich
kann mir noch nicht einmal selbst helfen.«

Mark hebt die Hand und ich ducke mich weg.
»Mehr Selbstvertrauen. Du hast meine Buchhaltung
in drei Tagen auf den neuesten Stand gebracht. Dann
schaffst du es auch, deinen Duke zu unterstützen.
Wenn er das will. Aber ich wiederhole es gerne: Falls
er dich nicht zu schätzen weiß, ist er keine Träne
wert.«

Nervös knete ich meine Finger. Vielleicht hat
Mark recht, vielleicht aber auch nicht. Nach all den
hässlichen Dingen, die Dominik mir nach drei

Jahren Beziehung an den Kopf geworfen hat, kann ich einfach nicht aus meiner Haut.

»Ich glaube nicht, dass er seinem Großvater nur die Konditorin vorstellen will, die ein paar traumhafte Cupcakes gebacken hat«, sagt Mark nach einer Weile. »Soweit ich weiß, ist der alte Duke ziemlich krank und ich denke, Henry mag dich wirklich. Den Schluss darfst du selbst daraus ziehen.«

»Ich habe keine Ahnung, wie ich mich bei dem Besuch verhalten soll«, gestehe ich kleinlaut.

Mark legt wieder beide Hände auf meine Schultern und lächelt. »Sei du selbst, Fine. Du hast Henry verzaubert, der nicht so aussieht, als würde er sich leicht verzaubern lassen. Warum sollte das bei seinem Großvater anders sein?«

Ich ringe mir ein Lächeln ab. Ganz überzeugt bin ich nicht, aber ich fühle mich zumindest nicht mehr so, als müsste ich jeden Moment in Tränen ausbrechen.

»Danke, Mark.«

»Keine Ursache, Cousinchen.« Er klatscht in die Hände. »Und jetzt hopp, hopp, mach weiter mit den Cakepops. Die gehen uns nämlich schon wieder aus.«

»Nicht dein Ernst. Ich habe gestern die doppelte Menge gemacht.«

»Dann wirst du noch mal verdoppeln müssen, denn sie kommen unglaublich gut an. Muss an der Liebe liegen.« Er zwinkert. »Also, Brust raus, Ärmel hoch, an den Earl denken und weitermachen. Denn damit zauberst du ein Lächeln in die Gesichter vieler Menschen.«

KAPITEL 14 - HENRY

*I*ch lächle doch gar nicht«, brumme ich und schaffe es trotzdem nicht, meine Mundwinkel nach unten zu bringen.

»Natürlich, Sir«, erwidert Margy, die selbst schmunzelt, als sie die Cakepops vor mir abstellt. »Immer, wenn ich Ihnen diese Kuchen am Stiel bringe, lächeln Sie. Und das fällt mir auf, weil Sie sonst nie lächeln.«

»Nein, das bilden Sie sich nur ein«, entgegne ich und zwinge mich, von den Kuchen wegzublicken, die diesmal wie Pinguine und Engel aussehen.

»Wenn Sie das sagen.« Margy wird mit einem Mal ernst. »Ihre Tante hat mir vorhin eine Liste neuer Veranstaltungen für Sie zukommen lassen. Morgen Nachmittag trifft sie sich mit einigen Dienstleistern für den Winterball Ihrer Familie. Sie ersucht Sie, daran teilzunehmen.«

»Sagen Sie ihr, dass ich keine Zeit habe«,

entgegne ich frostig, weil ich wirklich keine Lust auf den Termin habe. Aber noch während ich spreche, kommt mir eine Idee. Wenn Louisa nicht im Haus ist, könnte ich ein Treffen mit Fine und Gramps arrangieren. Es wäre die perfekte Gelegenheit.

»Sir, wenn Sie erlauben, es scheint Ihrer Tante wichtig zu sein und Sie haben für morgen keine Termine eingetragen und …«

»Das ist richtig, weil es sich um etwas Privates handelt«, unterbreche ich Margy und gebe mir Mühe, ruhig zu sprechen. Bis vor zwei Minuten wusste ich selbst nichts von dem Termin, aber jetzt bin ich ein wenig aufgeregt. Es muss einfach klappen. Hoffentlich hat Fine Zeit.

»Dann schlage ich Ihrer Tante vor, das Treffen zu verschieben, damit Sie daran teilnehmen können.«

»Bitte tun Sie das nicht«, sage ich schnell, bevor Margy das Büro verlassen kann. »Es ist wichtig, dass meine Tante an ihrer Verabredung festhält und das Haus verlässt.«

Einen Moment betrachtet Margy mich mit einem seltsamen Blick, dann hellen sich ihre Züge auf. »Wollen Sie mir erklären, weswegen?«

»Eigentlich ungern, aber ich nehme an, dass Sie sonst nachforschen werden.« Wieder betrachte ich den Pinguin-Cakepop vor mir und kann das Lächeln nicht verbergen.

Für Margy bin ich ein offenes Buch. Sie mag meine Assistentin sein, aber ich würde ihr mein Leben anvertrauen. Und sie kennt mich zu gut, als dass ich etwas lange vor ihr verheimlichen könnte.

»Ach, so ist das«, murmelt Margy schließlich.

»Ich habe mir bereits gedacht, dass Sie nicht nur lächeln, weil diese Kuchen am Stiel so süß aussehen. Kann es sein, dass die Dame, die sie herstellt, ihr Herz gestohlen hat?«

Sie hat mich tatsächlich bereits durchschaut. Trotzdem versuche ich auszuweichen. »Wie kommen Sie darauf …«

»Bitte, sagen Sie mir nur, dass es nicht die Kleine vom Tresen ist«, unterbricht Margy mich. »Jen, oder wie sie heißt. Süßes Ding, aber bestimmt nicht in der Lage, Ihnen die Stirn zu bieten. Und so jemanden brauchen Sie, wenn Sie mich fragen.«

»Ich frage Sie zwar nicht, aber … nein, es ist nicht Jen«, gebe ich zur Antwort.

Beim besten Willen kann ich mir nicht vorstellen, dass ich bei Jen je so schmunzeln würde wie bei Fine.

»Also hat Ihr Wunsch, dass Ihre Tante an dem Termin morgen festhält, damit zu tun, dass Sie die Dame Ihres Herzens zu Ihrem Großvater bringen wollen?«

»Hat leugnen einen Sinn?«, frage ich, anstatt zu antworten.

»Nur, wenn Sie Ihre Miene unter Kontrolle bringen«, erwidert Margy und grinst wieder.

»An Ihnen ist ein Meisterdetektiv verloren gegangen«, murmle ich.

»Mein Mädchenname war zufällig Holmes.«

»Sie scherzen.«

Margy lacht leise. »Ja, leider. Er war McRoy«, erwidert sie. »Nicht einmal nahe dran. Aber ich habe immer gerne Krimis gelesen und an Ihrer Seite muss man schon viel Gespür mitbringen, wenn man nicht untergehen will. Manchmal halten Sie sich wirklich zurück mit Informationen.«

»Ja, da haben Sie wohl recht.« Ich räuspere mich. »Würden Sie sich also bitte darum kümmern, dass meine Tante den Termin morgen ohne mich wahrnimmt und ihn nicht verschiebt? Das wäre großartig.«

»Weiß die Dame, was Sie für sie empfinden?«

Unwillkürlich stoße ich den Atem aus. Verdammt, Margy trifft wirklich immer ins Schwarze. »Ich bin mir nicht einmal sicher, was ich genau empfinde«, gestehe ich.

Obwohl das nicht ganz stimmt. Allein wenn ich den Cakepop betrachte, sehe ich Fines Gesicht vor mir. Ihr Lächeln, das Leuchten in ihren Augen. Ich schmecke ihren Kuss und fühle die Wärme, die meinen Körper erfüllt. Wem mache ich etwas vor? Ich bin dabei, mein Herz an sie zu verlieren.

»Sie ist offensichtlich sehr von Ihnen angetan«, reißt Margy mich aus den Gedanken.

»Teilen Sie mir auch mit, wie Sie darauf kommen, Sherlock?«

»Die Cakepops.« Margy zwinkert verschwörerisch.

»Etwas mehr Input wäre hier notwendig«, sage ich und hoffe, ich klinge nicht so nervös, wie ich mich gerade fühle.

»Die ersten Versionen waren wunderschön, keine Frage. Sie sahen weihnachtlich aus und waren detailliert ausgearbeitet. Aber nach und nach wurden sie verspielter. Wenn Sie sich den Pinguin ansehen, er besitzt herzförmige Ohrenschützer. Sein Gesicht ähnelt einem Herz, genau wie das des Engels, der so selig lächelt, als hätte er gerade einen Herzenswunsch erfüllt.«

»Sie gibt sich immer Mühe mit den Details«, werfe ich ein.

»Aber in den letzten Tagen formt und verwendet sie erstaunlich viele Herzen«, gibt Margy zu bedenken.

Das ist mir bisher nicht aufgefallen, aber jetzt, wo ich die vier Cakepops betrachte, muss ich ihr zustimmen. Vielleicht ist das allerdings nur Zufall.

»Was raten Sie mir, Margy?«, frage ich fast zu leise.

Doch meine Assistentin hat es gehört. »Werden Sie sich erst einmal klar, was Sie möchten, und dann erobern Sie die Dame im Sturm«, antwortet sie, als wäre es das Einfachste der Welt.

»Ich weiß nur nicht, ob das, was ich ihr zu bieten habe, das ist, was sie will«, spreche ich meinen Gedanken aus. »Sehen Sie sich diese Cakepops an. Sie sind fast zu perfekt, um sie zu essen.«

Aber nur fast und zum Beweis stopfe ich mir den ersten Pinguin in den Mund. Margy kichert.

»Und was wollen Sie mir damit sagen?«, fragt sie schließlich.

»Dass ich ein Leben führen werde, von dem ich nicht weiß, ob sie es mit mir teilen könnte, ohne sich selbst aufzugeben.«

»Nun, das werden Sie nur herausfinden, wenn Sie beiden sich Zeit geben und offen über alles sprechen«, meint Margy. »Sie sind ein guter Mann, Sir.

Das muss die Dame bereits erkannt haben. Und auch wenn es zu früh für Gespräche über Hochzeitsglocken oder Sonstiges ist, sollten Sie beide darüber reden, was Sie wollen. Sonst endet es mit Cakepops, die bitter schmecken und aussehen wie zerbrochene Herzen.«

Nachdenklich nicke ich. Solche Gespräche habe ich nie geführt. Bisher war den Frauen immer bewusst, worauf sie sich einließen, und ich wusste immer, dass all ihre Träume in Erfüllung gingen durch das, was ich ihnen bieten konnte. Wie wird es bei Fine sein?

»Danke für Ihr Ohr, Sherlock«, sage ich zu Margy und weiß einmal mehr zu schätzen, was ich an ihr habe. »Würden Sie sich also um den Termin kümmern und mir anschließend Bescheid geben, ob Louisa ihn wahrnimmt?«

»Gewiss, Sir.« Margy zögert, dann legt sie eine Hand auf meine. Für gewöhnlich berührt sie mich nicht, weil ich es nicht will. Aber in dem Fall lasse ich es zu. »Und falls Sie je reden wollen, Sherlock wird immer zuhören.«

Ich hebe die Mundwinkel und nicke, dann wende ich mich meiner Arbeit zu. Aber wirklich konzentrieren kann ich mich nicht, denn die Cakepops und ihre versteckte Botschaft lenken mich ab.

Also schreibe ich Fine. Es fällt mir erstaunlich schwer, die passenden Worte zu finden. Schließlich gebe ich es auf und tippe eine Nachricht, die sich zumindest irgendwie richtig anfühlt.

»Hallo Fine, ich hoffe, ich überfalle dich jetzt nicht, aber
… hättest du morgen Nachmittag Zeit, mich zu meinem
Großvater zu begleiten?«

Die Zeit scheint stillzustehen, als die Häkchen
sich dunkel färben und klar wird, dass Fine die
Nachricht gelesen hat. Dann erscheinen die drei
Punkte, weil sie tippt, und mein Herz kann sich nicht
entschließen, ob es vor Aufregung davongaloppieren
oder lieber stehen bleiben will.

»Morgen Abend habe ich Zeit. Wann soll ich wo sein?«

, antwortet sie so unkompliziert, dass ich vor
Erleichterung seufze.

»Ich hole dich nach gegen vier bei der Bäckerei ab, wenn ich
darf.«

Wieder kommt es mir wie eine Ewigkeit vor,
bevor sie antwortet.

»Ich freue mich. Soll ich etwas Bestimmtes anziehen?«

Jetzt lache ich und muss an den Redeschwall bei
unserem letzten Gespräch dieser Art denken.

»Zieh etwas an, in dem du dich wohlfühlst.«

»Okay.«

»Bis morgen.«

Ich lege das Handy weg und starre trotzdem darauf. Hoffentlich bringe ich Fine nicht in eine für sie unangenehme Situation. Sie wird sicher ihre eigenen Schlüsse gezogen haben, was meine Bitte angeht. Mir ist aufgefallen, dass sie verschlossener war, nachdem ich sie gestern gefragt habe. Mit so etwas kann ich nicht wirklich umgehen. Ich will ihr keine Angst machen und gleichzeitig weiß ich nicht, was ich tun soll, um sie nicht vor den Kopf zu stoßen. Weil ich selbst noch ergründen muss, was ich mir von der Zukunft erwarte.

Margy hat wohl recht, ich sollte herausfinden, was ich wirklich will. Je früher, desto besser.

Zum Glück konnte Margy Tante Louisa überzeugen, den Termin ohne mich wahrzunehmen. Als ich mit Fine vor dem Haus meiner Familie aus dem Taxi steige, betrachtet sie es und ich bin nicht sicher, wie ich ihren Blick deuten soll. Jedenfalls schließen sich ihre Finger fester um die Schachtel mit Kirschtörtchen, die sie gebacken hat, obwohl ich sie nicht darum gebeten habe. Aber als ich Fine vor der Bäckerei abgeholt habe, bestand sie darauf, sie mitzunehmen. Und allein deswegen war ich froh, dass ich den Mut hatte, sie zu Gramps zu bringen. Jetzt zweifle ich ein wenig, jedoch nicht wegen Fine, sondern wegen der ganzen Situation.

Ich habe mich nie gefragt, wie diese Villa auf

andere Menschen wirkt. Aber nun versuche ich, sie durch Fines Augen zu sehen. Das Haus wirkt nicht alt und herrschaftlich, sondern viel zu groß und ein wenig vernachlässigt. Irgendwie düster, bedrohlich, herrisch. Jetzt, wo ich so darüber nachdenke, erscheint es fast wie Louisa, wenn sie mich an meine Verpflichtungen erinnert. Doch ich weiß, dass sowohl in meiner Großtante als auch in dem Haus viel Gutes steckt. Allerdings sieht man es auf den ersten Blick nicht, weil man von der Fassade zu eingeschüchtert ist.

Deswegen versuche ich mich an einem aufmunternden Lächeln, während ich meine Hand zwischen Fines Schulterblätter lege. Sie sieht mich an wie ein Reh den Wolf und wäre das Taxi nicht bereits weggefahren, hätte sie sich vielleicht umgedreht und wäre wieder hineingesprungen.

»Danke, dass du mit mir kommst«, sage ich und streiche über ihren Rücken. »Ich weiß, du hast in der Bäckerei gerade viel zu tun und …« Ich seufze. »Danke.«

»Gern«, erwidert sie steif und ringt sich ein Lächeln ab. Trotzdem wird mir warm ums Herz. Weil ich weiß, dass sie das hier für mich macht.

Ich warte, bis sie sich von selbst in Bewegung setzt und auf das Haus zugeht. Erst als sie langsamer wird, übe ich sanften Druck aus. Meine Hand ruht die ganze Zeit zwischen ihren Schulterblättern und ich hoffe, sie nimmt es mir nicht übel, dass ich ihr so die Flucht verwehre.

Meine eigene Anspannung sinkt, als der Butler öffnet und uns in den weihnachtlich dekorierten

Salon führt, wo Gramps auf uns wartet. Er sitzt in seinem Rollstuhl vor dem Kamin und dreht sich zu uns um, als wir den Raum betreten.

Die Schatten unter seinen Augen wirken noch tiefer. Aber das Lächeln, das er Fine schenkt, als ich sie ihm vorstelle und sie ihm die Hand reicht, ist so warm wie immer.

»Ich freue mich, dass ihr es geschafft habt«, sagt mein Großvater mit brüchiger Stimme und deutet auf den Tisch vor einer Sitzgruppe. »Bitte, ich habe Tee servieren lassen. Henry hat mir allerdings verboten, Kuchen zu bestellen, da er lieber Ihren essen möchte.«

Fine lächelt unsicher und stellt die Schachtel auf dem Tisch ab. »Ich habe Kirschtörtchen gebacken«, erklärt sie und hebt die kleinen Tartelettes mit der herrlich roten Füllung und dem geflämmten Baiser auf Teller, die dafür bereitstehen.

»Das sind die, die von Covent Garden inspiriert sind, oder?«, hake ich nach, während ich mein Törtchen betrachte.

»Ganz genau«, erwidert Fine leise und lässt meinen Großvater nicht aus den Augen.

Seine Gabel zittert genauso wie der Teller in seiner anderen Hand. Aber als er sich den Kuchen in den Mund schiebt, seufzt er und bekommt diesen zufriedenen Gesichtsausdruck wie auch schon bei den Cupcakes.

»Sie sind eine Künstlerin«, verkündet er mit einem weiteren Seufzen. »Man schmeckt die Hingabe in Ihrem Gebäck und die Sorgfalt. Ein wenig erinnert es mich an meine Jugend, als die Sommer noch nicht so unerträglich heiß waren und meine Freunde und ich die Tage draußen verbracht haben. An den Geruch nach frischem Heu und reifen Früchten …«

Sein Blick schweift in die Ferne und obwohl seine Augen glänzen, lächelt er. So zufrieden und gelöst habe ich ihn schon lange nicht mehr gesehen. Fines Backwerke sind wirklich kleine Wunder, das erkenne ich mit jedem Tag mehr.

»Erzählen Sie mir von sich«, durchbricht seine Stimme die eintretende Stille. »Wie kam es, dass Sie nach London gezogen sind?«

Und Fine erzählt. Davon, dass sie Anwältin war und es immer geliebt hat zu backen. Von der Chance, die sie genutzt hat, und ihrem Cousin, der sie ihr gab.

»Ihre Eltern sind also nicht begeistert von dem Weg, den Sie gewählt haben«, meint mein Großvater und Fine schüttelt den Kopf. »Wer hat Sie dann zum Backen gebracht?«

»Meine Großmutter«, erwidert sie und mein Interesse ist geweckt.

Fine hat sie zwar schon einmal erwähnt, viel weiß ich aber nicht über die Frau, die Fine schon früh ermutigt hat, Kuchen zu kreieren.

»Sie hat immer gebacken, mir viele Rezepte gezeigt und mir geraten, meine Träume zu verwirklichen.« Ihre Finger wandern zu der Kette, die sie gerade trägt. Ein kleines goldenes Herz mit Gravur hängt daran, doch kann ich sie nicht lesen, weil die Schrift zu fein ist. »Meine Mutter sagte, ich wäre wie Gran. Allerdings hat sie es wohl nicht als Kompliment gemeint, denn meine Großmutter war sehr eigenwillig und traf Entscheidungen stets mit dem Herzen.«

»Mit dem Herzen?«, frage ich und Fine wendet sich mir zu.

»Sie stammte ursprünglich aus England und ließ ihre Familie und einen Titel zurück, weil sie sich in meinen Großvater verliebte und bei ihm bleiben wollte.«

»Das wusste ich noch gar nicht«, sage ich nach einer gefühlten Ewigkeit der Stille.

»Jetzt weißt du es«, meint Gramps mit einem Lächeln auf den Lippen. »Klingt nach einer starken Frau und ich finde es mutig, wenn sie wirklich alles aufgegeben hat, um ihrem Herzen zu folgen. So wie Sie offensichtlich auch.«

Fines Wangen färben sich ein wenig dunkler und sie strahlt, als Gramps sie um ein weiteres Kirschtörtchen bittet.

Als sie sich kurz entschuldigt, bedeutet mein Großvater mir, näher zu kommen.

»Sie ist bezaubernd«, sagt er und legt seine zittrige Hand auf meine.

»Das ist sie«, erwidere ich und sehe ihm in die matten Augen. »Aber ich weiß nicht, ob ich … ob sie …«

»Du denkst zu viel damit«, unterbricht er mich und fasst sich an die Schläfe. »Stattdessen solltest du darauf hören.« Er legt eine Hand an seine Brust. »Sie ist stark, Junge und ihr könntet euch gegenseitig Halt geben. Wenn du es zulässt. Verlier nicht die Chance auf Glück, nur weil dein Verstand alle

Möglichkeiten aufzählt und dir damit Angst einjagt. Du würdest es ewig bereuen.«

Bevor ich etwas erwidern kann, kehrt Fine zurück und mein Großvater lächelt sie an.

»Ich will euch beide nicht hinauswerfen, aber ich fürchte, ich muss mich jetzt ein wenig erholen«, verkündet er.

»Natürlich. Können wir noch etwas für Sie tun?«, fragt Fine und klingt besorgt.

»Nein, Kindchen. Nehmen Sie meinen Enkelsohn und genießen Sie mit ihm den angebrochenen Abend. Es ist schließlich noch früh«, erwidert Gramps mit einem Zwinkern.

Dann allerdings beginnt er zu husten und sein Körper schüttelt sich heftig. Ich stürze zu ihm und sinke neben dem Rollstuhl auf die Knie. Da hebt er den Kopf.

»Geht schon wieder«, krächzt er und greift nach dem Wasserglas.

Er zittert noch immer so sehr, dass ich ebenfalls danach fassen will, aber schon setzt er es an die Lippen und trinkt.

»Soll ich einen Arzt rufen? Oder ...«

»Nein, Henry«, unterbricht er mich. »Es geht schon. Ich bin nur müde.«

»Aber ...«, versuche ich es erneut und weiß doch, dass ich nichts ausrichten kann.

Mein Großvater ist trotz allem stolz und will keine Hilfe. Deswegen schickt er uns auch weg. Damit wir nicht sehen, wie es ihm wirklich geht.

Wieder legt er seine Hand auf meine. »Wir sehen

uns übermorgen, ja?«, fragt er und ringt sich ein Lächeln ab.

»Natürlich.« Ich drücke seine Hand und stehe auf.

»Hat mich gefreut, Fine«, sagt Gramps und schüttelt ihre Hand.

»Mich auch«, erwidert sie und es wirkt aufrichtig.

Beim Hinausgehen taste ich verstohlen nach ihren Fingern und fühle ein schweres Gewicht von meinen Schultern fallen, als sich ihre Hand um meine schließt. Aber das seltsame Gefühl und die Angst, die ich tief in mir spüre, bleiben. Denn jedes Mal, wenn ich dieses Haus verlasse, frage ich mich, ob ich Gramps wiedersehen werde.

KAPITEL 15 - FINE

euchte Luft empfängt uns, als wir wortlos das Anwesen der Familie Lancaster verlassen. Henry hält zwar meine Hand, mit den Gedanken ist er aber an einem ganz anderen Ort. Sein Blick ist leer nach vorne gerichtet und ich glaube nicht, dass er etwas von dem Verkehr oder dem Schneeregen wahrnimmt.

Ich weiß nicht, was ich sagen soll, aber mir ist klar, dass ich ihm jetzt beistehen muss.

»Wusstest du, dass Pizza eigentlich eine vollkommen ausgewogene Mahlzeit ist?«, frage ich, um ein Gespräch zu beginnen. Und dann purzeln die Worte nur noch aus meinem Mund. »Ich persönlich finde ja, an einer Pizza Margherita erkennt man, wie gut eine Pizzeria ist. Weil sie so wenige Zutaten hat und man dann klar schmeckt, ob der Teig richtig verarbeitet wurde. Italiener schwören übrigens auf den Steinofen und lassen ihre Teige oft mehr als zwei Tage gehen, bevor sie daraus Pizzen machen.«

Ich halte inne und mustere Henry.

Er blinzelt und scheint mich erst jetzt wieder bewusst wahrzunehmen. »Entschuldige, was hast du gesagt?«

Einen Moment zögere ich und entscheide, das Pizzathema nicht zu vertiefen. »Der Hyde Park ist doch in der Nähe«, sage ich nun. »Ich dachte, du möchtest vielleicht noch etwas mehr Weihnachten durch meine Augen sehen.«

Henry schweigt und ich erwarte, dass er den Kopf schüttelt. Stattdessen greift er nach meiner zweiten Hand und dreht mich zu sich. Er lehnt seine Stirn an meine und streicht mit den Daumen über meine Handrücken. Diese Geste ist wunderschön und Wärme überzieht meine abgekühlten Wangen. Ich genieße Henrys Nähe jetzt schon viel zu sehr …

»Ist es in Ordnung, wenn ich noch mehr deiner Zeit stehle?«, fragt er so leise, dass ich ihn kaum höre. »Ich will gerade nicht … alleine sein.«

»Du stiehlst meine Zeit nicht, du wertest sie auf«, erwidere ich, ohne nachzudenken.

Henry hebt den Kopf und sein Blick findet meinen. Alles in mir beginnt zu kribbeln und mir wird einmal mehr bewusst, wie sehr ich mich zu ihm hingezogen fühle. Wie schnell mein Herz schlägt, wenn er mich so ansieht. Selbst wenn ich mich an ihm verbrennen werde, kann ich nicht einfach gehen.

»Also zum Hyde Park?«, will er wissen.

»Ja, da soll es einen Weihnachtsmarkt geben«,

erkläre ich. »Es interessiert mich, wie eure Weihnachtsmärkte so sind.«

Er nickt, lässt eine meiner Hände los und führt mich Richtung Straße. Ein Taxi zu nehmen, wäre Unsinn, deswegen ziehe ich ihn weiter, als er am Rand stehen bleibt und nach einem winkt.

»Wir gehen zu Fuß«, verkünde ich.

»Es regnet«, wirft er ein.

»Das ist London, es regnet immer«, erwidere ich mit einem Grinsen.

Natürlich weiß ich, dass das nicht stimmt. Es gibt erstaunlich viele sonnige Tage hier, aber der Glaube, dass es in England immer regnet, hält sich nun mal hartnäckig. Ich spreche es nur aus dem Grund aus, weil ich hoffe, dass er darauf eingeht und wir uns gegenseitig ein wenig aufziehen. Doch das macht er nicht.

»Du wirst nass«, gibt er stattdessen zu bedenken, obwohl er sich längst in Bewegung gesetzt hat.

»Ich bin nicht aus Zucker, also werde ich mich nicht auflösen«, entgegne ich immer noch lächelnd und keuche, als er meine Hand loslässt, seine Arme um mich schlingt und mich mit dem Rücken an seine Brust zieht.

»Bist du sicher? Ich könnte schwören, dass du die süßeste Versuchung bist, die ich je gesehen habe«, haucht er mir ins Ohr.

Gänsehaut überzieht meinen Körper und das Kribbeln in meinem Bauch ist einem Brodeln gewichen. Ich lehne mich gegen ihn, lasse zu, dass er mich enger an sich zieht. Auch wenn die Menschen in ihren Autos uns gut sehen können, in diesem Moment gibt es nur Henry und mich.

»Wieso sagst du nichts?«, fragt er nach einer Weile.

»Ich weiß nicht, was«, gestehe ich. »Das Einzige, das durch meine Gedanken schwirrt, ist: Dann vernasch mich. Aber das kann ich nicht sagen.«

Ich fühle sein Lächeln an meiner Wange. »Stimmt, das wäre wirklich unpassend. Weil ich der Aufforderung sofort nachkommen würde.«

Während meine Knie noch weicher werden, lässt er mich los und greift wieder nach meiner Hand. Das Grinsen auf seinem Gesicht erleichtert mich und gleichzeitig jagt es Schauer durch meinen Körper. Zumindest habe ich ihn ein wenig abgelenkt.

Schon von Weitem kann man die Lichter des Christmas Markets im Hyde Park sehen, die sich gegen die anbrechende Dunkelheit abheben. Trotz des Schneeregens verirren sich einige Menschen dorthin, was mich nicht wundert.

Unzählige Stände bieten von Süßigkeiten bis hin zu Kunsthandwerk weihnachtlichen Zauber an. Riesenrad, Karussell und andere Fahrgeschäfte laden Kinder zu einem Abenteuer ein. Christbäume mit Tausenden Lichtern, Engel aus Stroh und Torbögen voller Mistelzweige heißen die Besucher willkommen.

»Das ist also das Winterwunderland«, murmle ich, als wir ankommen, und blicke zu dem riesigen Bogen, auf dem dieser Name steht, der aus vielen kleinen Glühbirnen gezaubert wurde.

»Früher war das irgendwie kleiner«, meint Henry nachdenklich.

»Du warst einmal hier?«, frage ich überrascht.

Er nickt und dieser seltsame Ausdruck von vorhin kehrt auf sein Gesicht zurück. Als wäre er gar nicht bei mir, sondern weit weg, versunken in Sorge und Kummer.

»Gramps kam mit meinem Bruder George und mir her, als wir Kinder waren«, erzählt er schließlich.

»Er bedeutet dir viel«, stelle ich behutsam fest und hoffe, Henry spricht weiter.

Wir schlendern Hand in Hand durch die Gasse zwischen den Ständen. Und obwohl ich sonst jedes Detail dieser Orte in mich aufnehme, sehe ich heute nicht genau hin. Denn alles, was ich gerade wahrnehmen will, ist Henry.

»Er ist mein letzter Halt«, erwidert er mit brüchiger Stimme. »Zum Glück hatte er heute einen wirklich guten Tag.« Henrys Mundwinkel heben sich leicht, als er mich ansieht. »Ich denke, das verdanken wir dir.«

»Mir? Ich habe doch gar nichts gemacht.«

»Doch«, sagt er entschieden. »Du merkst es vermutlich gar nicht, aber in deiner Nähe fühlt man sich wohl. Und Gramps hat zwei Kirschtörtchen verputzt. Es ist lange her, dass ich ihn so viel auf einmal habe essen sehen.«

Seine Worte legen sich wie Samt um mein Herz. Ich merke erst, dass wir am Rand der Stände stehen geblieben sind, als Henry an meiner Hand zieht und mich zu sich dreht.

»Danke für diesen Nachmittag«, raunt er. »Für die Stunden, in denen du ein wenig Freude in unser Leben gebracht hast.«

»Henry«, hauche ich und sehe ihm in die Augen. Mein Herz schlägt mir bis zum Hals, als er sich vorbeugt und mit seinen Lippen meine berührt. So sanft, als würde er um Erlaubnis fragen.

Es ist jedes Mal anders, wenn wir uns küssen, und jedes Mal verliere ich ein Stück mehr von mir an ihn. Ich hebe mein Gesicht noch ein wenig an und öffne meinen Mund für ihn. Als er seine Hände an meine Wangen legt und ein tiefes Seufzen von sich gibt, verschränke ich meine Finger in seinem Nacken. Wir erlauben uns diesen Moment, während um uns die Musik der Fahrgeschäfte ertönt und Kinder um Süßigkeiten betteln. All das verschwindet in diesem Kuss, der nur uns gehört.

Viel zu schnell holt uns die Wirklichkeit ein, als es stärker zu regnen beginnt und wir die Nässe nicht mehr ausblenden können.

»Wie war das vorhin mit Pizza und ausgewogener Ernährung?«, fragt Henry, während er mir meine Kapuze auf den Kopf zieht.

»Ach, das hast du gehört?«

»Wenn es um Essen geht, bin ich erstaunlich aufmerksam«, gibt er mit einem schiefen Lächeln zu. »Aber wenn ich dich einfach nur nach Hause bringen soll, ist das auch in Ordnung.«

»Nein, Pizza mit dir klingt gut. Allerdings wird Mark da sein, wenn wir zu mir gehen, und sich vermutlich anschließen, weil es noch recht früh ist.«

»Stört mich nicht«, erklärt Henry und greift nach meiner Hand. Dann fügt er mit einem schiefen Grinsen hinzu: »Allerdings nur solange ich seine Brustwarzen nicht wieder untersuchen muss.«

KAPITEL 16 - HENRY

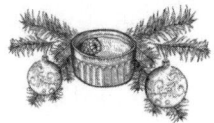

*M*ark? Ja, hi«, beginnt Fine das Telefonat. »Nur zur Info, Henry und ich kommen in die Wohnung und bringen Pizza mit.«

Jemand spricht am anderen Ende der Leitung, aber ich verstehe die Worte nicht. Die Geräusche des Taxis, in dem wir sitzen, sind zu laut. Fine hat nicht gefragt, warum wir nicht zu mir gehen, dabei ist die Antwort recht einfach: Ich fühle mich in ihrer Wohnung deutlich wohler als in meiner eigenen. Und ich habe den Eindruck, Fine ist erleichtert, dass ich sie nicht zu mir gebeten habe. Vermutlich kennt sie die Geschichten über meine angeblichen Liebschaften, weiß also, welch zweifelhaften Ruf ich genieße. In ihrer Wohnung wartet ihr Cousin, wodurch sich sicher keine Gelegenheit ergibt, gewisse Dinge zu beschleunigen.

»Ich weiß nicht, warte kurz«, sagt Fine und hält

das Handy von ihrem Ohr weg. »Hast du irgendwelche Lebensmittelunverträglichkeiten?«

»Nicht dass ich wüsste«, erwidere ich verwirrt und sie gibt es weiter.

»Ja, aber halt dich zurück, Mark. Du musst keine fünf Gänge kochen. Nein, das wäre sogar dann übertrieben, wenn die Queen persönlich käme. Ja, bis gleich.«

Fine seufzt, während sie das Handy in die Tasche steckt. Dann lehnt sie sich an mich und verschränkt ihre Finger mit meinen.

»Er kocht also?«, frage ich, obwohl ich ziemlich sicher weiß, wie die Antwort lautet.

»Er meinte, und ich zitiere jetzt seine Worte: *Ihr könnt euch nicht wie schlecht erzogene Teenager ernähren. Ich koche etwas, das angemessen ist.*«

»Und angemessen heißt?«, hake ich belustigt nach.

»Schwer zu sagen. Deswegen habe ich Mark gesagt, er soll keine fünf Gänge kochen. Ich fürchte, damit habe ich ihn herausgefordert. Aber keine Sorge, er kann das wirklich. Also Essen zubereiten.«

»Dann bin ich beruhigt«, murmle ich und betrachte Fine.

Ihr offenes Haar ist feucht und ihre Nase leicht gerötet von der Kälte, genau wie ihre Wangen.

»Ich mag es, wenn du deine Haare so trägst«, sage ich gedankenverloren.

Ihre Mundwinkel kräuseln sich. »Wirklich?«

»Ja, auf diese Weise lassen sie dein Gesicht noch atemberaubender wirken«, erwidere ich und streiche eine Strähne hinter ihr Ohr.

Ihr Blick wird ernst und ich frage mich, ob ich etwas Falsches gesagt habe. Aber dann lächelt sie wieder und lehnt ihre Wange an meine Schulter.

»Ich bin doch nass«, protestiere ich, weil ich nicht will, dass sie es unbequem hat.

»Stört mich nicht«, meint sie nur und schließt die Augen.

Meinetwegen könnte die Taxifahrt noch ewig dauern, damit ich Fine so halten kann. Aber sie endet viel zu schnell und ich muss sie loslassen.

Mittlerweile schüttet es und von den vereinzelten Schneeflocken bleibt natürlich wegen des Regens nichts liegen. Rutschig sind die Straßen trotzdem und ich bin froh, dass keiner von uns hinfällt, als wir über den Beton in Richtung Haustür schlittern.

Ein verführerischer Duft empfängt uns im Treppenhaus und wird immer intensiver, je näher wir der Wohnungstür kommen. Als Fine sie öffnet, kommt uns Mark schon entgegen.

»Schuhe und Mäntel aus. Ihr tropft ja, als wärt ihr in Kleidung schwimmen gegangen«, singt er förmlich und drückt jedem von uns ein Tuch in die Hand. »Trocknet euch ab und zieht euch um.«

»Ehm, Mark, wie soll Henry ...«

»Ach ja. Na, er kann ja einfach das Jackett und die Krawatte ablegen, oder? Ich würde ihm ja etwas leihen, aber ich fürchte, das würde ihm nicht passen«, unterbricht Mark Fine und verschwindet dann Richtung Küche. »Setzt euch vors Feuer, wärmt euch auf. Das Essen braucht noch einen Moment.«

Ich helfe Fine aus dem Mantel und hänge ihn auf.

Wenn ich sie so betrachte, sollte sie sich wirklich umziehen.

Sie blickt an sich hinab und seufzt. »Schaffst du fünf Minuten ohne mich mit Mark?«

»Oder er mit mir?«, stelle ich die Gegenfrage und zwinkere. »Zieh dir was Trockenes an, sonst erkältest du dich.«

Sie nickt und verschwindet hinter einer der Türen des langen Korridors. Ich atme gedehnt aus, dann gehe ich ins Wohnzimmer.

»Vom Regen überrascht worden?«, will Mark wissen, der gerade etwas in einem Mörser bearbeitet.

»Irgendwie ja«, entgegne ich und schlüpfe dabei aus Jackett und Krawatte, bevor ich mich vor die Anrichte stelle, die das Wohnzimmer von der Küche trennt. Ich bin überrascht, wie entspannt Mark mit mir umgeht, zumal ich das Gefühl nicht loswerde, dass auch er anfangs von mir eingeschüchtert war. »Ich habe nicht an einen Schirm gedacht.«

»Wenn es kälter wäre, würden Sie den auch gar nicht brauchen«, meint Mark und kippt den Inhalt des Mörsers in einen Topf. »Fine liebt übrigens Schnee. Nur zur Info.«

»Ah«, mache ich und kann mir gut vorstellen, wie Fine unbeschwert durch den Schnee tanzt. Das passt zu der kleinen Winterfee, die sie ist.

»Überhaupt liebt sie Weihnachten«, fährt Mark fort. »Da fällt mir ein, haben Sie schon Pläne für die Feiertage?«

»Mark!«, zischt Fine, die umgezogen in der Küche hinter ihrem Cousin erscheint.

»Was denn? Man wird ja wohl fragen dürfen, ob

ein viel beschäftigter Mann wie Mr Lancaster überhaupt Zeit hat zu feiern.«

Sie legt einen finsteren Blick auf, der ihrem Cousin entgeht, weil er mich betrachtet. Er scheint es nicht zu wissen und das beweist mir einmal mehr, dass ich Fine vertrauen kann. Sie hat ihm nichts von meiner persönlichen Tragödie erzählt.

»Bis jetzt habe ich nichts vor«, erwidere ich ruhig und sehe dabei Fine an.

Irgendwie wünsche ich mir, dass wir Weihnachten zusammen verbringen. Weil sie den Schmerz in meiner Brust erträglicher machen würde. Weil ich die Vorstellung, sie tagelang nicht zu sehen, schrecklich finde. Aber das kann ich ihr so nicht sagen, weil ich fürchte, es geht ihr zu schnell. Und insgeheim habe auch ich Angst, alles zu überstürzen.

»Kommen Sie doch zu uns«, platzt es aus ihrem Cousin heraus.

»Mark!«, zischt Fine noch einmal.

»Was denn? Wenn du ihn nicht einlädst, muss ich das übernehmen.« Er wendet sich mir zu. »Am Heiligen Abend kochen Fine und ich gemeinsam. Sie sollten ihre konfierte Gans versuchen und die Klöße, die sie dazu macht. Jeder Sternekoch wäre neidisch.«

»Nur keinen Druck«, murmelt Fine.

»Für gewöhnlich lade ich meine Assistentin am Heiligen Abend zum Essen ein«, sage ich nachdenklich.

»Sie kann auch herkommen«, schlägt Mark vor. »Jen wird ebenfalls da sein. Je mehr, desto besser, oder?«

Mein Blick wandert von ihm zu Fine, die von der

Idee nicht viel zu halten scheint. Das versetzt mir einen unerwartet schmerzlichen Stich.

»Ich will mich nicht aufdrängen«, sage ich deswegen.

Mark setzt zu einer Erwiderung an, doch es ist Fine, die spricht. »Und ich will dich nicht zu etwas überreden, das du gar nicht möchtest«, erklärt sie und wirkt unsicher. »Also fühl dich bitte nicht genötigt zuzusagen.«

»Möchtest du denn, dass ich komme?«, spiele ich den Ball zurück.

Diesmal zögert sie nicht. »Ich würde mich sehr darüber freuen.«

»Dann werde ich hier sein«, verkünde ich. »Und falls für Margy tatsächlich noch ein Platz übrig wäre …«

»Wie gesagt: Je mehr, desto besser«, fällt Mark mir ins Wort. »Und jetzt raus aus meiner Küche, ich muss mich konzentrieren.«

Er scheucht Fine zu mir und gleich darauf zischt es und der Geruch von Knoblauch und Fisch verteilt sich im Wohnzimmer.

Fine wirkt etwas verlegen, als sie vor mir steht und wir gemeinsam zum Sofa gehen. Das Feuer hüllt alles in ein angenehm warmes Licht. Diesmal ist der Kaminsims weihnachtlich dekoriert. Kleine Engel und eine Girlande lassen den Raum festlich wirken. Genauso wie der Kranz auf dem Tisch vor uns. Es kommt mir selbst seltsam vor, aber in dieser Wohnung stört mich das alles nicht. Im Gegenteil. Irgendwie finde ich es sogar hübsch.

Wir setzen uns und ich lehne mich zu Fine. »Ist es

dir wirklich recht, wenn ich an Heiligabend komme?«, frage ich leise, damit Mark uns nicht hört.

Er scheint kein Fünf-Gänge-Menü zuzubereiten und auch wenn er uns weggescheucht hat, bin ich sicher, er beobachtet uns.

»Ja, aber nur, wenn du das wirklich willst«, erwidert sie ebenso leise.

»Warum sollte ich nicht?«

Sie seufzt. »Weil du vielleicht lieber allein sein willst, wegen …« Fine lässt den Satz unvollendet.

Es stimmt, ich habe mich jahrelang an diesem Tag verkrochen, bis Margy mir die Leviten gelesen und mich gezwungen hat, mit ihr essen zu gehen, damit ich nicht vollkommen allein bin. Am Heiligen Abend besuche ich noch nicht einmal Gramps und Louisa. Aber die Vorstellung, ihn mit Fine zu verbringen, gefällt mir.

»Ich gebe zu, es wird seltsam sein, aber … solange du da bist, glaube ich, wird alles gut«, erwidere ich.

Einladend öffne ich die Arme. Fine rückt näher, lehnt sich an mich und vergräbt ihr Gesicht an meiner Schulter.

»Kuschelt nicht zu viel, es gibt gleich Essen«, ruft Mark uns zu.

»Gerade hast du noch gesagt, es dauert ein wenig«, entgegnet Fine.

»Ja, was soll ich sagen? Ich bin schnell«, sagt er. »Jemand hat mir verboten, fünf Gänge zu kochen, also gibt es nur Lachs mit Gemüse. Das dauert nicht so lange. Los jetzt, steht auf.«

»Er ist ziemlich sprunghaft«, stelle ich grinsend fest.

»Ist er. Und spontan. Aber wenn man Hilfe braucht, ist er da«, erzählt Fine.

»Das ist das Wichtigste«, meine ich.

»So, Kinder, zu Tisch«, sagt Mark direkt neben uns und Fine fährt keuchend hoch.

»Verflucht, willst du, dass ich vor Schreck umkippe?«, fragt sie ernst und lacht dann doch. »Schleich dich nicht so an.«

»Na, ich wollte doch hören, was du über mich erzählst«, entgegnet er amüsiert. »Du sagst mir ja nie, wie toll du mich findest.«

»Das steigt dir sonst zu Kopf«, gibt Fine zurück.

»Aber ab und zu wäre Lob schön.« Mark zieht eine Schnute.

»Ich werde dein Essen loben, wenn es schmeckt«, verspricht sie.

Es ist seltsam, den beiden zuzusehen, und gleichzeitig breitet sich Wärme in mir aus. Obwohl sie sich scheinbar zanken, decken sie gemeinsam den Tisch.

Dann setzen wir uns hin und Mark trägt die Teller auf. Während des Essens reden wir kaum, aber das liegt bei mir vor allem daran, dass ich das Gericht wirklich gut finde und mich darauf konzentrieren will.

»Ich muss dich tatsächlich loben«, sagt Fine schließlich. »Der Fisch ist köstlich.«

»Ja, vielen Dank dafür«, füge ich hinzu.

»Ich kann euch ja nicht jeden Tag Junkfood essen lassen«, meint Mark mit einem Zwinkern und hebt sein Weinglas. »Auf das erste von vielen gemeinsamen Abendessen.«

Fine wirkt unsicher, aber als auch ich mein Glas in die Höhe halte, stößt sie mit uns darauf an. Ich kann mir langsam wirklich vorstellen, öfter die Abende hier zu verbringen.

KAPITEL 17 - FINE

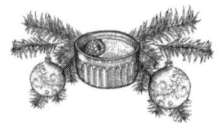

*E*in Lied summend knete ich die Masse für die Cakepops und lächle. Der Nachmittag gestern mit Henry mag nicht den schönsten Umständen entsprungen sein, aber die Zeit mit ihm und seinem Großvater war dennoch wundervoll. Und der Abend danach erst recht.

Auch wenn Henry diesmal nicht lange bleiben konnte und kurz nach dem Essen gegangen ist, bin ich in Bezug auf uns zuversichtlicher als noch vor wenigen Tagen. Deswegen geht mir auch die Arbeit momentan so leicht von der Hand.

Ich liebe es immer, zu backen und zu dekorieren. Aber heute ... ja, heute liebe ich es noch mehr. Und das liegt allein an Henry, der nachher noch vorbeikommen möchte. Für den ich noch etwas backen will, wenn ich mit den Cakepops fertig bin.

Doch noch während ich beginne, den Teig für Kugeln zu portionieren, stürmt Mark in die Backstube. Mein Blick wandert zu der Uhr an der Wand. Mark sieht mich erwartungsvoll an und ringt um Atem.

»Solltest du nicht längst zu Hause sein?«, frage ich nachdenklich.

»Ich habe … gerade einen Anruf bekommen«, verkündet er keuchend und hält mir sein Handy vor die Nase.

Inzwischen ist das Display schwarz, also weiß ich nicht, wer angerufen hat.

»Das ist unsere Chance, Fine«, sagt er, als würde das alles erklären.

»Und was genau?«

Ich quietsche, als er meine Schultern packt und mich schüttelt. Zwar behutsam, trotzdem steigt Panik in mir auf und der Teigball, den ich halte, fällt zu Boden. Eigentlich dachte ich, meine Vergangenheit abgelegt zu haben. Aber immer mehr unliebsame Erinnerungen drängen an die Oberfläche und ich kann sie kaum noch zurückhalten.

»Die Organisatorin eines Weihnachtsempfangs hat angerufen. Der Lieferant für die Desserts ist ausgefallen und jemand hat ihr unsere Bäckerei empfohlen«, plappert er los und scheint nicht einmal zu bemerken, dass ich regungslos und mit angehaltenem Atem vor ihm stehe. »Sie will einen Probeteller. Mit allem, was wir für einen Weihnachtsempfang empfehlen würden. Und wenn der gut ankommt, werde ich zu weiteren Gesprächen eingeladen. Du weißt ja, ich verkaufe mich immer gut. Also wenn der Teller ihnen gefällt, erhalten wir den Auftrag, der unser Leben verändern wird.«

Er gibt einen Jubelschrei von sich. Dann lässt er mich los und ich sauge gierig Luft ein, bevor ich mich an der Arbeitsplatte festhalte.

»Fine?«

»Geht schon. Nur die Aufregung«, lüge ich, schaffe es jedoch nicht, meine zitternden Finger zu lösen.

Marks warme Hand landet an meinem Rücken und ich atme tief durch.

»Bist du sicher? Du siehst aus, als wärst du einem Geist begegnet.«

»Ja, ich habe vermutlich zu wenig gegessen heute«, schwindle ich munter weiter und sehe meinen Cousin an. »Also, Probeteller. Wann ist der Empfang?«

Er mustert mich nachdenklich, dann gibt er einen resignierten Laut von sich. »Am dreiundzwanzigsten Dezember.«

Ich blicke auf den Kalender vor mir. »Bis dahin sind es nicht einmal zwei Wochen. Da kommt sie aber früh drauf, jemanden für das Catering zu suchen.«

»Ich sage ja, der ursprüngliche Lieferant ist abgesprungen. Und irgendjemand hat uns empfohlen, weswegen sie uns eine Chance gibt. Darum musst du mir alle Köstlichkeiten, die du in den letzten Tagen hier getestet hast, noch einmal backen. Ich denke, es sind deine Kreationen, die sie sehen will.«

Verstohlen blicke ich wieder auf die Uhr. »Bis wann willst du alles?«

»Morgen früh muss ich die Auswahl präsentieren. Also wäre es gut, wenn du heute …«

»Mark«, unterbreche ich ihn. »Was genau möchtest du haben? Einiges braucht länger und du hast bisher nur die Cupcakes und Cakepops ins Sortiment genommen, weswegen ich alles andere jetzt zubereiten müsste.«

»Also ich hätte noch gerne die Crème brûlée, die Kirschtartelettes – die waren übrigens köstlich, die müssen wir auch ins Standardprogramm übernehmen –, dann noch diese Karamell-Baiser-Dinger, oh, und … könntest du Vanillekipferl backen? Ich würde ihnen gerne Kekse präsentieren und dein Rezept ist unschlagbar.«

»Dann wirst du aber helfen müssen«, gebe ich brummig von mir. »Und meine Laune ertragen, denn eigentlich wollte ich mich heute mit Henry treffen.«

»Ich ertrage alles und mache es wieder gut, wenn du mir hilfst, diesen Auftrag zu bekommen. Das wäre unglaublich.«

Er strahlt mich so herzlich an, dass ich nicht anders kann, als ebenfalls zu lächeln.

»Das bedeutet dir viel, oder?«, frage ich.

»Ja, ich meine, dann hätten wir einen Fuß im Cateringgeschäft und vielleicht auch in den schwächeren Monaten mehr Kundschaft. Stell dir vor, die Leute würden uns für Hochzeiten und Taufen buchen.«

Ich will seinen Höhenflug nicht unterbrechen, also überschlage ich die Zeit, die wir brauchen. »Wenn wir uns beeilen, sind wir in fünf Stunden fertig«, murmle ich und betrachte mein Handy.

Gerade will ich es nehmen, um Henry abzusagen,

als Mark mich mit sich zum Kühlraum schleppt, um die Zutaten zusammenzusuchen.

»Sag mir, was wir alles brauchen und was ich tun soll«, fordert er mich auf. »Du kümmerst dich dann um die Cakepops. Sie müssen speziell sein. Weniger verspielt, mehr Glitzer.«

»Du denkst, das kommt besser an?«

»Ja doch. Lass sie wie kleine Kostbarkeiten aussehen. Einmal hast du Sternschnuppen-Cakepops für irgendeinen Geburtstag gemacht. Die hätte ich gerne.«

»In Ordnung. Dann mach du bitte Mürbeteig für die Tartelettes und den Boden für die Karamellküsse. Der muss in die Kühlung«, weise ich an.

»Yes, Madam«, erwidert Mark, der salutiert und dann beginnt, Zutaten zur Arbeitsfläche zu schleppen. »Ich brauche nur die Mengen bitte.«

»Du machst doch selbst Mürbeteig.«

»Ja, aber ich will deinen zubereiten. Keine Zufälle. Auch wenn ich helfe, soll alles deine Handschrift tragen.«

Ich lächle stolz. »Heißt das, ich darf ab jetzt mehr als die Buchhaltung allein übernehmen?«

Mark beißt sich auf die Unterlippe. »Alles, was ich sage, wird gegen mich verwendet, oder?«

»So was von.«

»Dann ... überlege ich noch. Okay?«

»Na gut.«

Seufzend hole ich Papier und Stift und schreibe für jedes Gebäck die Mengenangaben auf. Bevor ich mich an das Dekorieren der Cakepops mache, knete ich allerdings erst den Teig für die gewünschten Vanillekipferl, weil auch der in die Kühlung muss.

Dann arbeiten Mark und ich konzentriert. Er rührt die Teige an, ich kümmere mich um die Crème brûlée und die Feinheiten. So vergeht die Zeit wie im Flug und wir sind noch lange nicht fertig, als jemand die Backstube betritt.

»Und ich dachte schon, du wärst einfach nach Hause gegangen, statt mich zu empfangen«, erklingt es ein wenig verstimmt.

Entsetzt blicke ich auf. »Henry«, bringe ich heraus und versinke in seinen grün-braunen Augen und dem Lächeln, das er mir jetzt schenkt. Wie schafft er es, dass meine Knie ständig weich werden, wenn ich ihn sehe?

»Störe ich?«, fragt er und mustert erst mich, dann Mark. »Es sieht aus, als hättet ihr gerade ziemlich viel zu tun.«

»Das ist meine Schuld«, gesteht Mark. »Ich schinde Fine, weil sie ein Genie ist und wir ein Angebot bekommen haben.«

Er erzählt von dem Probeteller und dem potenziellen Auftrag.

»Na dann«, meint Henry und mein Herz wird schwer, weil ich sicher bin, dass er wieder geht. Stattdessen zieht er Mantel und Jackett aus und krempelt die Ärmel seines blütenweißen Hemds hoch. »Sagt mir, wie ich helfen kann, und ich bemühe mich. Selbst wenn ich euch nur Kaffee bringe.«

Ich seufze vor Erleichterung, dann aus Frust. Die Crème brûlée ist zwar fertig und die Cakepops sind dekoriert. Aber weder sind die Tartelettes gebacken noch die Böden für die Baisertürme. Von den Füllungen und Keksen ganz zu schweigen.

»Wie gut kannst du Kipferl formen?«, frage ich deswegen.

»Kipferl?« Henry klingt verwirrt.

»Mark, mach du bitte das Karamell und den Eischnee, ich zeige Henry, wie man schöne Hörnchen formt.«

»Yes, Madam«, meint Mark wieder, während Henry sich bereits die Hände wäscht, und beginnt mit seinen Aufgaben.

Inzwischen hole ich den Teig aus dem Kühlschrank und reiche Henry, der nun ein wenig verloren neben mir steht, eine rosarote Schürze.

»Das ist zwar nicht meine Farbe, aber …«, murmelt er und betrachtet erst die Rüschen, dann mich. »Für dich ziehe ich sogar so etwas an.«

Bei den Worten flattern wieder unzählige Schmetterlinge durch meinen Magen und ich kann nicht anders, als zu lächeln.

Er schlüpft durch die Schlaufe für den Kopf und versucht dann, die Bänder am Rücken zu schließen. Ich nehme sie ihm ab und binde eine Schleife.

»Es ist unglaublich lieb von dir, dass du hilfst«, sage ich leise hinter ihm. »Obwohl du bestimmt einen langen Tag hattest.«

»Ja, aber ich möchte den Abend mit dir verbringen«, erwidert er über eine Schulter. »Und vielleicht lerne ich ja etwas, das mir einmal das Leben rettet.«

»Na, falls du je in eine Situation kommst, in der du denkst: ›Oje, wenn ich nur wüsste, wie man Vanillekipferl formt, würde ich das überleben‹, dann ja.«

Henry schmunzelt und mein ganzer Körper prickelt, als er sich zu mir beugt und einen Kuss auf meine Wange platziert.

»Hier wird erst geflirtet, wenn alle Kekse fertig sind«, rügt Mark uns.

»Pass nur auf, dass das Karamell nicht anbrennt«, erwidere ich und bringe Henry zur Arbeitsfläche. »Also, man portioniert den Teig zuerst vor«, erkläre ich und schneide mit einem Messer Scheiben von den mittlerweile festen Teigstücken ab. »Dann formt man ihn zwischen den Händen zu einer nicht zu dicken Rolle und biegt sie, bis diese wie ein Hörnchen aussieht.«

Ich zeige es ihm und lege das fertige Kipferl auf ein Blech.

»Und du willst wirklich, dass ich das mache?«, hakt er nach. »Die werden nie so perfekt wie deins.«

»Übung macht den Meister und ich finde, man darf ruhig erkennen, dass die Kekse handgemacht sind«, entgegne ich mit einem Schmunzeln.

»Na, das wird man sehr deutlich sehen«, brummt Henry und betrachtet die Teigmenge, die Mark vorbereitet hat. »Willst du eine Armee damit verköstigen?«

»Vanillekipferl brechen leicht. Der Teig ist sehr mürb«, erkläre ich. »Deswegen mache ich mehr, damit es genug heile Stücke gibt.«

»Jetzt bin ich noch nervöser«, gesteht Henry.

»Musst du nicht. Ich wälze sie im Zucker. Das ist die schwierigste Aufgabe«, versuche ich, ihn zu beruhigen.

Henry nickt und macht sich ans Werk. Nach

kurzer Zeit tausche ich sein volles Blech gegen ein leeres und schiebe die Kipferl gemeinsam mit den Tartelettes in den Ofen.

»Die sehen toll aus«, lobt Mark Henry, als ich die ersten Küchlein zu füllen beginne.

»Ja, wirklich, schon richtig gut«, füge ich hinzu.

Henry zuckt die Schultern, aber ich erkenne an dem verstohlenen Grinsen, dass es ihn freut, gelobt zu werden. Vermutlich hat er so etwas noch nie gemacht, aber er gibt sich solche Mühe, dass mir richtig warm ums Herz wird.

Nach weiteren zwei Stunden ist alles fertig und die letzte Portion Vanillekipferl kommt vom Ofen direkt in den Zucker, wo ich sie wende, bis sie schön überzogen sind.

»Ihr seid die Besten«, verkündet Mark und öffnet die Arme. »Gruppenkuscheln?«

Henry gibt ein Grunzen von sich, aber ich lasse mich von Mark umarmen.

»Ich fange dann mal an zu putzen, ihr nehmt euch den Rest des Abends frei«, sagt mein Cousin übermütig.

»Allein wirst du ewig brauchen«, werfe ich ein.

»Wie wäre es, wenn Sie etwas zu essen holen und ich mit Fine sauber mache?«, schlägt Henry vor.

Wir beide sehen uns ungläubig an, dann nickt Mark. »Wenn Sie das wollen. Worauf darf ich Sie einladen?«

»Ich richte mich nach euch«, meint Henry.

»Ich glaube, ich hätte Lust auf richtig fettige Burger«, überlegt Mark laut.

»Wie war das gestern mit Junkfood?«, ziehe ich ihn auf.

»Ach, nach der Backsession haben wir Burger verdient. Und ich kenne den perfekten Laden dafür. Bin gleich wieder da«, verkündet Mark und verlässt die Backstube.

»Du musst nicht putzen, ich kann das allein«, sage ich schließlich, weil ich mir seltsam vorkomme, wenn Henry mir dabei auch noch hilft.

»Du hast gerade behauptet, Mark würde ewig brauchen. Wäre es bei dir anders?« Ich schüttle den Kopf und will etwas einwerfen, aber Henry lässt mich nicht zu Wort kommen. »Das ist schon in Ordnung. Du musst mir nur erklären, was ich machen soll. Ich musste meine Studentenwohnung auch selbst sauber halten.«

»Oh weh, das muss schlimm gewesen sein«, necke ich ihn und halte ihm dann ein Vanillekipferl vor die Nase.

Er betrachtet es, dann schließen sich seine Lippen darum und ich fühle ein Prickeln auf meiner Haut, weil er auch meine Finger berührt. Langsamer als ich sollte, ziehe ich meine Hand zurück und betrachte Henry, der seine Augen geschlossen hat und diesen Laut macht, der meine Knie weich werden lässt.

»Die schmelzen förmlich im Mund«, murmelt er. »Wie heißen die noch mal?«

»Vanillekipferl«, erwidere ich mit rauer Stimme und kann meinen Blick nicht von Henry losreißen. »Sie sind die beliebtesten Kekse in Österreich.«

»Wenn alle so schmecken wie deine, verstehe ich,

warum«, meint er. »Wäre es in Ordnung, wenn ich meinem Großvater welche davon mitbringe?«

»So viele du willst«, entgegne ich und hole eine Schachtel, die ich bis zum Rand fülle. »Du kannst ihm ruhig sagen, dass du sie gemacht hast.«

»Ich habe sie nur geformt und vermutlich glaubt er mir noch nicht einmal das«, meint Henry, als er die Schachtel entgegennimmt.

Obwohl er lächelt, sehe ich Traurigkeit in seinem Blick.

»Wie geht es ihm?«, frage ich und Henry wendet sich ab. »Du musst es mir nicht sagen, wenn du nicht willst. Tut mir leid, wenn ich …«

»Es liegt nicht an dir«, unterbricht er mich sanft. »Gramps geht es nicht besonders gut. Deswegen will ich ihm die Kekse vorbeibringen, wenn ich ihn morgen besuche. Er hat übrigens heute am Telefon nach dir gefragt.«

Der Kragen meiner Bluse wird bei diesen Worten zu eng und in meinem Magen tobt ein Vulkan.

»Du hast ihn beeindruckt, Fine«, fügt Henry leiser hinzu. »Und ich würde dich gerne noch einmal zu ihm mitnehmen, aber … ich muss erst überlegen, wie ich meiner Großtante erkläre, wer du bist. Sie wird das mit uns vermutlich nicht verstehen.«

Der Vulkan in meinem Inneren erlöscht bei diesem Geständnis, als wäre eine riesige Schneekugel darauf gelandet.

»Wie wäre es mit ›Die Bäckerin der Kekse‹?«, schlage ich vor und kann die Enttäuschung doch nicht aus meiner Stimme verbannen.

»Nein, weil du viel mehr bist«, erwidert er, stellt

die Box ab und legt seine Arme um meine Taille. »Aber Tante Louisa ist nicht wie Gramps. Und ich will nicht, dass sie dich verscheucht, mit ihrer manchmal etwas unterkühlten Art. Eigentlich ist sie ein netter Mensch, allerdings fällt es ihr schwer, das zu zeigen.«

Ich betrachte ihn und seine Mundwinkel wandern dabei nach oben, weil er meine Gedanken wohl erraten hat.

»Ja, wir sind uns da ähnlich. Liegt also in der Familie«, gibt Henry zu. Dann wird er wieder ernst. »Ich möchte erst bei ihr vorfühlen, was sie denkt, bevor ihr euch begegnet. Verstehst du das?«

»Natürlich. Alles gut«, murmle ich.

»Wirklich?«, hakt Henry nach.

Ich will ihn nicht mit meinen Zweifeln belasten. Er hat genug um die Ohren, da muss er sich nicht auch noch meinen Problemen widmen. Aber seine Worte haben erneut die Angst in mir geschürt, dass unsere Zeit ein Ablaufdatum hat.

»Ja, wirklich«, sage ich deswegen und stehle mir einen flüchtigen Kuss von seinen Lippen. »Und jetzt sollten wir sauber machen. Sonst kommen wir heute nie zum Essen.«

Henry mustert mich zweifelnd, dann atmet er geräuschvoll aus und nickt. Und so putzen wir die Backstube und ich hänge meinen Gedanken nach.

»Es schneit«, verkündet Mark mit breitem Grinsen, als er in die Backstube stürmt.

»Ehrlich?«, frage ich, lasse mein Tuch fallen und renne in den Verkaufsraum hinaus.

Vor den Fenstern fallen dicke weiße Flocken auf

den Boden, der bereits angezuckert aussieht. Hinter meinem Spiegelbild erscheint das von Henry, der immer noch die rosa Schürze trägt. Er legt einen Arm um mich und ich lehne mich an ihn, während wir dem langsamen Schneefall zusehen.

»Schade, dass nichts liegen bleiben wird«, meint Mark, der unser Essen auf einem der Tische anrichtet.

»Du hast keinen Sinn für Romantik«, behaupte ich mit einem Seufzen.

»Was hat Schnee mit Romantik zu tun?«, will mein Cousin wissen.

»Na, alles«, erwidere ich. »Ist dir aufgefallen, dass die Welt stiller wird, wenn es schneit? Als würde jeder den Atem anhalten und dieses kleine Wunder betrachten. Und ich finde, es riecht immer nach Vanillekipferl, sobald Schnee fällt. Außerdem kann man dann Schlittschuh fahren und Schneeball-schlachten machen.«

»Eislaufen kann man auch ohne Schnee«, wirft Mark ein.

»Ich war noch nie eislaufen«, meint Henry nach-denklich.

»Wirklich?«, frage ich und drehe mich um, damit ich sein Gesicht nicht nur als Spiegelung im Fenster sehe.

»Das hat sich irgendwie nie ergeben. Wir waren jedes Jahr Ski fahren, aber eislaufen …«

»Ich nehme an, in den Schweizer Alpen?«, fragt Mark, der gerade eine Weinflasche entkorkt.

»In den französischen«, erwidert Henry, dessen

Augen auf mir ruhen. »Aber ich habe gehört, die österreichischen Alpen sollen noch schöner sein.«

Seine Stimme ist warm und tief und lässt eine Gänsehaut auf meinem Körper entstehen. Er schafft es, dass ich gleichzeitig schwebe und mich an ihm festhalten will.

»Beim Natural History Museum gibt es einen Eislaufplatz«, reißt Mark mich aus dem Moment. »Fine kann übrigens ausgezeichnet Schlittschuh fahren. Sie könnte es Ihnen beibringen.«

Spielt mein Cousin jetzt Amor oder wie soll ich diese Aussage verstehen?

Henry sieht jedenfalls die ganze Zeit nur mich an, als würde er auf etwas warten.

»Wenn du möchtest, bringe ich es dir bei«, höre ich mich sagen.

Dann halte ich den Atem an, weil ein Lächeln seine Lippen umspielt. »Bist du sicher? Ich bin nicht unbedingt talentiert, wenn es um Gleichgewicht geht. Vielleicht falle ich.«

»Und vielleicht bist du ein Naturtalent wie beim Kipferl formen«, erwidere ich. »Außerdem habe ich dann eine Ausrede, dich die ganze Zeit zu berühren.«

Henry hebt eine Augenbraue und mir wird erst in dem Moment bewusst, wie anzüglich meine Aussage war. Ich will mich schon entschuldigen, da beginnt er zu sprechen.

»Dann müssen wir das unbedingt machen«, verkündet er. »Wie wäre es Montag gegen Mittag?«

»Aber du musst doch arbeiten …«

»Für diese besondere Unterrichtsstunde nehme

ich mir gerne frei«, unterbricht er mich mit einem Zwinkern.

Ich hoffe, meine Ohren glühen nicht so rot, wie sie sich anfühlen. »Einverstanden. Treffen … wir uns dort?«, stammle ich.

»Ich hole dich ab«, meint Henry und beugt sich zu mir herab. Seine Lippen streifen zärtlich über meine. »Und ich freue mich schon darauf, noch mehr Zeit mit dir zu verbringen.«

Ich kann nicht anders, ich lächle. Mein Herz schlägt wie wild in meiner Brust und meine Haut kribbelt bei dem Gedanken, Henrys Hand zu halten, während wir über das Eis gleiten.

CRÈME BRÛLÉE - REZEPT

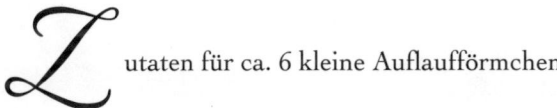

utaten für ca. 6 kleine Auflaufförmchen

1 Tonkabohne, 375ml Schlagsahne, 6 Eigelbe, 50g Zucker, 30g brauner Zucker (für das Anflämmen)

Ofen auf 150° C Ober- Unterhitze vorheizen. Tonkabohne reiben und mit Eigelben und Zucker aufschlagen. Wenn sich Zucker aufgelöst hat (dauert etwa 5 Minuten), Schlagsahne hinzugeben. Alles gut vermengen und auf die ofenfesten Förmchen verteilen.

   In ein tiefes Blech stellen. Heißes Wasser in das Blech gießen (Boden sollte etwa 1cm hoch bedeckt sein) und Blech in den Ofen schieben. Etwa 45-60 Minuten backen (die Masse soll fest, aber nicht gestockt sein).

4 Stunden oder über Nacht abkühlen lassen. Anschließend dünn mit braunem Zucker bestreuen und mit einem kleinen Brenner anflämmen, bis der Zucker karamellisiert.

KAPITEL 18 - HENRY

Tracey, haben Sie die Akte des Pearson-Falls mit meinen Anmerkungen mitgenommen?«, frage ich laut.

Margy hat frei und Tracey, ihre Vertretung, ist zwar höflich und bemüht, aber sie schafft es nicht, meinem Tempo zu folgen. Und natürlich häufen sich Anfragen sowie Termine an und das Telefon läuft ständig heiß. Wieso muss das ausgerechnet heute passieren, an dem einzigen Tag, an dem ich auf Margy verzichten muss?

»Tracey?«, sage ich noch lauter, als ich draußen Schritte höre. »Ich brauche die Pearson-Akte. *Jetzt*.«

Es folgt keine Antwort, also schiebe ich die Unterlagen auf meinem Tisch herum, der sonst nie so unordentlich ist, und suche weiter.

»Wie bedauerlich, dass deine Assistentin wohl bereits mit deiner Anwaltstätigkeit überfordert ist«, sagt eine Stimme, von der ich gehofft habe, sie hier niemals zu hören.

Als ich wie vom Blitz getroffen innehalte, steht Louisa in ihrem beigen Burberry-Mantel vor mir und sieht zu mir herab. Räuspernd schiebe ich den Stuhl zurück und erhebe mich.

»Tante Louisa«, sage ich, während ich meine Hände hinter dem Rücken verschränke. »Was verschafft mir die Ehre deines Besuches?«

Ich versuche, meine Miene unter Kontrolle zu halten und mir nicht anmerken zu lassen, wie sehr es mich stört, dass Louisa in diesen geschützten Bereich eingedrungen ist. Bisher war das Büro mein Rückzugsort, der Platz, an dem ich Henry Lancaster, der erfolgreiche Anwalt, sein konnte. Und nicht der zukünftige Duke of Westminster, der seine Familie enttäuscht, weil er lieber im Familienrecht tätig sein will, als das Erbe anzutreten.

Wäre Margy heute im Büro, wäre es Louisa nie gelungen, mich hier zu besuchen. Denn Margy hätte sie bereits am Empfang darüber informiert, dass ich entweder nicht zugegen oder unabkömmlich wäre, und hätte Louisa charmant, aber bestimmt vor die Tür gewiesen. Heute geht aber auch alles schief. Hat Louisa irgendwie herausbekommen, dass Margy frei hat?

»Nun, wir wollten uns einen Eindruck verschaffen, wie organisiert dein Alltag ist, bevor wir dich mitnehmen«, erklärt sie mit einem seltsamen Schmunzeln auf den Lippen, das ich nicht deuten kann.

»Wir?«, frage ich alarmiert.

Sie hat wohl nur darauf gewartet, denn kaum habe ich das Wort ausgesprochen, betritt Cecile das Büro. Ihr Anblick lässt mein Inneres zu Eis gefrieren, während sie mit selbstgefälligem Lächeln neben meiner Tante stehen bleibt und mich von Kopf bis Fuß mustert. Dabei fällt mir auf, wie blass Cecile wirkt, vor allem im Vergleich zu Fine, die immer zu strahlen scheint. Meine ehemalige Verlobte ist so grau wie ihr Mantel und obwohl sie sich mit ihrem Styling sicher stundenlang beschäftigt hat, fehlt ihr das gewisse Etwas, das sie interessant machen würde.

»Hallo, Henry«, sagt sie schließlich, immer noch mit diesem selbstgefälligen Lächeln. »Ist schon ein wenig her, seit wir uns zuletzt gesehen haben.«

»Cecile«, entgegne ich kühl anstelle einer Begrüßung und wende mich dann Louisa zu. »Du besuchst mich wohl kaum, weil du sehen wolltest, wie ich mich als Anwalt mache. Also, was kann ich für dich tun?«

Louisas Lächeln wirkt angespannt, trotzdem legt sie es nicht ab. »Cecile war so nett, mir in den letzten Tagen bei den Vorbereitungen für den Ball zu helfen, der in weniger als zwei Wochen stattfindet.«

Sie betont jedes Wort und ich bin nicht sicher, ob sie mir ein schlechtes Gewissen machen möchte oder Ceciles Einsatzbereitschaft unterstreichen will.

»Aber wir haben einen Punkt erreicht, an dem wir deine Hilfe brauchen, denn er betrifft vor allem dich, Henry.«

»Mich«, grolle ich förmlich. Wenn es nach mir ginge, würde dieser Ball gar nicht stattfinden. Aber ich weiß, dass er für viele Menschen ein fester Termin im Eventkalender und nun einmal eine Tradition meiner Familie ist. Deswegen habe ich bisher immer meine Rolle gespielt, mich aber nie großartig in die Vorbereitungen oder den Ablauf eingemischt.

»Ja, dich«, übernimmt nun Cecile. »Weil du dieses Jahr in jedem Fall im Mittelpunkt stehen wirst.«

Immer noch sehe ich Louisa an, die ihre Finger knetet. »Sieh mal, Henry, wir beide wissen, dass es schlecht um George steht. Er wird an dem Ball kaum teilnehmen können und damit wirst du der Gastgeber sein. Deswegen sollten wir ein paar Dinge mit dir abstimmen.«

»Ich verstehe, dass du mit mir reden möchtest«, gebe ich von mir. »Aber der Grund für Ceciles Anwesenheit ist mir dabei immer noch unklar.«

»Sie ist hier, weil sie mich unterstützt«, erklärt Louisa und langsam verschwindet das Lächeln aus ihrem Gesicht. »So ist sie auch besser für ihre Rolle vorbereitet.«

Ich gebe ein Schnauben von mir und setze mich auf meinen Stuhl zurück. »Dann hoffe ich, sie kann einen Lebenslauf schreiben und Referenzen vorweisen, wenn sie sich als Assistentin bewerben will«, brumme ich und nehme einen Stift in die Hand, um etwas Belangloses auf eine Unterlage zu kritzeln. »Denn die Rolle des Hausdrachen hast du ja bereits inne, Louisa. Und als was sonst könnte sie sich bewerben wollen?«

»Henry«, gibt meine Großtante von sich, aber es klingt nicht vorwurfsvoll, sondern erschöpft. »Ich habe dir Vorschläge unterbreitet für mögliche Ehen. Keine der Frauen entsprach deinem Geschmack, was in Ordnung ist. Aber du kennst Cecile, ihr wart einmal zusammen. Ihr Verhalten mag nicht immer tadellos gewesen sein, aber sie wäre eine große Stütze für dich.«

Ich sehe auf und richte meine Worte an Cecile. »Stört es dich nicht, dass sie über dich spricht, als wärst du gar nicht hier?«

Sie zuckt mit den Schultern. »Du hast mich doch bis gerade eben auch wie Luft behandelt.«

Ihr Ton gefällt mir nicht. Kurz nachdem wir uns getrennt haben, hat sie mich mit Tränen in den Augen um Vergebung angefleht. Hat geschworen, nur mich zu lieben, und um eine zweite Chance gebettelt.

Aber zu dem Zeitpunkt wusste ich längst, dass ich sie nur geheiratet hätte, weil man es von mir erwartete. Und da die Basis unserer Beziehung zerbrochen war, wollte ich ihr diese Chance nicht geben. Ich habe Cecile nie geliebt, nicht einmal im Entferntesten das empfunden, was ich jetzt für Fine fühle.

Bei dem Gedanken stolpert mein Herz und der Stift gleitet mir fast aus den Fingern. Mir wird in dem Moment bewusst, dass ich dabei bin, mich in Fine zu verlieben.

Doch statt ihr steht Cecile vor mir, mit diesem arroganten Ausdruck in den Augen, den ich immer schon schrecklich fand. Weil sie damit fast alle Menschen bedenkt, von denen sie glaubt, ihnen überlegen zu sein. Auch wenn sie das gar nicht ist.

»Wie ihr beiden seht, bin ich beschäftigt«, verkünde ich, statt weiter auf Cecile einzugehen, und deute auf die Unterlagen auf meinem Tisch.

»Henry, du wirst heute mit uns über den Ball

sprechen«, erwidert Louisa. »Ich gebe dir zwei Stunden. Wenn du bis dahin nicht in unserem Haus eintriffst, hole ich dich persönlich hier ab.«

»Dann solltet ihr mich jetzt in Ruhe arbeiten lassen«, brumme ich. »Sonst werde ich den Termin nicht halten können.«

»In dem Fall werden wir uns natürlich zurückziehen«, entgegnet Louisa, dreht sich um und geht auf den Ausgang zu.

Cecile aber bleibt stehen. »Ich bin sofort bei dir«, sagt sie zu meiner Großtante und sieht dabei mich an.

Ich hingegen wende mich wieder den Unterlagen zu, damit ich ihrem Blick nicht begegnen muss.

»Henry«, beginnt sie, woraufhin ich eine Hand hebe.

»Was auch immer du willst, von mir bekommst du es nicht.«

Das treibt sie nicht fort und sie stützt sich auf meinem Schreibtisch ab. »Findest du nicht, dass du mich lange genug bestraft hast?«, fragt sie in schmeichelndem Tonfall.

Doch ich habe sie längst durchschaut. Cecile ist eine berechnende Person, die ihren Charme und ihre Reize immer zu ihrem Vorteil einsetzt. Früher mag ich darauf reingefallen sein, jetzt nicht mehr.

»Ich finde, du solltest gehen«, sage ich, ohne aufzusehen.

»Jeder denkt, dass wir das perfekte Paar waren«, redet sie weiter. »Wie Feuer und Eis, unterschiedlich und doch konnten wir nicht ohneeinander.«

Als Antwort entfährt mir ein Knurren, das Cecile ignoriert. Ihre Finger streifen über die Tischkante, während sie beginnt, ihn langsam zu umrunden.

»Wir hatten doch so viel Spaß zusammen«, gurrt sie förmlich.

»Wenn wir so perfekt zusammengepasst haben …«, sage ich und erhebe mich, bevor sie in meine Nähe kommt. Ich setze einen finsteren Blick auf, der den Raum verdunkeln müsste, und tatsächlich bleibt Cecile stehen, als sie ihn bemerkt. »… wieso hast du mich dann mit deinem Ex betrogen?«

»Das war ein Fehler, für den ich mich entschuldigt habe. Es wird nicht wieder vorkommen«, erklärt sie und schafft es tatsächlich, Tränen vorzutäuschen.

»So? Nur leider weiß ich von einer vertrauenswürdigen Quelle, dass du ihn immer noch triffst.«

Sie hebt einen Mundwinkel und das Lächeln wirkt noch überheblicher als bisher. Von Reue keine Spur.

»Nun, dann sind wir wohl quitt. Weil du laut vertrauenswürdigen Quellen halb London flachlegst, seit wir getrennt sind«, erwidert sie ruhig.

»Wie ich das sehe, ist die *Sun* wohl kaum vertrauenswürdig, was das betrifft«, entgegne ich so gefasst wie möglich. »Und selbst wenn, wäre es etwas vollkommen anderes.«

»Weil Männer das Recht haben, mehr als eine Frau zu lieben?«, fragt sie in schnippischem Tonfall.

»Weil du nicht mit irgendjemandem ins Bett gehst, sondern mit dem Mann, den du eigentlich willst«, spreche ich meinen Gedanken aus. »Von mir willst du den Titel und die Absicherung, aber ihn liebst du. Das kannst du dir abschminken, auf so etwas lasse ich mich nicht ein. Und das solltest du auch nicht.«

Einen Moment entgleitet ihr die siegessichere Miene, die sie bisher aufrechterhalten hat, und Zorn lässt sich erkennen. »Du hast keine Ahnung«, zischt sie, bevor sie wieder in ihre Rolle schlüpft. »Du kannst dich übrigens wehren, so viel du willst. Auf dem Winterball werde ich als deine neue Verlobte vorgestellt.«

»Wirst du nicht«, erwidere ich und muss mich beherrschen, sie nicht anzubrüllen. Denn das will ich gerade, weil mir ihr falsches Spiel auf den Magen schlägt und Wut in mir hochkocht. »Eher friert die Hölle zu.«

Sie stützt sich auf dem Schreibtisch ab und lehnt sich nach vorne, das siegessichere Lächeln wieder auf den Lippen. »Dann zieh dich warm an, Darling, denn ich sehe eine Kaltfront auf uns zusteuern.«

Nach stundenlangen Gesprächen über den Ablauf des Balls, die Rede, die ich halten soll, und die Dekoration, schaffe ich es, mir einen Moment zu stehlen und Gramps aufzusuchen. Er hat sich bereits in sein Schlafzimmer zurückgezogen und als ich eintrete, empfängt mich das Geräusch des mobilen Atemgeräts, das er mittlerweile ständig braucht.

»Henry«, sagt er verschlafen, als er mich bemerkt.

»Entschuldige, ich wollte dich nicht wecken«, murmle ich und will wieder gehen.

»Nein, bleib«, ruft er mich schwach zurück. »Setz dich zu mir.«

Erst zögere ich, dann schließe ich die Tür und gehe zu ihm. Das schwache Licht der Nachttischlampe fällt auf sein Gesicht und lässt ihn wie einen Geist erscheinen. Er wirkt so zerbrechlich, dass ich fast fürchte, ihm wehzutun, wenn ich nach seiner Hand greife.

»Ist das von deiner Fine?«, fragt er und deutet mit einem Lächeln auf die Schachtel in meiner Hand.

Ich antworte nicht, setze mich einfach neben ihn und reiche ihm die offene Box.

»Sie hat gesagt, ich soll behaupten, ich hätte die Kekse gemacht«, erkläre ich nach einer Weile. »Dabei habe ich sie nur geformt. Der Teig und alles andere ist ihr Verdienst.«

»Du hast mit ihr gebacken?«, will Gramps wissen und schiebt sich mit zitternder Hand ein Kipferl in den Mund. »Großer Gott, ist das gut.« Er schließt die Augen und ein Lächeln breitet sich auf seinen blassen Lippen aus.

»Ja, sie brauchte Hilfe und ich wollte bei ihr sein«, gestehe ich.

Gramps öffnet die Augen wieder und sieht mich durchdringend an. »Und warum ist dann Cecile hier und nicht sie?«

Ich seufze die Kekspackung an. »Weil ich ein Feigling bin.« Gramps sagt nichts, also sehe ich wieder zu ihm auf. »Du weißt, Tante Louisa will, dass ich eine neue Frau an meiner Seite präsentiere.«

»Du wirst mir schon mehr erklären müssen«, fordert mein Großvater mich auf.

»Fine stammt nicht aus unseren Kreisen«, murmle ich.

»Und das stört dich?« Die Stimme meines Großvaters klingt vorwurfsvoll.

»Mich stört es überhaupt nicht. Weil ich sie genau deswegen li... mag. Aber Tante Louisa wird sie befragen und sie vielleicht einschüchtern, indem sie ihr erklärt, was *sie* von ihr erwartet. Und ich ... habe Angst, sie dadurch zu verlieren.«

Mein Großvater schweigt und betrachtet mich nachdenklich. »Es ist eine Herausforderung, in so eine Rolle hineinzuwachsen. Weder deine Großtante noch ich waren auf das, was uns erwartet hat, wirklich vorbereitet. Auch wenn uns immer klar war, dass wir gewisse Aufgaben übernehmen müssen. Auf den ersten Blick wirkt alles vielleicht zu gewaltig. Die Verantwortung, die erforderte Hingabe, die vielen Stunden, in denen man zuhören muss, statt zu sprechen, obwohl man derjenige ist, der entscheidet.« Ein schwaches Lächeln erhellt sein eingefallenes Gesicht. »Aber ich habe die Stärke dafür immer in dir gesehen. Deine Fine ist auch stark, Henry. Und soweit ich das sagen kann, gehört ihr Herz längst dir.« Er tätschelt meine Hand. »Trau dich und rede mit ihr. Sag ihr, was du fühlst, auch wenn es schwerfällt. Nur so kannst du bekommen, was du dir wünschst.«

»Was, wenn du dich irrst und sie fortläuft, sobald ich ihr erkläre, was sie mir bedeutet und was sie auf sich nehmen müsste, um an meiner Seite zu sein?«

»Dann kämpfst du um sie«, erwidert er ruhig. »Manche Menschen sind es wert, um sie zu kämpfen. Und wenn du sicher bist, dass sie dich genauso liebt wie du sie, stellst du sie Louisa vor. Ich lege auch ein gutes Wort für euch ein, damit meine Schwester sich zurückhält.«

»Ich weiß doch gar nicht, ob ich sie liebe«, murmle ich und hoffe, er sieht mir die Lüge nicht an. »Gramps, wir kennen uns gerade mal drei Wochen.«

»Ach, Junge.« Mein Großvater seufzt. »Einige Dinge gehen schnell und andere dauern ewig. Gefühle sind unberechenbar und vielleicht trennt ihr euch in einem Jahr wieder. Aber vielleicht ist sie die eine, der dein Herz bis zum letzten Atemzug gehört. Das wirst du jedoch nie wissen, wenn du den Kopf einziehst und untätig bleibst. Dann verlierst du sie nämlich sicher.«

Wieder tätschelt er meine Hand.

»Danke, Gramps«, sage ich nach einer Weile.

»Für dich immer, Henry«, murmelt er und seine Lider flattern dabei.

»Ich lasse dir die Kekse da. Sie heißen übrigens Vanillekipferl.«

Großvater schmunzelt. »Schöner Name. Richte Fine meinen Dank dafür aus. Vor allem weil sie dich dazu gebracht hat, mit ihr zu backen.«

Ich stehe auf und beuge mich über meinen Groß-vater. Behutsam drücke ich ihm einen Kuss auf die Stirn.

»Wiedersehen, Gramps.«

»Wiedersehen, Henry«, kommt es schwach zurück.

Ich werfe einen letzten Blick auf meinen nun schlafenden Großvater, dann mache ich das Licht aus.

KAPITEL 19 - FINE

*L*ass dir Zeit«, ermutige ich Henry, der sich an dem Geländer der Eislaufbahn festhält.

»Zeit macht es sicher nicht besser«, entgegnet er und klammert seine Finger noch fester um die Eisenstange.

Dann setzt er eine Kufe auf das Eis und testet den Untergrund. Ich kann nicht anders, ich schmunzle bei diesem zögerlichen Versuch. Er erinnert mich an ein Kätzchen, das zum ersten Mal in die Nähe von Wasser kommt.

Also laufe ich wieder zu ihm und bleibe direkt vor ihm stehen. »Du wirst das Geländer schon loslassen müssen«, fordere ich ihn auf und halte ihm meine Hand hin.

»Weißt du, auch wenn kaum Leute hier sind, muss ich nicht unbedingt gleich auf meinem Hintern landen«, grummelt er. »Oder mit dem Gesicht bremsen. Aber wenn du unbedingt lachen willst ...«

Mit einer Schnelligkeit, die ich ihm nicht zugetraut hätte, stößt er sich vom Geländer ab und
schlingt seine Arme um mich. Ich muss mit meinem
Gleichgewicht kämpfen, damit wir beide nicht
umkippen, und es grenzt an ein Wunder, dass es mir
gelingt. Henry ist einfach deutlich größer als ich und
deswegen auch wesentlich schwerer.

»Das ist schon mal ein Anfang«, lobe ich lachend.
»Aber wenn du mich so hältst, werden wir nicht
eislaufen können.«

»Du hast etwas von ständig berühren gesagt«,
murmelt er und meine Ohren unter der Mütze fangen
wieder an zu glühen. »Ich dachte, du meinst das so.«

»Wenn es das ist, was du willst, müssen wir nicht
unbedingt über Eis laufen«, erkläre ich nach einem
Räuspern. Zum Glück geht Henry nicht darauf ein.

Behutsam löse ich mich aus seinen Armen und
halte ihm meine Hände hin. Er ergreift sie und sieht
mich zweifelnd an.

»Und jetzt?«, fragt er.

»Jetzt versuchst du, allein zu gleiten«, verkünde
ich.

Er bewegt die Füße, allerdings gleitet er nicht
wirklich, sondern geht mehr oder weniger.

»Warte und sieh zu«, fordere ich ihn auf.

Dann lasse ich ihn los und ziehe einen großen
Kreis um ihn. Als ich zurückkomme, rudert Henry
mit den Armen, schafft es aber, stehen zu bleiben.

»Willst du es allein versuchen oder soll ich deine
Hände halten?«, frage ich vorsichtig.

»Aber dann musst du rückwärtsfahren«, meint
er nur.

»Das kann ich, keine Sorge«, entgegne ich.

Henry greift wieder nach meinen Händen und ich ziehe ihn ein wenig mit mir, bis er ein Gefühl für die Bewegungen entwickelt. Kaum löse ich mich von ihm, hält er allerdings inne.

»Hm, hier irgendwo gibt es diese niedlichen Pinguine, mit denen Kinder eislaufen lernen«, sage ich neckisch und keuche, als Henry seine Arme um mich schlingt und meinen Rücken an seine Brust zieht.

»Ich dachte, du bleibst bei mir und ich halte mich an dir fest, wenn ich übe«, raunt er nah an meinem Ohr.

Mein Herz schlägt wie wild und meine Brust fühlt sich viel zu eng dafür an. Ich will Henrys Nähe so sehr, dass ich nur nicke, meine Hände auf seine Unterarme lege und mich langsam mit ihm über das Eis bewege.

Um uns herum erklingt Weihnachtsmusik, während wir den großen festlich dekorierten Baum mitten auf dem Eislaufplatz umrunden. Henry und ich bewegen uns vollkommen im Einklang und obwohl ich es zuerst nicht gedacht hätte, gleiten wir über das Eis.

Nach einer Weile lässt er mich los und greift nach meiner Hand. Mit einem schiefen Lächeln läuft er los und zieht mich mit sich. Und er ist unglaublich schnell.

»Warte«, rufe ich, woraufhin Henry tatsächlich stehen bleibt.

Er grinst mich verwegen an, während er noch immer meine Hand hält.

»Gerade konntest du noch nicht einmal einen Fuß vor den anderen setzen und jetzt läufst du wie ein Weltmeister?«, frage ich misstrauisch.

»Na ja, ich gestehe, anfangs hatte ich keine Ahnung, wie man eisläuft«, sagt er. »Aber nach und nach kam das Gefühl dafür und ich habe mich irgendwann nur so tollpatschig angestellt, damit ich dich halten kann.«

Ich plustere meine Wangen auf und stemme meine Hände in die Hüften. Im nächsten Moment drehe ich um und laufe los, was Henry dazu veranlasst, meinen Namen zu rufen und hinter mir herzusprinten.

Bisher dachte ich immer, ich sei schnell, aber Henry holt mich scheinbar mühelos ein. Natürlich, seine Beine sind viel länger und er kann damit kräftigere Schwünge machen als ich.

»War das ein Test?«, will er um Atem ringend wissen, als er mich erreicht und in die Arme zieht. »Habe ich bestanden?«

»Wenn du mich halten willst«, erwidere ich zornig, »frag einfach. Ich hätte nicht Nein gesagt.«

»Ach, wärst du mit mir so eng umschlungen über den Platz geglitten?«, will er schief grinsend wissen.

»Ja, in der Tat«, entgegne ich. »Und ich hätte es mehr genossen, wenn ich nicht so aufgepasst hätte, dass wir nicht zu schnell sind oder du vielleicht das Gleichgewicht verlierst oder ...«

»Dann lauf mit mir jetzt noch einmal so«, unterbricht er mich. »Lass mich dich halten, während wir uns über das Eis bewegen.«

Die Sehnsucht in seinen Augen lässt jegliche Wut

verpuffen. Ich weiß längst, dass ich verloren bin. Henry könnte mich um alles bitten und ich würde zustimmen, nur um ihn lächeln zu sehen.

Ich nicke. »Sprich beim nächsten Mal einfach mit mir«, sage ich leise.

»Versprochen«, erwidert er und wirkt plötzlich nachdenklich.

Ich erwarte, dass er noch etwas sagt, stattdessen dreht er mich in seinen Armen herum und wir gleiten los. Diesmal kann ich das Gefühl, das seine Nähe in mir auslöst, mehr genießen, seine Wärme in mir aufnehmen. Wie von selbst bewegen sich meine Füße im selben Takt wie seine und ich seufze zufrieden, weil es sich anfühlt, als könnte ich in seinen Armen fliegen.

Hitze breitet sich in mir aus, als Henrys warme Lippen meinen kalten Hals berühren. Direkt vor dem Weihnachtsbaum bleiben wir stehen und ich drehe mich erneut in seinen Armen um, nur um von seinem Kuss aus dem Gleichgewicht gebracht zu werden.

Henry zieht mich enger an sich und seine Zunge fordert sanft Einlass, den ich ihr nicht verwehre. Ich presse meine Finger in Henrys Rücken, als er mir ein leises Stöhnen entlockt. Heute ist er fordernder als jemals zuvor, fast so, als hätten wir uns ewig nicht gesehen.

Am Wochenende hatte er keine Zeit für ein Treffen und deswegen kann ich die Sehnsucht, die er ausstrahlt, gut verstehen. Auch ich habe ihn schmerzlich vermisst und sehne mich nach ihm, jeden Moment, den er nicht bei mir verbringt. Wie können meine Gefühle für ihn schon so tief sein? Und wieso macht mir das im Moment kaum Angst, obwohl es das sollte? Immerhin … habe ich mein Herz an ihn verloren, trotz allem, was zwischen uns steht.

Sein Atem wirft weiße Wölkchen in die Luft, als er sich von mir löst und mir in die Augen sieht.

»Können wir das Eislaufen für heute beenden? Wir könnten irgendwo hingehen und reden«, schlägt er mit belegter Stimme vor.

Mein Magen zieht sich zusammen, weil er mich so ernst betrachtet. Habe ich etwas falsch gemacht?

Einen Moment zögere ich, versuche, in seiner Miene zu erkennen, was in ihm vorgeht. Aber er hat ein Pokerface aufgesetzt. »Mark ist heute nicht zu Hause. Er kümmert sich um den Auftrag, den er unbedingt will«, blubbert es aus mir heraus. »Ich weiß nicht, wann er zurückkommt, aber in der Wohnung sind wir sicher ungestörter als in einem Café oder so. Außer du möchtest lieber irgendwo in der Öffentlichkeit sein. Allerdings meintest du ja …« Henry hebt eine Augenbraue und ich räuspere mich. »Möchtest du mit mir in die Wohnung gehen?«

»Ja. Lass uns aufbrechen«, meint Henry und lässt mich los, um nach meiner Hand zu greifen.

Mit einem mulmigen Gefühl im Magen folge ich ihm zum Ausgang des Eislaufplatzes und zur Rückgabe der Schlittschuhe. Henry sagt kein Wort, während er ein Taxi heranwinkt. Er nennt dem Fahrer zwar meine Adresse, aber sonst redet er nicht, sondern starrt vor sich hin.

Mehrmals hole ich Luft, versuche, ein Gespräch

zu beginnen, und lasse es dann doch bleiben. Seine ernste Miene hält mich davon ab, etwas zur Auflockerung von mir zu geben. Und mit jedem Meter, den wir uns meiner Wohnung nähern, wird der Knoten in meinem Magen enger.

Was will Henry nur mit mir besprechen?

KAPITEL 20 - HENRY

*I*ch suche nach den richtigen Worten, aber in meinem Kopf überschlagen sich die Gedanken. Das, was Gramps mir gesagt hat, klingt seit Freitag ständig in meinen Ohren nach. *»Manche Menschen sind es wert, um sie zu kämpfen.«*

Zu dem Zeitpunkt war ich mir nicht sicher, ob ich den Mut dazu finde. Und ich bin es auch jetzt nicht. Aber Gramps hat recht. Wenn ich nicht versuche, vollkommen offen mit Fine zu sprechen, werde ich sie verlieren.

Der Ball findet in neun Tagen statt und Cecile benimmt sich, als würde die Lancaster-Villa bereits ihr gehören. Ich weiß nicht, wie sie Louisa auf ihre Seite gezogen hat oder wie sie es anstellen will, mich zum Altar zu schleppen. Aber ich traue dieser Frau alles zu.

Deswegen muss ich dieses Gespräch jetzt führen, muss Fine mein Herz vor die Füße legen und hoffen, dass sie es trotz all meiner Fehler und der Verantwortung auf meinen Schultern annimmt. Sonst habe ich vielleicht nie wieder die Chance dazu.

Ich will es ihr sagen, einfach alles. Ihr erklären, was sie mir bedeutet, sie bitten, mich nicht fortzuschicken, und ihr versprechen, dass ich sie immer beschützen und ihr beistehen werde. Sie wird alle Zeit, die sie braucht, von mir bekommen, solange sie nicht vor mir wegläuft.

Als das Taxi hält, wache ich aus meinen Gedanken auf und sehe in Fines angespanntes Gesicht. Großartig, ich habe ihr vermutlich Kummer gemacht, weil ich wie ein Inquisitor vor mich hingestarrt habe. Schnell bezahle ich den Fahrer, öffne die Tür und helfe Fine auszusteigen, nachdem ich selbst draußen stehe.

Ihre Hand zittert leicht und sie zieht sie viel zu hastig wieder zurück. Sie ist so blass wie Gramps und mein Herz verkrampft sich bei dem Anblick.

»Fine«, sage ich, bevor sie die erste Stufe zur Haustür hinaufsteigt.

Sie dreht sich zu mir um und mustert mich mit diesen großen, warmen Augen, in denen ich am liebsten versinken würde. Ich lege meine Arme um sie und beuge den Kopf. Sie hebt mir ihr Gesicht entgegen und unsere Lippen finden sich zu einem bittersüßen Kuss, der meine Anspannung ein wenig lindert.

Als ich ein Blitzen wahrnehme, öffne ich die Augen und starre einem Mann, der mir bekannt vorkommt, ins grinsende Gesicht.

»Wenn das nicht mal eine Story ist«, meint er und

sein Grinsen wird breiter. »Der Earl und die Bäckerin. Ein modernes Cinderellamärchen oder nur eine weitere Eroberung?«

Ich lasse Fine los und schiebe sie hinter mich. »Her mit der Kamera«, fordere ich den Kerl auf.

»Auf keinen Fall! Wissen Sie, was Zeitungen für so ein Bild zahlen?«

»Ich zahle das Doppelte. Her damit.« Meine Stimme donnert über die Straße und die Passanten um uns bleiben stehen und starren uns an.

»Keine Chance, Lordschaft«, meint der Kerl zufrieden, obwohl er vor mir zurückweicht. »Mit dem Foto werde ich berühmt.«

»Ich warne Sie, Sie wollen sich nicht mit mir anlegen«, knurre ich.

»Denken Sie, ich habe Angst vor Ihnen? Außerdem, was kümmert es Sie? Noch eine Affäre, über die man liest, diesmal eben mit weniger verschwommenen Beweisen.«

Bei mir brennen alle Sicherungen durch und ich stürze auf den Mann zu. »Wagen Sie es nicht, solch eine Lügengeschichte zu verbreiten«, brülle ich und will ihn packen.

Aber der Kerl ist schnell wie ein Wiesel, duckt sich und rennt los. Ich will ihm nachjagen, da hält mich jemand am Ärmel fest. Mit erhobenem Arm drehe ich mich um und halte den Atem an, als ich Fine erkenne.

Sie hat den Kopf zur Seite gerichtet, mich inzwischen losgelassen und hält beide Hände schützend vor ihr Gesicht. Ich starre meinen immer noch erhobenen Arm an, bevor ich wieder sie ansehe.

Ihr Atem geht viel zu schnell und ihr Gesicht ist erneut erblasst. Ihre Lippen beben und sie hat die Augen fest zusammengekniffen.

»Fine, es … es tut mir leid«, stammle ich, lasse den Arm sinken, doch wage es nicht, näher zu kommen. »Ich wollte dir keine Angst machen.«

Sie gibt keinen Laut von sich, außer dem Geräusch ihres Atems. Ihr Körper zittert und schließlich bewege ich mich langsam auf sie zu, weil ich sie nicht so stehen lassen will.

»Was hast du?«, frage ich leise und berühre ihre Hände.

Sie zuckt zusammen und ich erkenne Tränen in ihren Augen. In meinem Büro habe ich immer wieder Frauen gesehen, die so reagierten. Die meisten von ihnen wurden von ihren Männern misshandelt.

»Wer hat dir je so wehgetan?«, flüstere ich und versuche, die unbändige Wut in mir zurückzudrängen.

Ich habe nie verstanden, wieso ein Mann seiner Frau so etwas antut. Aber die Vorstellung, jemand könnte auch Fine solches Leid zugefügt haben, lässt mich rotsehen.

»Fine, glaub mir«, sage ich so sanft wie möglich, »ich würde dich nie verletzen.«

Sie blinzelt und lässt die Hände dann sinken. Wie ein Reh im Scheinwerferlicht sieht sie mich an. Ich kann die Angst in ihrem Blick erkennen, den Schmerz …

Es fällt mir schwer zu sprechen, weil sie so verletzlich wirkt. »Bitte, ich würde dir nie wehtun«, raune ich.

»Ich weiß«, erwidert sie schwach.

Dann wirft sie sich mir entgegen und hält sich an mir fest, als würde sie um ihr Leben kämpfen. Und vielleicht macht sie das auch gerade.

»Ich habe das noch nie jemandem erzählt«, schluchzt sie und presst ihr Gesicht an meine Brust.

Um uns herum beginnen die Leute zu tuscheln und ich hatte wirklich genug Aufregung für einen Tag. Zudem braucht Fine jetzt nicht noch mehr Theater, so wie sie in meinen Armen zittert.

»Komm, wir gehen hinein, ich mache dir Tee und du erzählst mir alles«, schlage ich vor.

Meine eigenen Probleme sind wie weggeblasen. Um den Reporter kümmere ich mich ein anderes Mal. Es gibt jetzt Wichtigeres. Jemand hat Fine eine tiefe Wunde an ihrer Seele zugefügt und ich habe die Narbe durch meinen Ausbruch aufgerissen.

Sie nickt, lässt mich aber nicht los und bewegt sich auch sonst nicht. Also hebe ich sie hoch und trage sie zur Tür hinauf, stelle sie auf ihre Füße und nehme ihr den Schlüssel aus der Hand, den sie irgendwie aus ihrer Tasche gezogen hat. Kaum sind wir im Inneren des Hauses, schluchzt sie leise und ich trage sie in den zweiten Stock.

Irgendwie kommen wir durch die Wohnungstür und ich schaffe es, Fine den Mantel und die Schuhe auszuziehen und sie auf das Sofa zu setzen. Dann gehe ich Richtung Küche.

»Wo finde ich den Tee?«

»Kann ich auch heiße Schokolade haben?«, fragt sie schwach und schnieft. »Schokolade macht alles besser.«

Ich hole Milch aus dem Kühlschrank und missbrauche den Milchschäumer der Kaffeemaschine dafür, sie aufzuwärmen. Dann ziehe ich die Schokolade aus der Lade, die Fine mir beschrieben hat, und verteile sie auf zwei Becher, bevor ich die heiße Milch darüber gieße.

Als ich zum Sofa zurückkomme, hat Fine eine Decke um sich geschlungen und starrt auf den leeren Kamin.

»Es tut mir leid, ich wollte nicht so reagieren«, flüstert sie. »Normalerweise habe ich mich im Griff.«

Ich setze mich ein Stück von ihr entfernt auf das Sofa, um ihr genug Freiraum zu geben, und betrachte sie. »Willst du darüber reden?«

»Eigentlich nicht«, sagt sie mit belegter Stimme und Tränen glitzern in ihren Augen. »Aber ich sollte, oder?«

»Ich zwinge dich nicht dazu«, erwidere ich ruhig. »Doch falls du reden willst, bin ich da und höre dir zu.«

Sie presst ihre zitternden Lippen aufeinander.

»Wir waren über drei Jahre ein Paar«, beginnt sie nach einer Weile des Schweigens. »Dominik, mein Ex, arbeitet für meine Eltern, seit er mit der Uni fertig ist. So haben wir uns kennengelernt. Am Anfang war alles schön und ich war bis über beide Ohren verliebt.«

Bei diesen Worten wird meine Kehle eng. Natürlich weiß ich, dass Fine Beziehungen hatte. Aber die Vorstellung, sie mit einem anderen zu sehen, bereitet mir Übelkeit.

»Vor etwa vier Monaten ging es mir nicht gut.

Daher bin ich zum Arzt gegangen, der meinte, es wäre eine Lebensmittelvergiftung«, fährt sie fort. »Drei Wochen später stellte sich heraus, dass meine vermeintliche Lebensmittelvergiftung eine Schwangerschaft war.«

Mein Blick fällt auf ihren Bauch. Wenn das vier Monate her ist, müsste man eine Schwangerschaft deutlich erkennen.

»Als ich es Dominik sagen wollte, konnte ich ihn nicht erreichen. Also bin ich zu seinem Büro gefahren, aber da war er nicht. Als ich nach Hause kam, fand ich ihn. Erwischt ›in crimine flagranti‹, wie man so schön sagt.«

Sie lacht verbittert, während ihr Tränen über die Wangen laufen, die sie mit dem Ärmel wegwischt.

»Nachdem seine Geliebte weg war, sind unschöne Worte gefallen«, ringt Fine sich ab. »Unter anderem hat er mir erklärt, dass ich nicht gut genug sei. Weder für ihn noch für irgendjemanden sonst.«

Allein ihr zuzuhören, lässt mein Herz brechen. Wie kann dieser Kerl so etwas behaupten, ihr so wehtun, wo doch *er* den Fehler begangen hat? Wut lodert in mir auf. Wie konnte er ihr so etwas antun?

»Ich wollte ihn aus der Wohnung werfen«, sagt sie und ihre Stimme ist nur noch ein Flüstern. »Das hat ihm nicht gepasst und er ist zurückgerudert. Ihm wurde wohl klar, dass ich seinen Fehltritt nicht einfach hinnehmen werde und er sich damit die Kanzlei meiner Eltern abschminken kann. Zuerst wollte er mich überreden, es mir zu überlegen, aber als ich angefangen habe, seine Sachen aus dem Schrank zu reißen, hat er … er hat …«

Sie vergräbt ihr Gesicht in den Händen und schluchzt. Ich bin nicht sicher, was ich tun soll, aber alles in mir will ihr Halt geben. Also rücke ich näher, warte auf ihre Reaktion. Und als sie mich nicht wegschickt, lege ich meine Arme um sie und ziehe sie an mich.

Fine lässt die Hände sinken und schmiegt ihr Gesicht an meine Brust. Ihre Schultern beben und sie wimmert leise, während ich über ihren Rücken streiche. Sollte ich diesen Kerl jemals treffen, werde ich ihn eigenhändig erwürgen.

Nach einer Weile wird sie ruhiger und streicht mit ihren Fingern über die Stelle an meinem Pullover, die von ihren Tränen benetzt ist.

»Ich habe es nicht kommen sehen«, krächzt sie. »Er hat mich mit der Faust am Kinn getroffen und ich bin zu Boden gegangen. Dann beschimpfte er mich und begann, nach mir zu treten. Ich habe mich zusammengekrümmt, ihn angefleht aufzuhören, weil ich ein Kind erwarte. Er hat es nicht getan und irgendwann verlor ich das Bewusstsein. Aufgewacht bin ich im Krankenhaus. Dominik selbst hat mich dorthin gebracht und behauptet, er hätte mich so gefunden. Die Ärzte teilten mir mit, dass ich das Baby verloren habe, sonst aber nur oberflächliche Verletzungen erlitten hätte.«

»Du hast den Scheißkerl hoffentlich angezeigt«, ist alles, was ich herausbringe.

»Allerdings. Der Polizist war auch sehr nett, aber konnte nicht wirklich etwas unternehmen. Ich denke, meine Eltern hatten ihre Finger im Spiel.«

»Wie bitte?«

»Sie haben schon immer große Stücke auf ihn gehalten«, sagt Fine schwach. »Und mir erklärt, dass er eigentlich ein guter Kerl sei.«

»Das ist nicht dein Ernst«, entfährt es mir.

Sie gibt ein unterdrücktes Schluchzen von sich, ehe sie nickt. »Zuerst habe ich versucht, damit klarzukommen, und eine Therapie gemacht. Meinen Job habe ich gekündigt, weil ich nicht wusste, wie lange ich brauchen würde, um wieder zu funktionieren. Aber dann … war da Marks Angebot und er stellte keine Fragen. Also habe ich zugesagt und bin geflüchtet.«

»Er weiß es nicht?«, hake ich nach.

»Er weiß nur, dass zwischen Dominik und mir unschöne Dinge vorgefallen sind.«

»Unschöne Dinge?«, frage ich ungläubig. »Der Kerl hat dich krankenhausreif geprügelt, obwohl du schwanger warst!«

»Ich weiß«, schluchzt sie und neue Tränen durchnässen meinen Pullover.

»Es tut mir leid«, sage ich aufrichtig und streiche wieder über ihren Rücken.

»Dir muss nichts leidtun, dich trifft keine Schuld.«

»Doch«, widerspreche ich entschieden. »Ich habe dich wieder daran erinnert. Weil ich die Beherrschung verloren habe wegen dieses verfluchten Fotografen. Ich will nicht, dass irgendwelche Reporter dich als unbedeutende Affäre darstellen, nur um mehr Ausgaben ihres Schmierblatts zu verkaufen. Denn das bist du nicht.«

»Henry, mich kennt doch niemand«, erwidert sie heiser. »Sollen sie schreiben, was sie wollen.«

Ich lehne mich ein wenig zurück und lege eine Hand unter ihr Kinn, um es anzuheben. Ihre Augen sind gerötet von den vielen Tränen, genau wie ihre Nase.

»Dafür bist du zu wichtig für mich. Ich werde niemals erlauben, dass jemand so etwas über dich veröffentlicht«, verspreche ich. »Wenn es in Ordnung für dich ist, werde ich alles tun, um dich zu schützen. Vor Reportern und jedem anderen, der dir Leid zufügen will.«

Sie öffnet leicht die Lippen und sieht mich aus verquollenen Augen an. »Wieso?«, fragt sie.

Die richtigen Worte in dieser Situation wollen mir nicht einfallen. Also küsse ich ihre Tränen fort und Fine schmiegt sich an mich.

»Lass mich dich halten und beschützen«, bitte ich sie leise. »Ich weiß, dass du stark bist, aber ich will für dich da sein.«

Sie nickt nur und ich ziehe sie noch mehr in meine Arme. »Du wolltest über etwas mit mir sprechen«, murmelt sie.

Ich hauche einen Kuss auf ihren Scheitel. »Später«, sage ich schnell. »Das ist jetzt egal.«

Vielleicht ist es der Wunsch, sie zu beschützen, der mich davon abhält, jetzt darüber zu reden. Oder meine Angst. Denn ich bin es nicht gewohnt, jemandem Einblick in meine Gefühle zu geben. Fine hat das gerade geschafft. Sie hat mir ihre verletzliche Seele offenbart und lässt meine Nähe dennoch zu.

Dafür bewundere ich sie. Vermutlich ist sie viel stärker, als ich es je sein werde.

Während die Stunden verstreichen, halte ich Fine und lasse sie auch nicht los, als es längst dunkel ist. Ich habe mir den Tag anders vorgestellt und doch bin ich glücklich. Weil ich mich Fine jetzt noch näher fühle.

Bleibt nur das Problem mit dem Fotografen zu lösen. Aber auch das hat Zeit. Jetzt ist nur eines wichtig: Fine.

KAPITEL 21 - FINE

*I*ch muss eingeschlafen sein, denn gerade noch war es hell und jetzt ist es auf einmal ziemlich dunkel. Als Henry sich mit mir zurückgelehnt hat und wir beide auf dem Sofa lagen, haben mich seine Wärme und sein Geruch wohl so eingelullt, dass aus dem kurzen Durchatmen ein längeres Nickerchen wurde.

Langsam hebe ich den Kopf und unsere Blicke treffen sich.

»Hey«, sagt er.

»Hey«, erwidere ich leise.

Dann schweigen wir. Weitere Worte sind auch gar nicht nötig. Zuerst hatte ich Angst, ihm alles zu erzählen. Aber Henry hörte mir zu, ohne über mich zu urteilen. Er gab mir den Halt, den ich brauchte, und seine Arme schenken mir auch jetzt noch die Geborgenheit, die ich so lange vermisst habe.

Die letzten Zweifel, was ich für ihn empfinde,

sind fortgespült. Ich habe mein Herz eindeutig an ihn verloren. Der Gedanke daran raubt mir fast den Atem, aber es ist so. Ich habe mich in Henry Lancaster verliebt. Und ich will daran glauben, dass es ihm ähnlich geht. Immerhin ist er nicht von meiner Seite gewichen. Obwohl er vermutlich am liebsten alle Hebel in Bewegung gesetzt hätte, um den Reporter zu stellen. Was er getan hätte, um mich zu schützen. Henry könnte mein Fels in der Brandung sein. Und ich will das Gleiche für ihn werden.

»Ich fürchte, die heiße Schokolade ist mittlerweile kalt«, durchbricht er schließlich die Stille. »Wenn du willst, wärme ich sie auf.«

»Die sollten wir besser neu machen«, erwidere ich. »Aber nicht jetzt.«

Henry streicht über meinen Rücken, nachdem ich meinen Kopf wieder auf seine Schulter sinken gelassen habe. »Wieso weiß Mark nichts von dem, was du mir erzählt hast?«, fragt er behutsam.

»Ich konnte bisher mit niemandem darüber sprechen. Nur mit meiner Therapeutin. Und jetzt dir«, gestehe ich und betrachte seine Züge in der Dunkelheit.

Sein Kiefer mahlt und sein Blick wirkt finster. Ob er böse auf mich ist?

»Henry?«

»Sollte ich dem Kerl jemals gegenüberstehen«, sagt er gefährlich leise, »kann ich nicht dafür garantieren, dass er dieses Zusammentreffen überlebt.«

Ich hebe eine Hand an seine Wange und er blickt zu mir herunter. Meine Lippen formen lautlos Worte. Ich will ihm sagen, was er mir bedeutet, aber irgendwie kann ich nicht. Der Moment ist nicht der richtige und außerdem höre ich, wie die Tür aufgeht. Als das Licht angeht, kneife ich die Augen zusammen.

»Oh, ihr seid doch zu Hause«, sagt Mark beschwingt und rennt an uns vorbei zum Esstisch. »Das habe ich ja gehofft. Auf dem Heimweg habe ich bei dem Chinesen gehalten und du weißt ja, ich übertreibe es, wenn ich hungrig bin und meine Stimmung nach Essen schreit.« Er dreht sich zu uns um und mustert uns mit schiefem Grinsen. »Störe ich? Obwohl, ihr seht eher so aus, als wärt ihr auf dem Sofa eingeschlafen, anstatt irgendwelche Sauereien anzustellen.«

Kommentarlos setzen Henry und ich uns auf. Er wirft mir einen fragenden Blick zu und ich greife nach seiner Hand. Allein ihn zu berühren, verleiht mir eine seltsame Sicherheit.

»Warum schreit deine Laune nach Essen?«, frage ich und räuspere mich. »Lief das Gespräch für den Empfang nicht gut?«

»Doch, ganz wunderbar, sie nehmen uns«, erwidert Mark. »Deswegen will ich feiern.«

»Ich dachte schon, du schiebst Frust«, murmle ich.

»Nein, ich bin gut drauf und deswegen gibt es jetzt genug Essen für zehn Leute. Ich ziehe mich nur schnell um, dann können wir loslegen.«

Mit diesen Worten verschwindet er in sein Zimmer.

»Du bleibst doch zum Essen, oder?«, frage ich Henry.

»Wenn du das möchtest«, antwortet er und streicht mit dem Daumen über meinen Handrücken. »Geht es dir so weit gut?«

»Ja«, seufze ich. »Und ich weiß, ich sollte auch mit Mark darüber reden. Aber nicht heute.«

»Nein, nicht heute«, stimmt er zu und zieht mich in seine Arme.

Seine Lippen berühren meine Stirn und ich schließe die Augen. Henrys Nähe tut mir so unendlich gut, legt sich wie Balsam auf meine Narben und schenkt mir neuen Mut.

»Danke«, hauche ich deswegen.

»Wofür?«, will er wissen.

»Dass du da bist.«

Er sagt nichts mehr, sondern streicht wieder über meinen Rücken. Erst Mark durchbricht die Stille.

»Habt ihr keinen Hunger oder wieso könnt ihr nicht voneinander lassen?«, fragt er vorwurfsvoll und bringt dann Teller und Besteck zum Tisch.

»Wir sollten helfen«, murmle ich.

Henry steht auf und zieht mich auf die Füße. Noch bevor wir den Tisch erreichen, knurrt mein Magen lautstark und Mark prustet los.

»Seid ihr nicht zum Essen gekommen?« Die Heiterkeit verschwindet aus seiner Miene, als er mir ins Gesicht sieht. Ich bin sicher, es ist so geschwollen, wie es sich anfühlt. »Fine, was ist passiert? Du siehst aus, als hättest du geweint.«

Immer noch brennen Tränen in meinen Augen, aber ich räuspere mich nur. »Erzähle ich dir ein anderes Mal.«

Marks Blick wandert zu Henry, dann wieder zu

mir. Die lautlose Frage, ob Henry schuld ist, steht im Raum, also schüttle ich kaum merklich den Kopf. Mark atmet gedehnt aus, dann ordnet er die zwei Dutzend Schalen mit dem chinesischen Essen in einer Reihe auf dem Tisch an.

Mit einem Mal steht Mark neben mir. »Wann immer du so weit bist, höre ich dir zu«, flüstert er mir ins Ohr, dann setzt er sich an seinen Platz.

Henry rückt mir den Stuhl zurecht, bevor er sich neben mir niederlässt. Ich bin zwar hungrig, aber irgendwie fällt es mir schwer zu essen. Deswegen versuche ich, Mark in ein Gespräch zu verwickeln.

»Also, wir haben den Auftrag«, nehme ich den Faden wieder auf, bevor ich mir etwas von der knusprigen Ente auf den Teller lege.

»Ja. Und ich bin froh, dass du mir hilfst, sonst würde ich das nicht schaffen«, erwidert er mit einem Zwinkern.

»Was wollen sie denn jetzt haben?«

»Alles, was auf dem Teller war, und … noch ein wenig … mehr«, druckst Mark herum. »Wir werden am kommenden Montag wohl nicht freihaben, sondern mit den Vorbereitungen beginnen. Und weil es so viele Desserts sind, werden wir einiges davon erst vor Ort fertigstellen können. Es wäre unmöglich, das alles zu transportieren, ohne Schaden anzurichten.«

»Sagst du mir auch, für wie viele Gäste wir backen?«, hake ich nach, weil Mark mir das noch nicht offenbart hat.

Er hustet in seine Hand. »Dreihundert Leute.«

»Dreihundert?«, quietsche ich.

»Ja. Daher hätten sie gerne siebenhundert Cake-pops und …«

»Mark, ist dir klar, wie lange ich für siebenhundert Cakepops brauche? Zusätzlich zu denen für den Laden?«

»Ja, das ist mir bewusst, Fine. Und ich weiß, ich verlange viel, aber … das ist unsere Chance. Verstehst du?« Er sieht mich mit seinem Dackelblick an. »Ich brauche dich. Ohne dich hätte ich den Auftrag nicht bekommen und das wissen wir beide. Dafür gebe ich dir freie Hand, was deine Kreationen angeht. Du kannst also selbst entscheiden, was du ab jetzt im Laden anbietest.«

Ich gebe ein Schnauben von mir, bevor ich ihm meine Antwort mitteile. »Wir werden einen guten Schlachtplan brauchen und du wirst mir in der Backstube helfen müssen. Allein siebenhundert Kugeln zu formen, würde ewig dauern.«

»Alles, was du willst«, verspricht Mark schnell und greift über den Tisch nach meiner Hand. »Du ahnst nicht, was mir das bedeutet. Ich danke dir.«

»Keine Ursache«, entgegne ich mit einem Lächeln.

»Na dann, herzlichen Glückwunsch«, sagt Henry und hebt sein Colaglas an. »Ich weiß, mit Softdrinks stößt man nicht an, aber …«

»Ich kann Sekt holen«, schlägt Mark vor.

»Lieber nicht«, entgegne ich hastig. »Cola ist schon okay.«

Mark mustert mich mit skeptischem Blick, hebt dann aber sein Glas. »Auf Fine, die beste Konditorin, die man sich wünschen kann.«

»Auf Fine«, sagt auch Henry.

Ich ringe mir ein Lächeln ab und nippe an meinem Getränk. Danach höre ich dem Gespräch zwischen Mark und Henry eher sporadisch zu.

Als wir mit dem Essen fertig sind, zieht Mark sich schnell in sein Zimmer zurück. Nicht ohne uns wieder zu informieren, dass er mit Ohrstöpseln schlafen wird. Henry bleibt neben mir in der Küche stehen, weil ich abwasche. Er hilft beim Abtrocknen, dann schiebt er seine Hände in die Hosentaschen.

»Soll ich gehen oder …«

»Bleib bitte«, unterbreche ich ihn viel zu schnell. »Außer natürlich du hast noch andere Verpflichtungen.«

Er lächelt schief. »Nein, heute nicht.«

»Dann mache ich uns neue Schokolade«, schlage ich vor und er nickt.

Wortlos geht er zum Kamin und heizt ihn an. Während ich Schokolade in warmer, aber nicht kochender Milch auflöse und das Ganze noch mit Vanille und Zimt verfeinere, betrachte ich ihn. Das ist sicher nicht das erste Feuer, das er entzündet, denn seine Bewegungen lassen keine Unsicherheit erkennen.

Mit zwei dampfenden Tassen gehe ich zu ihm und setze mich auf den Teppich vor dem Kamin. Henry folgt mir und nimmt mir eine der Tassen ab, bevor ich mich leicht an ihn lehne, ins Feuer blicke und meinen Gedanken nachhänge.

»Es hat sich gelohnt, auf diese Schokolade zu warten«, meint er und stellt die leere Tasse neben sich ab.

»Wie hast du sie so schnell getrunken?«

Er zuckt mit den Schultern. »Wie schaffst du es, dass alles, was du zubereitest, so köstlich schmeckt?«

»Weil ich es gerne mache«, murmle ich und ehe ich mich aufhalten kann, sprudeln die nächsten Worte aus meinem Mund. »Und weil ich dabei immer an dich denke.«

Er dreht seinen Oberkörper, damit er mich besser ansehen kann. Ich hingegen puste in die halb volle Tasse und starre in das Feuer. Mir sind meine Worte gerade unglaublich peinlich. Wieso habe ich das ausgesprochen, ohne vorher über die Bedeutung nachzudenken?

»Fine«, raunt Henry.

Allein die Art, wie er meinen Namen sagt, lässt Tausende Schmetterlinge in meinem Inneren tanzen und jedes Härchen auf meinem Körper richtet sich auf. Wie kann seine Stimme schon ausreichen, um ein Feuerwerk in mir zu zünden?

Langsam löse ich meinen Blick von dem Kamin und sehe zu ihm. In seinen Augen glimmt nicht nur das Feuer in diesem Raum, sondern auch etwas anderes. Etwas, das mir den Atem raubt und alles kribbeln lässt.

Er nimmt mir die Tasse ab und stellt sie zur Seite. Dann legt er eine Hand an mein Gesicht und seine Finger liebkosen die Stelle unter meinem Ohr, gleiten langsam meinen Hals hinab, während seine Augen auf meinen Mund gerichtet sind.

»Ich denke auch immer nur an dich«, gesteht er.

Langsam rücke ich näher an ihn heran, verschränke meine Finger in seinem Nacken und bedecke seine Lippen mit meinen. Henry gibt dieses tiefe Seufzen von sich, das mich in den Wahnsinn treibt, und ich richte mich auf die Knie auf. Er legt den Kopf in den Nacken, während seine Hand zwischen meinen Schulterblättern landet, mit der er mich enger an sich presst.

Der Kuss ist intensiv und leidenschaftlich, aber heute nicht genug für mich. Ich will Henry nie wieder gehen lassen, will alles von ihm in Besitz nehmen und ihm alles von mir geben.

Deswegen löse ich meine Finger von seinem Nacken und streiche über seinen Oberkörper, bis ich beim Saum seines Pullovers ankomme. Henry unterbricht den Kuss nicht, legt nur seine Hände auf meine und hält sie fest. Dann gibt er sie allerdings frei und hebt die Arme, sodass ich ihm den Pullover ausziehen kann. Dabei lösen sich unsere Lippen für einen Wimpernschlag voneinander, bevor sie sich wiederfinden.

Das Kleidungsstück landet irgendwo auf dem Boden und ich beginne, die Knöpfe von Henrys Hemd zu öffnen. Inzwischen gehen auch seine Hände auf Wanderschaft und er schiebt sie unter mein Oberteil. Bevor er es mir abnehmen kann, vibriert etwas in seiner Hose. Henry zieht das Smartphone heraus und legt es weg, ohne darauf zu blicken.

Einen Moment betrachte ich das immer noch surrende Gerät, dann hat Henry wieder meine volle Aufmerksamkeit, weil er unter dem Oberteil über meine nackte Haut streicht.

Das Vibrieren verstummt, nur um noch einmal von vorn zu beginnen. Henry gibt ein Knurren von sich, löst seine Lippen von meinen und greift nach dem Handy. Er tippt auf das Display und murmelt irgendetwas, das ich nicht verstehe. Noch bevor er das Gerät ausschalten kann, vibriert es wieder.

Dieses Mal presst Henry die Lippen zusammen und sieht mich an. »Da muss ich ran«, erklärt er entschuldigend. Also rücke ich ein Stück von ihm fort, während er abnimmt.

»Margy, ich hoffe, es ist …«, beginnt er und hält inne.

Ich kann nichts hören, aber Henrys Miene wird mit jedem Atemzug finsterer. Dann steht er auf und läuft unruhig im Kreis.

»Wo haben sie ihn hingebracht? Was haben die Ärzte gesagt? In Ordnung, ich bin gleich dort. Danke, Margy.«

Er legt auf und ich springe auf die Beine, als er nach seinem Pullover greift und zur Tür rennt.

»Henry, was …«

»Gramps ist im Krankenhaus«, erklärt er mit bebender Stimme und bleibt dabei stehen. »Sie mussten einen Notarzt rufen. Vermutlich übersteht er die Nacht nicht.«

Mir wird schwer ums Herz, als ich seinen Gesichtsausdruck sehe. Ich erkenne den kleinen Jungen, der er vielleicht einmal war, und der Angst hat und sich verloren fühlt.

»Ich muss gehen«, raunt er heiser.

»Ich komme mit dir«, verkünde ich und will nach meiner Jacke greifen.

Henry fährt herum. »Nein, das wirst du nicht«,

sagt er scharf und sämtliche Wärme ist aus seiner Stimme gewichen. »Du gehörst dort nicht hin.«

In mir zerbricht etwas, als ich seinem dunklen Blick standzuhalten versuche. Ich will doch nur für ihn da sein, so wie er für mich da war.

»Henry, du solltest nicht allein sein ...«, versuche ich, zu ihm durchzudringen, und will nach seiner Hand greifen.

Aber er zieht sie weg. »Bleib hier, ich ... kann das nicht. Ich brauche dich dort nicht«, gibt er von sich und öffnet schwungvoll die Tür.

Innerlich zerreißt es mich, ihn gehen zu lassen. Aber wenn es das ist, was er möchte, kann ich ihn nicht aufhalten. Nicht jetzt.

»Ich rufe dich an«, sage ich zu ihm, als er in den dunklen Gang hinaus verschwindet, doch bekomme keine Antwort mehr. Nur seine schnellen Schritte sind zu hören und dann die Haustür, die sich zuerst öffnet und schließlich zufällt.

Ich habe das Gefühl, keine Luft mehr zu bekommen, während die Kälte des Hausflurs in die Wohnung dringt und ich in die Dunkelheit starre. Er hat mich fortgestoßen, mir gesagt, dass er mich nicht braucht.

»Henry«, schluchze ich leise.

Tränen verschleiern meinen Blick, während ich die Tür schließe, mich dagegen lehne und zu Boden sinke. Jeder Herzschlag fühlt sich an wie tausend Nadelstiche. Wieso lässt er mich ihm nicht helfen? Und wieso komme ich mir so nutzlos vor?

KAPITEL 22 - HENRY

*D*ie Worte des Priesters höre ich kaum, weil sie in dem Chaos meiner Gedanken und dem Schmerz in meiner Brust untergehen. Gramps ist in der Nacht auf Dienstag verstorben und davor nicht mehr zu Bewusstsein gekommen. Ich konnte mich nicht richtig von ihm verabschieden, ihm sagen, was er mir bedeutet. Aber ich hoffe, er wusste es.

Cecile, die neben mir steht, weint bitterlich. Ich weiß sehr genau, dass ihre Tränen gespielt sind. Trotzdem hält sie sich an mir fest, als würde sie sonst unter der Trauer zusammenbrechen. Und ich habe nicht die Kraft, sie wegzuschieben, wie ich es sollte. Tatsächlich fehlt mir für alles die Kraft und ich bin selbst schuld daran.

Einen kurzen Moment habe ich gehofft, Fine unter den Trauergästen zu entdecken. Aber wie sollte sie wissen, wann und wo die Verabschiedung stattfindet?

Ihre Anrufe und Nachrichten habe ich bisher ignoriert. Nicht, weil sie mir nichts mehr bedeutet. In den letzten Tagen ist mir bewusst geworden, was ich für sie empfinde und wie sehr ich sie vermisse. Aber ich wusste, dass ich viel zu klären hatte. Mein Leben lang habe ich mich abgeschottet, wenn es mir schlecht ging, und alles allein geregelt. Weil ich niemandem zeigen wollte, wie verletzlich ich bin. Fine hätte ich es gezeigt, aber ich hatte die Befürchtung, dass ich bei ihr vollkommen zusammengebrochen wäre. Und sie hat so viel durchgemacht in den letzten Monaten, ich wollte ihr nicht zumuten, dass sie die Last meiner Probleme auch noch trägt.

Trotzdem habe ich mir gewünscht, dass sie hier auftaucht. Denn jetzt, nach den fünf Tagen Hölle, durch die ich gegangen bin, würde ihre Nähe guttun und mir neue Stärke verleihen. Aber es wäre selbstsüchtig, mich auf sie zu stützen. Und sie wäre zu selbstlos, um auf sich selbst aufzupassen. Doch ohne sie empfinde ich das alles hier noch trostloser, als es ohnehin schon ist.

In den letzten Tagen fühlte ich mich, als hätte mich jemand in eine dieser Plastikkugeln gepackt, in denen Hamster außerhalb ihres Käfigs herumlaufen. Alles war unwirklich, wie in einem schlechten Traum. Gleichzeitig wollten mich unzählige Leute sprechen, forderten Entscheidungen, die ich nicht treffen wollte. Ich habe es irgendwie geschafft zu funktionieren und die dringendsten Angelegenheiten geklärt. Ohne Louisa hätte ich das jedoch nie bewerkstelligt.

Fast entgeht mir, dass die Zeremonie zu Ende ist. Erst als Louisa mich sanft anstößt und auf die

Schaufel deutet, die in dem Erdhaufen neben dem Grab steckt, blinzle ich.

Wie in Trance umfasse ich den Griff und hebe etwas Erde auf. Mein Blick fällt auf den Sarg mit dem goldenen Kreuz, der so schmal und winzig wirkt. Ganz anders als Gramps. Zitternd werfe ich die Erde darauf und trete dann zurück. Louisa nimmt mir die Schaufel ab und schreitet nach vorne. Sie murmelt ein paar Worte, ehe sie ebenfalls Erde in das Grab wirft. Dann stellt sie sich neben mich und flüstert mir die Namen der Leute zu, die mir ihr Beileid ausdrücken.

Natürlich kenne ich sie alle, aber in diesem Moment fällt mir von keinem der Titel oder der richtige Name ein. Dennoch werden sie jetzt Teil meiner Welt sein.

Im Büro habe ich bereits Bescheid gegeben, dass ich zum Jahresende aus der Kanzlei ausscheide. Die meisten meiner Fälle sind so gut wie abgeschlossen. Zum Glück wird Margy mich auch danach weiterhin unterstützen und meine Termine koordinieren. Auf sie würde ich nicht verzichten wollen. Sie hat auch das Essen nach dem Begräbnis organisiert und wartet bereits im Restaurant auf uns. Zumindest das konnte ich Louisa abnehmen.

Nachdem die schier unendliche Menge an Trauergästen mir Beileid gewünscht hat, bleibe ich allein am offenen Grab zurück. Immerhin hat Cecile den Anstand, jetzt nicht an mir zu kleben. Vielleicht liegt es aber auch daran, dass keine Presse mehr hier ist, die sie in ihrer Rolle als trauernde Freundin der Familie ablichten könnte.

Niemand ist noch hier, außer mir, also kann ich mit Großvater sprechen.

»Hey, Gramps. Ich bin es, Henry«, sage ich leise und blicke auf den Sarg, der mit einer Schicht Erde bedeckt ist. »Tut mir leid, dass ich es nicht geschafft habe, Fine noch einmal vorbeizubringen. Aber im Krankenhaus wollte ich sie nicht mit Louisa und deinem Tod konfrontieren. Dazu hat sie zu viel durchgemacht.«

Ich stelle mir vor, was mein Großvater geantwortet hätte. Nämlich, dass ich ihre Hilfe gebraucht hätte. Und das stimmt.

»Es fällt mir schwer, jemandem zu zeigen, was in mir vorgeht«, entgegne ich deswegen. »Und du weißt, wie die Presse ist. Es wäre zu früh zu viel gewesen.«

Vermutlich hätte Gramps mir nun den Kopf gewaschen, weil ich falsch gehandelt habe. Aber in dem Moment kam es mir richtig vor.

»Ich wollte Fine schützen«, rechtfertige ich mich.

Gramps hätte jetzt gesagt, dass das nicht die ganze Wahrheit ist.

»Okay, ich wollte auch mich schützen«, gestehe ich. »Ich ... ich habe mich in sie verliebt, Gramps. Und wenn sie mich so gesehen hätte – gebrochen und verzweifelt – vielleicht hätte sie mich dann nicht mehr gewollt.«

Ich fahre mir durch die Haare.

»Natürlich ist das eine Ausrede. Ich konnte nie Hilfe annehmen, wenn es um meine Gefühle ging. Vermutlich bin ich zu feige. Ich habe ihre Nähe abgelehnt, damit ich das hier durchstehe. Nicht dass sie mich schwächt, aber ... ich brauchte diese Zeit,

Gramps. Denkst du, sie versteht das? Versteht, warum ich sie nicht zu dir mitgenommen und ihre Anrufe und Nachrichten ignoriert habe?«

Stille legt sich über mich, weil ich nicht weiß, was mein Großvater geantwortet hätte. Ich blinzle die Tränen weg, die sich hartnäckig in meinen Augen sammeln und meine Sicht verschleiern.

»Ich komme dich mit Fine besuchen, Gramps. Versprochen. Ganz egal wo du jetzt bist, ein Teil von dir wird immer bei mir sein. Aber ich wünschte, du wärst noch hier und könntest mir sagen, was ich machen soll. Ich könnte deinen Rat wirklich gut gebrauchen ...«

Mit dem Handrücken wische ich über mein Gesicht und straffe die Schultern.

»Bis bald, Gramps.«

Nach einem unendlich langen Tag sitze ich im dunklen Salon von Lancaster Mansion. Das Feuer im Kamin ist längst heruntergebrannt, trotzdem lege ich kein Holz nach, sondern schwenke das Cognacglas und starre in die sterbende Glut.

Früher fand ich diesen Raum warm, trotz der düsteren Tapeten. Weil er ein Ort war, an dem die Familie zusammenkam. Ohne Gramps ist er leer und kalt, wie der Rest des Hauses, für das ich jetzt verantwortlich bin.

»Hier steckst du«, sagt Cecile, die immer noch nicht gegangen ist.

»Ja, hier stecke ich«, erwidere ich und betrachte

die bernsteinfarbene Flüssigkeit, die Schlieren auf dem Glas hinterlässt. »Was willst du?«

Sie kommt näher und bleibt direkt neben meinem Sessel stehen. »Louisa schickt mich, um nach dir zu sehen.«

Ich wende mich ihr nicht zu, hebe das Glas an meine Lippen und trinke doch nicht. »Du kannst ihr mitteilen, dass ich lebe.«

»Henry, dein Verlust ist tragisch, aber das Leben geht weiter«, verkündet Cecile. »In vier Tagen findet der Winterball statt.«

»Richtig. Der ach so wichtige Ball«, blaffe ich sie an. »Der ist wichtiger als mein Großvater.«

»Henry, wir können ihn nicht mehr absagen, das musst du doch verstehen«, redet Cecile auf mich ein, als wäre ich ein einfältiges Kind, das man erziehen muss. »Louisa und ich haben noch mehr Presse als üblich eingeladen, weil wir unsere Verlobung verkünden.«

»Ich werde dich nicht heiraten, Cecile«, erkläre ich entschlossen. »Weil ich mit einer anderen Frau zusammen sein will.«

»Ach, das Aschenputtel?«, fragt sie spitz und knallt mir eine Ausgabe der *Sun* auf den Schoß.

Darauf entdecke ich Fotos von Fine und mir mit der Überschrift »Cinderella oder Lückenbüßer? Die neueste Liebschaft des Earls«

»Willst du noch immer behaupten, wir wären nicht quitt?«, will Cecile wissen.

»Erstens sind wir seit Monaten nicht mehr verlobt«, halte ich dagegen, »und zweitens ist das mit ihr keine belanglose Affäre.«

»Ach?«, entfährt es Cecile. »Und warum ist sie dann nicht hier, sondern ich?«

»Warum du hier bist, weiß ich nicht«, entgegne ich gereizt. »Aber sie ist nicht hier, weil ich ihr genau solche Zickereien wie deine ersparen wollte.«

»Du leidest wie ein Hund«, sagt sie und stemmt die Hände in die Hüften. »Und du willst sie dennoch nicht bei dir haben? Wie ernst kann es dir mit ihr da schon sein?«

Ich halte inne und starre sie an. Ist es das, was Cecile denkt? Sieht es wirklich so aus, als hätte das mit Fine keine Bedeutung, weil sie nicht hier ist?

Cecile löst ihre Hände, ehe sie nähertritt, sich auf die Armlehnen meines Stuhls stützt und nach vorn beugt. »Weißt du, was ich glaube?«

»Ich nehme an, du sagst es mir, selbst wenn ich dir versichere, dass es mir gleichgültig ist …«

»Ich glaube«, ignoriert sie meinen Einwurf, »dass du dir mit der Kleinen etwas vormachst, weil du Bindungsängste hast. Oder die Sorge hast, etwas zu verpassen. Sie ist nur ein Abenteuer für dich und wahrscheinlich bist du das auch für sie. Eine Trophäe. Schließlich kann sie jetzt ihren Freundinnen sagen, dass sie die Gespielin des neuen Duke of Westminster war.«

»Sie ist nicht wie du«, fahre ich Cecile an und werfe ihr die Zeitung zurück. »Geh jetzt. Ich muss mich noch um etwas kümmern.«

»Nur noch ein Rat, so unter alten Freunden.« Cecile schnaubt und wirft die Zeitung auf den Boden. »Solltest du echtes Interesse an ihr haben, wirst du sie deiner Tante noch vor dem Ball als bessere Partie als mich verkaufen müssen. Denn Louisa will Artikel wie diesen«, sie deutet auf die losen Blätter am Boden, »nicht mehr sehen.«

»Danke für den Hinweis«, entgegne ich immer noch gereizt und warte, bis Cecile fort ist und die Tür hinter sich geschlossen hat.

Dann ziehe ich das Handy aus meiner Hosentasche und wähle Fines Nummer. Es klingelt zweimal, dann geht die Mobilbox ran. Vielleicht arbeitet sie noch und hat keine Zeit. Immerhin müssen sie und Mark die riesige Bestellung für den Empfang vorbereiten.

Also öffne ich eine App und schreibe ihr eine Nachricht.

»Fine, bitte ruf mich an, sobald du kannst.«

Es dauert nicht lange, da erscheint das Häkchen, dass sie die Nachricht empfangen hat, dann färbt es sich dunkel. Also hat sie sie gelesen. Aber es folgt keine Antwort und dann ist sie offline.

Ich überfliege die Nachrichten, die sie mir in den vergangenen Tagen geschickt hat. Anfangs fragt sie mich nur, ob es mir gut geht, irgendwann bittet sie mich, ein Lebenszeichen von mir zu geben.

Mein Magen krampft sich zusammen, als ich ihre letzte Nachricht von heute Morgen lese.

»Henry, bitte, ich mache mir Sorgen. Sag mir, was ich für dich tun kann. Habe ich etwas falsch gemacht?«

Sie hat gar nichts falsch gemacht. Aber wie soll

sie das wissen? Mir wird bewusst, dass es für sie aussehen muss, als hätte ich sie fortgestoßen. Noch einmal wähle ich ihre Nummer, erreiche aber gleich die Mobilbox.

Ich öffne die App und will eine weitere Nachricht tippen, lasse es dann doch und lege das Handy weg. Wenn sie beschäftigt ist, will ich sie nicht unnötig nerven. Hoffentlich ruft sie bald an, damit ich ihr alles erklären kann. Da Geduld noch nie meine Stärke war, stehe ich auf und schleppe mich in das Arbeitszimmer. Dort stelle ich das Cognacglas ab, ziehe Briefpapier und Stift aus einer Schublade des viel zu großen Schreibtisches, der angeblich ein Geschenk von Queen Victoria war, und beginne, Fine auf die altmodische Weise zu schreiben.

KAPITEL 23 - FINE

*A*us dem Verkaufsraum dringen die schönsten Weihnachtslieder und obwohl in zwei Tagen der Heilige Abend ansteht, ist kein Funken Weihnachtsstimmung mehr in mir übrig. Überhaupt ist alles, was mich gerade aufrecht hält, mein Pflichtgefühl gegenüber Mark, der mich braucht. Alles andere geht in dem Schmerz in meiner Brust unter.

Nachdem ich Henry tagelang nicht erreicht habe, drängte alles in mir herauszufinden, ob es ihm gut geht. Da ich nicht weiß, wo genau er arbeitet oder wohnt, gab es kaum Möglichkeiten. Ich hätte ihn wirklich einmal nach seiner Adresse oder dem Namen der Kanzlei, für die er tätig ist, fragen sollen. Aber es war nie notwendig. Das ist mir in dem Fall natürlich auf die Füße gefallen. Denn beim Sitz seiner Familie wollte ich nicht uneingeladen vorbeischauen. Erst recht nicht, nachdem Henry meinte, seine Großtante hätte eventuell ein Problem mit mir.

Also habe ich Samstagmittag den Fehler begangen, nach ihm zu googeln.

Das Ergebnis war ein Foto in der Onlineausgabe einer Tageszeitung, das ihn am Grab seines Großvaters zeigt. Neben ihm steht eine wunderschöne blonde Frau, die sich an ihm festhält und bitterlich weint. Und darunter die Worte: »Der achte Duke of Westminster und seine ehemalige Verlobte, die ihm an seinem schwersten Tag beisteht. Ob die Gerüchte stimmen und sie durch diese Tragödie wieder zueinandergefunden haben?«

Und auf einmal hat alles Sinn ergeben. Henrys ernste Miene auf dem Eislaufplatz, als er meinte, er müsse mit mir reden. Dass er mich nicht bei sich haben wollte, als sein Großvater starb. Und zu guter Letzt, warum er auf keine meiner Nachrichten oder Anrufe reagiert hat.

Als ich das Bild sah, wusste ich, dass es keine Zukunft mit ihm gibt. Und mein Herz zerbrach in unzählige Scherben. Jeder Atemzug tut seit diesem Tag weh, weil die Splitter meines Herzens sich wie Eiskristalle in meinem Körper verteilen und in mein Fleisch bohren. Wie konnte ich nur so dumm sein, mich in Henry zu verlieben? Obwohl ich wusste, dass ich nicht an seine Seite gehören kann, weil wir aus zu unterschiedlichen Welten stammen? Er braucht eine Frau wie seine Ex-Verlobte. Sie sieht aus, als würde sie zu ihm passen. Vermutlich ist sie eine Lady, kennt sich mit allem in seinem Leben aus. Sie kann ihn unterstützen, während ich nur eine Last für ihn wäre.

Vielleicht war es gut, dass ich ihm nicht gesagt

habe, was ich für ihn empfinde. Es war noch nicht so intensiv, wie es hätte werden können, und er hat mich früh genug in die Realität zurückgeschickt. Hätte ich es ihm gesagt, wäre es für uns beide nur schwerer geworden. Nein, es ist gut, dass er es nicht weiß.

Aber ... warum tut es trotzdem so verflucht weh, an ihn zu denken?

Ich bin fast froh, dass Mark mich Tag und Nacht hier schuften lässt. Die Arbeit lenkt mich ab. Allerdings bin ich langsamer als sonst und liege deswegen weit hinter dem Zeitplan. Was nicht zuletzt daran liegt, dass Mark heute nicht hier ist, weil er vor Ort mit dem Aufbau beschäftigt ist. Wie soll ich köstliche Desserts zaubern, wenn ich ständig weinen muss?

Seit dem Begräbnis versucht Henry, mich zu erreichen. Also, er hat abends damit begonnen, was auch ins Bild passt. Weil er sich da bestimmt klar geworden ist, dass er und seine Ex-Verlobte zusammengehören. Nur gut, dass ich das Foto schon vorher gesehen habe und ihm aus dem Weg gehen kann. Immer noch schickt Henry Nachrichten, dass wir reden müssen. Gestern stand er sogar spätabends vor der Wohnung.

Erst wollte Mark mich zwingen, mit Henry zu reden, aber nachdem ich ihn angefleht habe, mir das zu ersparen, hat er ihn abgewimmelt. Ich habe mich in meinem Zimmer verschanzt und Henrys Stimme nur gedämpft gehört. Mark hat mir dann einen Brief von ihm gebracht, der jetzt irgendwo in einer Kommode versauert, weil ich ihn nicht lesen will.

Wozu denn? Ich weiß doch, dass er wieder mit seiner Ex-Verlobten zusammen ist. Mein Herz ist schon gebrochen, ich muss die Scherben nicht noch kleiner zerbrechen lassen. Genau das würde auch passieren, wenn ich ihn vor mir sehen, in seine Augen schauen und mir mit jedem seiner Worte bewusst werden würde, dass ich ihn nie wieder küssen werde …

»Verdammter Mist«, fluche ich, weil die dunkelblaue Schokolade, in die ich die Sternschnuppen-Cakepops für den Empfang tunke, nicht flüssig genug ist. »Läuft denn heute alles schief?«

Mir kommen schon wieder die Tränen, also lege ich die Cakepops weg, trete zurück und wische mir über das Gesicht. Ich sollte nicht an Henry denken. Nie wieder.

Aber alles hier erinnert mich an ihn. Ich bin nur froh, dass Mark die Vanillekipferl geformt hat, ich hätte den Teig mit meinen Tränen versalzen.

Ich atme zweimal tief durch, ignoriere das Stechen in meiner Brust. Dann nähere ich mich wieder der Arbeitsfläche und will mich um die Cakepops kümmern, als Jen in die Backstube kommt.

»Fine, da ist jemand, der dich sprechen will«, sagt sie unsicher.

»Wenn es Henry ist, bin ich nicht da«, erwidere ich.

»Es ist eine Frau und sie behauptet, es wäre dringend«, meint Jen und wirkt nervös.

Ich betrachte Jens blasses Gesicht. In London habe ich außer Mark und ihr keine Bekannten. Wer sollte also mit mir reden wollen? Und vor allem … wieso?

Mit einem Seufzen deute ich auf das Chaos, das

um mich herrscht. »Es ist gerade ungünstig. Ich habe noch viel Arbeit vor mir und irgendwie läuft heute nichts rund und …«

»Fine«, unterbricht Jen mich ernst. »Du solltest mit ihr reden. Bitte.«

Der Ausdruck auf ihrem Gesicht lässt mich innehalten. Jen ist für gewöhnlich fröhlich, lächelt die meiste Zeit, außer bei Henry. Der hat sie stets eingeschüchtert. Aber jetzt sieht sie mich an, als wäre mein Hund gestorben und sie müsste mir die traurige Nachricht überbringen.

»Schön, bittest du die Dame dann ins Büro?«, frage ich. »Ich muss mir die Hände sauber machen.«

»Natürlich, Fine«, antwortet Jen schnell und verschwindet zurück in den Verkaufsraum.

Als ich das Büro betrete, steht eine Frau in einem tannenbaumgrünen Kleid vor mir, die grauen Haare kunstvoll aufgesteckt. Ihr knalliger rosa Lippenstift passt nicht zu dem eher dezenten Make-up, das sie trägt. Um ihren Hals baumelt eine Brille an einer goldenen Kette. Sie sieht aus wie jemand, den man gernhaben kann, denn ihre Augen sind umrahmt von Lachfalten und sie hat eine freundliche Ausstrahlung, die meine Anspannung ein wenig schwinden lässt. Ich hatte schon befürchtet, dass ein Reporter auf mich wartet. Aber diese Frau sieht nicht aus, als wäre sie von der Presse. Sie will mich sicher nicht zu meiner Liebschaft mit dem Duke of Westminster befragen. Das wäre nicht das erste Mal, seit der Bericht über unsere Affäre erschienen ist.

Allein bei dem Gedanken kämpfe ich wieder mit den Tränen. Ich war für ihn nichts als ein Abenteuer und die Presse hat davon auch noch Wind bekommen.

»Sie sind Fine?«, fragt die ältere Dame und lächelt dann. »Genau so habe ich Sie mir vorgestellt. Kein Wunder, dass er ständig von Ihnen geschwärmt hat.«

»Entschuldigung, und Sie sind?«, hake ich nach.

»Wie unhöflich. Ich bin Margy Templeton, die Assistentin von ...«

»Henry«, hauche ich und muss mich zwingen, ihr die Hand zu schütteln, weil mein Körper in eine Schockstarre verfällt.

»Ganz recht«, sagt Margy immer noch lächelnd. »Mr Lancaster hatte in den letzten Tagen kein Glück, Sie anzutreffen. Deswegen hat er mich geschickt. Wobei ich sowieso wegen der Cakepops gekommen wäre.«

Sie hält eine Schachtel hoch und ihr Lächeln vertieft sich, während in mir alles zu Eis gefriert. Ich kann kaum noch atmen, so eng ist meine Brust geworden. Es gibt keine Flucht, ich kann mich vor diesem Gespräch nicht drücken. Henry hat mich kalt erwischt, indem er seine Assistentin geschickt hat, um mit mir zu reden. Meine Finger fühlen sich bereits taub an und mir wird schwarz vor Augen. Was soll ich tun?

»Er würde Ihnen gerne alles erklären«, reißt Margy mich aus meiner Panikattacke.

Ich schlucke schwer gegen den Kloß in meinem Hals an, dann räuspere ich mich. »Es gibt nichts zu erklären«, entgegne ich mit brüchiger Stimme. »Ich konnte mir selbst einen Reim auf sein Verhalten machen.«

Jetzt verschwindet das Lächeln. »Und wieso reden Sie dann nicht mit ihm, liebes Kind?«

»Weil er die Frau an seiner Seite hat, die er braucht«, erwidere ich. »Er muss mir nicht erklären, warum er mich nicht mehr sehen will. Das ist unnötig.«

Margy blinzelt. »Ich fürchte, Sie haben etwas falsch verstanden«, sagt sie und zieht dann etwas aus ihrer großen Handtasche.

Sie hält mir ein Kuvert hin, das ich zögerlich an mich nehme.

»Er hat Ihnen diesen Brief schon einmal geschrieben, aber er wollte sichergehen, dass Sie ihn lesen«, erklärt die ältere Dame mir. »Und er vertraut darauf, dass ich nicht lockerlasse, bis das geschehen ist.« Sie deutet mit dem Kinn darauf. »Öffnen Sie ihn.«

»Es tut mir leid, ich kann ihn nicht lesen«, stammle ich und will ihn ihr zurückgeben.

»Das sollten Sie aber«, drängt Margy mich.

Ich kämpfe die Tränen zurück, versage jedoch, sodass mir eine einzelne über die Wange bis zum Kinn läuft.

»Er hat mir klargemacht, dass er mich nicht braucht«, bringe ich schluchzend hervor. »Dass ich nicht an seine Seite gehöre. Ich dachte, er wäre nur aufgewühlt, immerhin weiß ich, wie sehr er seinen Großvater geliebt hat. Aber er hat meine Anrufe abgelehnt, keine Nachricht beantwortet. Und dann habe ich dieses Foto von ihm und Cecile gesehen. Damit war alles klar.«

»Fine«, sagt Margy mitfühlend, kommt zu mir und ergreift meine Hand. »Henry ist ein sehr sturer Mann und auch wenn ich mir wirklich Mühe gegeben habe, ihm so etwas wie Taktgefühl beizubringen, kann ich die ersten fünfundzwanzig Jahre seines Lebens nicht ausgleichen. Was er gesagt hat, muss verletzend gewesen sein, aber bitte glauben Sie mir, dass er Ihnen nie wehtun wollte.« Margy deutet auf den Brief in meinen Händen. »Sie sollten seine Zeilen lesen oder ihm die Chance geben, es persönlich zu erklären. Ich denke, Sie beide sind Opfer eines unglücklichen Missverständnisses und seines Dickschädels.«

»Ich weiß nicht, ob ich das kann«, werfe ich verzweifelt ein.

»Was denn, liebes Kind?«

»Mir Hoffnungen machen, nur um dann auf dem Boden der Tatsachen zu zerschmettern«, erwidere ich heiser und wische mir die Tränen aus dem Gesicht.

Margy betrachtet mich nur mitfühlend, aber genau das kann ich jetzt nicht gebrauchen. Denn dieser Blick lässt meine Augen noch mehr brennen.

»Ich will nicht unhöflich sein, aber ich muss jetzt in die Backstube zurück. Wir haben einen Großauftrag und ich hinke dem Zeitplan hinterher«, erkläre ich deswegen.

Sie seufzt und betrachtet den Brief in meiner Hand. »Was soll ich dem Duke ausrichten, wenn er nach Ihnen fragt?«

»Ich weiß nicht, ich …«

»Werden Sie den Brief lesen?«, unterbricht Margy mich sanft.

»Nicht vor morgen Abend«, erwidere ich. »Wie gesagt, wir haben einen Großauftrag und ich kann jetzt nicht …« Ich atme gedehnt aus. »Vielleicht sagen Sie ihm, dass Sie mich nicht angetroffen haben.«

»Ich fürchte, das wird er mir nicht glauben«, meint sie mit einem Schulterzucken. »Denken Sie darüber nach, Fine. Und falls Sie nicht mit ihm sprechen wollen, weil sie Angst davor haben, dass er Ihnen das Herz bricht, lesen Sie zumindest den Brief. Um Ihrer beider willen, geben sie ihm diese Chance, auch wenn er sie vielleicht nicht verdient hat.«

Ihre Worte arbeiten in mir, während ich sie hinausbringe und dann in die Backstube zurückgehe. Einen Moment betrachte ich das Kuvert, das genauso bebt wie meine Hände. Dann lege ich es weg.

Vielleicht ist es kindisch, aber ich kann diese Zeilen jetzt nicht lesen. Mein Herz ist ein einziger Flickenteppich, der nur von meiner Arbeit zusammengehalten wird. Ich weiß nicht, was passiert, wenn ich diesen Brief öffne. Und ich darf noch nicht ausfallen und Mark im Stich lassen.

Wenn der Empfang vorbei ist, lese ich den Brief. Mit einer Flasche Wein und vielen Keksen. Und dann werde ich sehen, ob mein Herz in noch mehr Stücke zerbrechen kann.

KAPITEL 24 - HENRY

*U*nzählige fremde Menschen sind damit beschäftigt, die letzten Lichter im Eingangsbereich zu justieren und den Baum zu dekorieren. Der Salon, das Esszimmer und der Ballsaal, wie Tante Louisa den ungenutzten, riesigen Raum neben der Küche immer nennt, sind bereits vorbereitet. Überall hängen Tannengirlanden mit roten Schleifen und Christbaumkugeln, die gemeinsam mit den Kränzen an den Wänden für eine weihnachtliche Atmosphäre sorgen und den passenden Duft dazu verströmen. Aber meine Stimmung hellen all die Lichter und Kerzen, die in Laternen entzündet wurden, nicht auf.

In wenigen Stunden wird der Ball beginnen und ich habe immer noch nichts von Fine gehört. Ich schlucke den Kloß in meinem Hals hinunter und reibe mir über die Stirn.

Natürlich hat Margy mich sofort angerufen,

nachdem sie mit ihr gesprochen hat. Was sie mir erzählt hat, beunruhigt mich allerdings so sehr, dass ich überlege, mich vor der Bäckerei hinzustellen und dort zu warten, bis Fine sie verlässt. Bisher habe ich das nicht getan, weil ich sie nicht bedrängen oder in aller Öffentlichkeit um sie kämpfen wollte. Aber jetzt … jetzt frage ich mich, ob das vielleicht meine einzige Chance ist, sie nicht zu verlieren.

Mir ist bewusst geworden, wie das alles für Fine aussehen muss. Sie wollte für mich da sein und ich habe sie viel zu grob weggestoßen. Ich schäme mich für das, was ich zu ihr gesagt habe, aber in dem Moment konnte ich nicht klar denken und wollte sowohl sie als auch mich schützen. Dass Fine glaubt, ich hätte sie längst durch eine andere ersetzt, bringt mich beinahe um den Verstand.

»Was mache ich eigentlich noch hier?«, frage ich mehr mich selbst als die Menschen um mich und stürme auf die Tür zu.

»Henry!«, ruft Louisa in dem Moment von der Treppe. »Wieso bist du noch nicht umgezogen?«

»Der Ball beginnt erst in fünf Stunden«, erwidere ich. »Ich muss noch etwas erledigen.«

»Und was wäre das?«, will sie in schrillem Tonfall wissen. »Du hast heute keine weiteren Verpflichtungen. Ich bin deinen Kalender mit Margy durchgegangen. Alles, worum du dich kümmern musst, befindet sich in diesem Haus.«

»Louisa, hör zu …«

»Nein, du hörst mir zu, Henry James August Louis Lancaster«, führt sie all meine unnötigen Vornamen auf und ich rolle innerlich mit den

Augen. »Dieser Ball mag dir lächerlich erscheinen, aber er ist für die Familie und viele andere Menschen überaus wichtig. Obwohl auch ich lieber auf ihn verzichten würde, um in Stille um deinen Großvater zu trauern, haben wir eine Verantwortung gegenüber vielen Menschen. Angefangen bei all jenen, die für diesen Tag hart gearbeitet haben. Und auch wenn es dir nicht gefällt, diese Verantwortung liegt von nun an zu einem großen Teil in deinen Händen. Sie vertrauen auf dich und das, wofür du stehst.«

Der Kloß in meinem Hals schwillt an. Natürlich weiß ich all das und ich bin auch bereit, die Verantwortung zu tragen. Ich habe nur so unendlich viele Fehler begangen, was Fine angeht, und will sie geraderücken. Aber für Louisa kommt mein Versuch, mit ihr zu reden, in diesem Moment wohl einem Hochverrat gleich. Weil sie denkt, ich will weglaufen.

»Louisa, ich bin in einer Stunde wieder da«, verspreche ich. »Aber bitte, ich muss jetzt etwas erledigen. Ich komme danach sofort wieder und mache alles, was du möchtest.«

Sie hebt das Kinn. »Auch der Presse von deiner Verlobung erzählen?«

»Diesbezüglich sollten wir zuerst noch einmal reden«, entgegne ich gereizt. »Weil ich Cecile nicht heiraten werde.«

Louisa verzieht den Mund. »Dann geh und komm anschließend zu mir.«

Ich will zur Tür hasten, drehe jedoch um und laufe zu meiner Großtante. Behutsam küsse ich ihre Wange.

»Danke«, raune ich, bevor ich aus dem Haus stürme.

Ich habe keine Zeit, vor der Bäckerei zu warten, also reiße ich die Tür auf und platze hinein. Die Glocke klingelt dabei so heftig, dass ich befürchte, sie fällt jeden Moment herunter. Alle Augen richten sich auf mich und obwohl im Hintergrund Weihnachtsmusik läuft, ist es mit einem Mal beklemmend still.

Jen, die hinter dem Tresen steht, schluckt schwer, als ich auf sie zugehe.

»Ich weiß, dass sie da ist«, sage ich leise. »Bitte, ich muss sie sprechen.«

»Sir, ich … ich fürchte …«, stammelt sie.

»Tut mir leid, dafür habe ich keine Zeit«, verkünde ich und umrunde den Tresen.

»Sir …«, ruft Jen mir nach.

Doch da bin ich bereits in der Backstube. »Fine, hör zu«, setze ich an und schlucke die Worte dann hinunter.

Der Raum ist sauber geputzt und völlig leer. Um diese Uhrzeit müsste Fine ihre Cakepops dekorieren. Wieso ist sie nicht hier?

»Mr Lancaster, Sir, Euer Gnaden«, keucht Jen hinter mir, als wären wir gerade mehrere Meilen gerannt. »Sie ist wirklich nicht hier.«

»Wo ist sie?«, will ich wissen.

»Heute ist der Empfang, für den Mark und Fine gebucht wurden. Sie sind bereits vor Ort.«

»Und wo ist das?« Ich spreche viel zu laut. Jen

hält den Atem an und weicht zurück. Mit aller Kraft, die mir bleibt, senke ich meine Stimme, um das arme Ding nicht noch mehr zu verschrecken. »Bitte, sagen Sie mir, wo der Empfang stattfindet.«

»Ich … ich weiß es nicht. A…aber vielleicht hat Fine etwas im Büro hinterlassen …«

Zwar gehört es sich nicht, dennoch stürme ich in den kleinen Raum und schalte das Licht an. Immer noch sieht alles ordentlich aus, also gehe ich zum Schreibtisch und blättere die wenigen Zettel dort durch. Zu meinem Pech sind es nur Lieferscheine, die offensichtlich noch nicht verbucht wurden. Keine Adresse für den Empfang, nichts.

Ich stoße einen frustrierten Laut aus und raufe mir die Haare. Was soll ich jetzt machen?

»Können Sie Mark oder Fine anrufen?«, will ich von Jen wissen, die ängstlich an der Tür steht.

»Das habe ich schon versucht, sie gehen nicht ran«, erwidert sie verlegen.

»Falls sie sich melden«, sage ich, nehme einen Stift und einen Block und schreibe meine Nummer auf, »erklären Sie ihnen, dass Fine mich dringend anrufen muss.«

Ich drücke ihr den Zettel in die Hand. Fine hat meine Nummer, Mark nicht. Er ist meine größte Hoffnung, heute noch rechtzeitig mit Fine zu reden.

»Würden Sie das für mich machen?«

»Natürlich, Sir«, verspricht sie.

»Vielen Dank.«

Mit wild pochendem Herzen verlasse ich die Bäckerei. Ich habe zu lange gewartet und jetzt …

jetzt weiß ich nicht, wie ich Fine vor dem Ball finden soll.

Zurück in Lancaster Mansion erwartet mich Cecile mit ihrem überheblichen Lächeln.

»Kalte Füße, Darling? Keine Sorge. Ich werde deinen Antrag schon annehmen.«

»Bleib mir ja vom Hals, Cecile«, knurre ich sie an und schiebe mich an ihr vorbei.

»Aber Darling, wieso denn? Heute verkünden wir doch unsere erneute Verlobung.«

»Nicht, wenn ich es verhindern kann«, erwidere ich und gehe die Treppen hinauf.

»Louisa hat mir gesagt, dass du dich noch immer weigerst«, meint Cecile, die neben mir herläuft. »Aber nach diesem wunderbaren Foto in der Zeitung erwartet sie, dass du etwas für deinen Ruf unternimmst. Was wäre da besser, als eine Frau aus gutem Haus an deiner Seite zu präsentieren?«

»Vielleicht die richtige Frau an meiner Seite zu präsentieren?«, entgegne ich mit einem Schnauben.

»Ach, das Aschenputtel. Und wo ist es?«

»Geht dich nichts an.«

»Doch, das geht mich sehr wohl etwas an. Weil heute Abend dein Ring an meinem Finger funkeln wird. Auch wenn du ihn mir nicht selbst ansteckst«, schnauzt sie mich an.

Ich bleibe stehen und wirble zu ihr herum. Cecile keucht und hält sich theatralisch eine Hand an ihr Herz.

»Das werden wir noch sehen«, sage ich gefährlich leise und wende mich dann ab.

Ohne zu klopfen, betrete ich Louisas Räume und schließe die Tür hinter mir.

»Hast du bei deinem wichtigen Termin deine Manieren vergessen?«, fragt meine Tante mich, während sie auf mich zukommt.

Ihr Zimmer ist schlicht eingerichtet. Die veilchenfarbene Tapete und die weiße Vertäfelung erinnern mich ein wenig an den Landsitz meiner Familie. Die hellen Möbel unterstreichen diesen Stil. Aber selbst hier ist alles weihnachtlich dekoriert. Auf dem Tisch steht ein Gesteck mit Stechpalmenzweigen und Kränze zieren die Türen zum Ankleideraum und dem Schlafzimmer.

»Ich muss mit dir reden«, antworte ich, statt eine Entschuldigung vorzubringen.

Louisa deutet auf eine Sitzgruppe und ich warte, bis sie sich niedergelassen hat, bevor ich mich ebenfalls setze. Einen Moment sammle ich mich und betrachte die Kerze, die meine Großtante entzündet hat. Sie verteilt einen Duft nach Vanille und ich muss wieder an Fine denken. Also nehme ich all meinen Mut zusammen und wende mich meiner Tante zu.

»Ich werde Cecile nicht heiraten«, teile ich ihr mit.

»Das sagtest du schon«, meint Louisa, ohne eine Regung zu zeigen. »Leider ist die Presse informiert, dass wir heute etwas verkünden wollen.«

»Dann lass dir etwas anderes einfallen«, bitte ich sie. »Ich kann diese Frau nicht heiraten. Nicht einmal, wenn es das Einzige ist, was du möchtest.«

Jetzt verhärtet sich ihre Miene. »Glaubst du, es bereitet mir Freude, dich in eine Ehe zu zwingen?«, fragt sie entrüstet. »Ich denke dabei nur an dich. Aber wie es scheint, hast du mir einige Dinge nicht erzählt, die dein Großvater wusste.«

Mein Puls beschleunigt sich und meine Augen beginnen zu brennen, als sie einen Umschlag vor mir auf den Tisch legt.

»Was ist das?«, will ich wissen.

»Dein Großvater hat kurz vor seinem Ableben einen Brief für mich diktiert. Darin geht es um eine Frau, der du wohl sehr zugetan bist, und er bittet mich, ihr keine Steine in den Weg zu legen, wenn du sie mir vorstellst.«

»Gramps«, sage ich leise und streiche über das Kuvert.

Mein Großvater hat trotz seiner Krankheit immer den Überblick behalten. Selbst jetzt, obwohl er nicht mehr da ist, steht er mir zur Seite. Ich kann die Träne nicht mehr wegblinzeln, die sich ihren Weg über mein Gesicht bahnt. Was soll ich nur ohne ihn tun?

»Er hat sie kennengelernt und ich habe ihm von meinen Bedenken erzählt«, erkläre ich, ohne Louisa anzusehen. »Dass du ihr Angst machen könntest, wenn du sie unter die Lupe nimmst und prüfst, ob sie geeignet wäre. Denn sie stammt nicht aus einem alten Adelsgeschlecht wie Cecile. Wobei ihre Wurzeln dem Landadel entspringen, aber sie ist eben ohne eine entsprechende Ausbildung aufgewachsen. Dafür ist sie unglaublich stark und liebenswürdig und …«

Louisa seufzt tief. »Henry, wieso denkst du, ich würde dir dein Glück nicht gönnen? Die Frau an deiner Seite muss viel Last auf ihren Schultern tragen. Das hätte ich ihr gesagt. Weil sie ein Recht darauf hat, es zu erfahren. Ansonsten wäre ich dir nie im Weg gestanden.«

»Und wieso hast du dann nichts gesagt und Cecile hier sein lassen?«, will ich wissen.

»Henry.« Louisa atmet geräuschvoll aus. »Ich wollte dich nicht bedrängen und dachte, du würdest mich darauf ansprechen, wenn dir diese Frau so wichtig ist. Außerdem musste ich sehen, dass du zu ihr stehst und sie nicht nur eine Ausflucht für dich ist. Aber wenn du mit ihr zusammen sein möchtest und dir bewusst ist, was auf euch zukommt, werde ich euch helfen.«

Bei den Worten meiner Tante fällt mir ein Stein in der Größe des Mount Everest vom Herzen. Gleichzeitig verfluche ich mich innerlich dafür, dass ich so lange mit diesem Gespräch gewartet habe. Ich hätte Fine und mir so viel Kummer ersparen können.

»Du weißt nicht, was mir das bedeutet«, sage ich mit bebender Stimme und ergreife ihre Hände. »Weil sie es ist, mit der ich zusammen sein möchte. Ich habe viel zu lange gebraucht, es mir einzugestehen, aber ich kann mir keine andere an meiner Seite vorstellen.«

»Wenn du sie heute Abend den Gästen präsentieren möchtest, hast du meinen Segen«, fährt Louisa fort.

»Da liegt das Problem. Ich … ich habe Mist gebaut.«

»Oh, Henry.« Sie seufzt und reibt sich über die

Nasenwurzel. »Erzähl mir davon und wir sehen, was wir tun können.«

Also erkläre ich ihr alles und Louisa hört zu. Als ich fertig bin, nickt sie.

»Gut, ich denke, sie zu finden, wird kein Problem sein«, meint sie mit einem seltsamen Lächeln auf den Lippen. »Die einzige Sorge, die ich habe, ist, ob du bereit bist, ihr all das zu offenbaren, was du mir gerade gesagt hast.«

»Das bin ich«, erwidere ich. »Ich weiß, dass ich kämpfen muss, und genau das werde ich.«

»Gut.« Louisa lächelt immer noch. »Aber jetzt ziehst du dich bitte um und übst dich in Geduld. Wenn du zu Beginn des Balls noch nichts von ihr gehört hast, müssen wir uns etwas einfallen lassen. Aber vielleicht meldet sie sich bis dahin ja.«

Ich frage nicht, was Louisa plant – dass sie etwas ausheckt, ist mir durch ihren Blick bewusst. Stattdessen stehe ich auf und schiebe den Stuhl an seinen Platz zurück.

»Danke, Tante Louisa. Für alles.«

»Nein, Henry. Ich danke dir für dein Vertrauen.« Auch sie steht auf und greift nach meinen Händen. »Es wird alles gut, sorge dich nicht.«

Dann bugsiert sie mich zur Tür und wirft mich förmlich aus ihren Räumen. Etwas verwirrt bleibe ich einen Moment stehen, dann atme ich geräuschvoll aus und gehe zu meinem Zimmer. Es kommt mir seltsam vor, vorerst nichts zu unternehmen. Aber vielleicht meldet sich Fine wirklich. Oder Mark. Und ich habe eine Chance, alles geradezurücken. Auch

wenn ich sie eigentlich nicht verdiene, so unge-
schickt, wie ich mich angestellt habe.

KAPITEL 25 - FINE

*D*as ist nicht dein Ernst«, entfährt es mir, als ich aus dem gemieteten Lieferwagen steige.

»Beeindruckend, oder?«, fragt Mark mich mit einem seligen Lächeln. »Und hier dürfen wir unsere Karriere als Caterer starten.«

Ich betrachte das Haus, das ganz anders aussieht als bei meinem letzten Besuch. Die hellgelbe Fassade ist über und über mit Lichterketten geschmückt. An den riesigen Fenstern hängen Kränze und hinter manchen stehen kleine Pakete mit leuchtend roten Schleifen. Den Eingang rahmen zwei Christbäume mit goldenen und roten Kugeln. Aber es ist immer noch dasselbe Gebäude, in das ich eigentlich nie mehr zurückkehren wollte.

»Hast du eine Ahnung, was das hier ist?« Meine Stimme bebt vor Zorn und Angst. Ob Mark das mit Absicht gemacht hat?

»Was genau?«, hakt er nach und sieht mich verwirrt an.

Gut, vielleicht hatte er keine Ahnung. Wobei mich das wundert, weil er in London aufgewachsen ist und sich auskennen sollte.

»Das ist Lancaster Mansion. Klingelt bei dem Namen was?« Er mustert mich einen Moment, dann formen seine Lippen ein O und er fasst sich an die Stirn. Weil das Blut in meinen Ohren rauscht, verstehe ich seine Entschuldigung kaum, die er vor sich hinbrabbelt. »Genau. Das Haus gehört dem Mann, dem ich heute unter Garantie nicht begegnen will. Weil ich seinen Brief noch nicht gelesen habe. Doch offensichtlich richtet seine Familie diesen Empfang aus und er ist der neue Duke. Also wird er hier sein. Und ich stehe in der Küche und dekoriere die Desserts für dieses Fest. Auf dem Henry mit seiner Verlobten Glückwünsche entgegennehmen wird.«

»Fine«, gibt Mark mit einem Augenrollen von sich. »Diese Margy hat gesagt, es wäre alles ein Miss-verständnis.«

»Was gibt es da misszuverstehen?«, frage ich. »Er ist genau wie Dominik.«

»Ist er nicht«, entgegnet Mark aufgebracht. »Henry Lancaster mag ein wenig kühl wirken, aber der Mann hat mit dir gebacken, Herrgott. Und ihr seid danach noch nicht einmal in der Kiste gelandet. Stattdessen hat er dich wie ein Gentleman nach Hause gebracht und dir einen züchtigen Gutenacht-kuss vor meinen Augen gegeben. Er hätte genauso gut mit raufgehen und dir die Kleider vom Leib reißen können als Belohnung für die Mühe.«

»Mark!«, keuche ich.

»Was denn? Ist doch so. Er hat dich auf Händen getragen, dir geholfen und dir zugehört.« Er umfasst meine Schultern. »Rede mit ihm. Am besten gleich.«

»Willst du wirklich riskieren, dass ich in die Desserts heule? Das könnte nämlich passieren«, gebe ich zu bedenken.

»Gut, dann eben nach dem Empfang«, erwidert Mark zerknirscht und hebt mahnend einen Finger. »Aber du redest mit ihm. Und wenn ich dich zu ihm schleifen muss.«

Mein Blick wandert zu dem Haus, hinter dessen Fenstern Henry vielleicht gerade bemerkt, dass ich hier stehe. Ob er sich schon umgezogen hat? Er sieht im Smoking bestimmt verdammt gut aus.

Bei dem Gedanken brennen meine Augen und ich schlucke gegen die Enge in meiner Kehle an. Meine Beine scheinen nur noch aus Pudding zu bestehen und alles in mir schreit danach zu fliehen.

»Mark, ich kann das nicht«, krächze ich deswegen. »Wenn ich ihm begegne … nein. Nein! Am besten lädst du jetzt aus und ich fahre in die Bäckerei zurück und …«

»Fine«, unterbricht er mich und hält mich fest, als ich mich abwenden will. »Ich brauche dich. Und du wirst Henry kaum zu Gesicht bekommen, wenn du das nicht möchtest. Vornehme Herrschaften verirren sich selten in die Küche. Es liegt also vor allem an dir, ob und wann du ihn siehst. Na ja, zumindest bis ich dich nach dem Empfang zu ihm schleife.«

Meine Hand wandert in meine Handtasche, wo Henrys Brief ungeöffnet auf mich wartet. Ich wollte ihn wirklich heute nach dem Auftrag lesen und das Kapitel mit uns endgültig beenden. Aber was, wenn er mir vorher begegnet? Ich habe Angst davor. Gleichzeitig habe ich ein schlechtes Gewissen, wenn ich Mark allein lasse. Was soll ich nur tun?

»Und du bist sicher, dass er mich in der Küche nicht aufsuchen wird?«, frage ich leise.

»Na, wenn er nicht wissen soll, dass du hier bist, werde ich es ihm wohl kaum auf die Nase binden«, verspricht mein Cousin.

»In Ordnung, dann … helfe ich dir und verstecke mich in der Küche.«

»Und lässt dir durch den Kopf gehen, was du ihm sagst, wenn der Abend zu Ende ist?«, fügt Mark hinzu.

»Du gibst keine Ruhe, bis ich dir das verspreche, oder?«

»Nein. Und jetzt komm, wir haben viel zu tun.«

Die Küche ist doppelt so groß wie unser gesamter Laden und mit den modernsten Geräten ausgestattet. Ich kann meinen Mund kaum schließen, während wir unseren Bereich sortieren. Neben süßen Häppchen gibt es natürlich auch warme Speisen, so arrangiert, dass man sie im Stehen essen kann.

»Wir hätten hier backen sollen«, murmle ich und Mark grinst.

»Ja, oder? Beeindruckende Küche. Fängst du

schon mal an, die Cupcakes fertigzustellen? Ich lade inzwischen weiter aus.«

»Einverstanden.«

Ich bin froh, dass wir alles so hinbekommen haben, wie es geplant war. Um einige Dinge muss ich mich hier kümmern, wie eben um die Cupcakes, die sonst beim Transport gelitten oder zu viel Platz im Wagen eingenommen hätten. Deswegen packe ich die Sponges, also die Kuchen in ihren goldenen Papierhüllen, die wir extra für den Abend besorgt haben, aus. Ich stelle sie auf die dafür vorgesehenen Tabletts, bevor ich meinen Dressierbeutel mit der vorbereiteten Swiss Meringue fülle. Dann trage ich die Creme mit einer großen Sterntülle auf, bis der Cupcake bedeckt ist. Das mache ich mit allen Sponges, während Mark immer mehr Boxen und Kühltaschen neben meiner Arbeitsfläche aufstellt.

Zweihundertfünfzig Cupcakes mit Buttercreme zu dekorieren, ist ziemlich zeitaufwendig, aber es gab keine andere Möglichkeit.

Mark ist zum Glück mit dem Ausladen fertig und beginnt, die Cakepops zu arrangieren. Dazu hat er Vasen mit einer Art Moosgummi ausgestopft und steckt die Kuchen am Stiel hinein. Als er fertig ist, sehen sie aus wie ein Strauß aus kleinen Galaxien, weil sie mit dunkelblauer Schokolade überzogen und mit silbernen und goldenen Sternen sowie Perlen verziert sind.

Ich platziere inzwischen Apfelstücke auf das Topping und streue zu guter Letzt den Wunschzucker darüber. Tablett um Tablett stelle ich so fertig und Mark bringt sie hinaus und verspricht, sie so schön wie möglich in Szene zu setzen. Da ich es nicht sehen werde, nicke ich nur mit einem schwachen Lächeln und mache dann weiter.

Jedes Mal, wenn die Tür aufgeht, bleibt mein Herz fast stehen und ich bin erleichtert und enttäuscht zugleich, dass nicht Henry die Küche betritt. Mein Blick fällt auf meine Tasche. Ob ich den Brief jetzt lesen sollte? Immerhin … vielleicht begegne ich ihm trotz allem und dann sollte ich doch wissen, was darin steht. Oder nicht?

Nein, ich habe zu viel zu tun. Frühestens wenn alles fertig ist, kann ich noch einmal darüber nachdenken, ob ich den Brief hier lesen will. Dann muss ich mich nicht mehr verstecken und weiß, was auf mich zukommt, wenn ich Henry begegne.

Bei dem Gedanken sucht mich das schlechte Gewissen heim, weil Mark draußen alles allein aufbauen muss. Allerdings habe ich in der Küche genug zu tun. Nachdem die Cupcakes endlich alle fertig sind, arrangiere ich die Tartelettes und Karamellküsse, richte die restlichen Cakepops und die anderen Gebäckstücke her, die bestellt wurden.

Als ich auf die Uhr blicke, ist es schon ziemlich spät und ich hole die Schälchen mit der Crème brûlée aus der Kühlung, damit sie ein wenig wärmer werden. In weniger als einer Stunde beginnt der Empfang, der eigentlich ein Ball ist. Zumindest hat Henry ihn so bezeichnet. Ich sollte also bald mit dem Abflämmen beginnen.

Mark hat fast alles hinausgebracht, was wir auffahren. Nur noch wenige gefüllte Tabletts stehen herum. Vermutlich weil wir die restlichen Gebäckstücke erst nachlegen sollen, wenn die Platten ein wenig leerer sind.

Weil es langsam knapp wird, um das letzte Dessert anzurichten, bestreue ich die Crème brûlée mit braunem Zucker, den ich gleichmäßig auf der Oberfläche verteile. Zumindest davon haben wir nur zweihundert Stück gemacht, aber das Flämmen wird länger dauern. Nachdem alle Formen eingezuckert sind, hole ich meinen kleinen Brenner und beginne, den Zucker zu karamellisieren. Die Schicht muss dünn genug sein, dass man sie essen kann, aber dick genug, damit es knackt, wenn man hineinsticht. Deswegen muss ich mich konzentrieren.

Und das ist gut, denn auf diese Weise kann ich mich von den Gedanken an Henry ablenken, der mir so nahe ist wie schon lange nicht mehr. Trotzdem schlägt mein Herz immer noch wild, jedes Mal, wenn die Tür aufgeht. Allerdings schaue ich nie auf. Denn Henry wird hier nicht auftauchen und ich habe zu viel zu tun, um mir eine Pause zu erlauben.

KAPITEL 26 - HENRY

Ich erkenne das Haus meiner Familie kaum wieder, als ich etwa eine Stunde vor Beginn des Balls die Treppe hinuntergehe. Selbst die Geländer sind mit Tannengirlanden und unzähligen Lichtern geschmückt, der Baum im Empfangsbereich glitzert in Gold und Rot und von der Decke baumeln riesige Christbaumkugeln.

Als mein Blick auf die dunkelroten fällt, muss ich schmunzeln. Genau solche haben Fine zu ihren Kirschtartelettes inspiriert. Ich seufze, weil ich sogar beim Anblick der Kugeln an Fine denken muss. Immer wieder habe ich mein Handy angestarrt, als könnte ich es so zwingen zu läuten. Aber weder Fine noch Mark haben sich gemeldet und Louisa ist gerade nicht zu sprechen. Ich habe also noch immer keine Ahnung, wie ich Fine finden soll oder was meine Tante sich wegen meiner drohenden Verlobung überlegt hat.

Nachdem ich unten angekommen bin, betrachte ich auch dort das Werk der unzähligen Helfer. Alle Fenster sind mit roten Samtschleifen versehen und ein grüner Tannenkranz hängt an jeder Scheibe. Auf dem Boden stehen unzählige Päckchen als Dekoration. Im Salon knistert ein Feuer im Kamin, der ebenfalls mit frischen Tannenzweigen geschmückt wurde. Warmes Licht lässt alles noch weihnachtlicher wirken. Mein Herz würde vermutlich einen Sprung machen, wenn ich diese Feiertage mögen würde. Aber sie erinnern mich einfach zu sehr an Verlust und Trauer. Jetzt, da Gramps fort ist, noch mehr als je zuvor.

»Schick siehst du aus«, sagt Cecile, die raschelnd neben mir erscheint.

Sie trägt ein dunkelblaues glitzerndes Kleid, das viel zu tief ausgeschnitten ist und ihre Schultern frei lässt. Der Rock besteht aus Tüll und sieht schwer aus. Ich habe mich schon immer gefragt, warum die Kleidung von Frauen zu diesen Anlässen so unpraktisch sein muss. Cecile wirkt nicht, als würde sie in all dem Stoff besonders gut atmen können.

In ihrem Haar funkelt ein Diadem mit dem breiten Collier an ihrem Hals um die Wette. Sie hat sich ausstaffiert, als wäre sie die Prinzessin von Wales.

»Du bist ja immer noch hier«, sage ich gereizt und wende mich ab.

»Natürlich«, meint sie schnippisch. »Schließlich weiß ich, wo mein Platz ist. Du auch?«

Die Frage lasse ich unbeantwortet, drehe mich

um und will an ihr vorbei, als mein Blick auf das fällt, was sie in der Hand hält.

»Was ist das?«, will ich wissen, obwohl ich es sofort erkannt habe.

»Das? Ein Cupcake, würde ich sagen.« Sie gibt ein theatralisch langes Seufzen von sich. »Ich verstehe nicht, wieso Louisa diese Bäckerei gewählt hat. Das Gebäck ist so … ordinär. Es hat keinen Charme oder Eleganz.«

Ich starre das Küchlein an. Es mag in einer goldenen Papierform stecken statt in einer roten mit Schneeflocken. Aber das ist eindeutig einer von Fines Bratapfelcupcakes.

»Leider konnte ich Louisa nicht überzeugen, nach besseren Alternativen zu suchen, nachdem euer ursprünglicher Lieferant abgesprungen ist«, fährt Cecile mit einem weiteren Seufzen fort. »Sie hat angeblich alles selbst gekostet und dein Großvater hat darauf bestanden, dieser Bäckerei eine Chance zu geben.« Sie rollt mit den Augen und ich balle meine Hand zur Faust, weil mir ihr Gehabe auf die Nerven geht. »Nun, nächstes Jahr bestimme ja dann ich, wer uns beliefert.«

Sie dreht den Kuchen und gibt ein abwertendes Schnaufen von sich.

»Viel zu plump. Aber immerhin wird ein Großteil hier frisch zubereitet, das muss ich ihnen zugutehalten.«

»Was hast du gesagt?«, frage ich atemlos.

Mein Magen zieht sich zusammen und mein Herz pumpt wie wild, während ich Cecile anstarre, die immer noch den Cupcake voller Missgunst betrachtet.

»Na, dass die Bäcker schon seit Stunden in unserer Küche sind, um alles frisch fertigzustellen. Und dieses seltsame Glitzerzeug darüber zu streuen. Was soll das sein?«

»Wunschzucker«, erwidere ich und schiebe mich an ihr vorbei.

»Henry?«, ruft Cecile mir spitz nach.

Ich ignoriere sie und gehe zur Küche. Eigentlich würde ich lieber rennen, aber ich will so wenig Aufmerksamkeit wie möglich auf mich lenken.

Der Weg durch den Flur kam mir noch nie so lang vor und obwohl auch der weihnachtlich dekoriert ist, habe ich kein Auge dafür. Meine Brust fühlt sich so eng an, dass ich kaum Luft bekomme, und mein Herz schlägt wie wild.

Sie ist hier. Bei dem Gedanken beginnen meine Hände zu schwitzen. Das hatte das seltsame Lächeln von Louisa zu bedeuten. Meine Großtante wusste, dass Fine herkommen würde. Wieso hat sie es nicht einfach gesagt?

Vor der Küchentür bleibe ich trotz meiner Aufregung wie angewurzelt stehen. Meine Hand bebt und ich weiß mit einem Mal nicht, was ich ihr sagen soll. Ihr mein Herz in dem Brief auszuschütten, fiel mir leicht, aber das war etwas anderes.

»Gramps, ich könnte deinen Beistand gebrauchen«, flüstere ich. Da schwirren mir schon seine Worte durch den Kopf.

»Manche Menschen sind es wert, um sie zu kämpfen.«

Ich atme tief ein, dann reiße ich die Tür auf und betrete die Küche.

Obwohl um sie herum unzählige Köche letzte Hand an ihre Speisen legen, entdecke ich Fine sofort. Sie steht weiter hinten im Raum und flambiert gerade etwas. Da die Tür lautstark gegen die Wand knallt, reißen alle Köche die Köpfe hoch und erstarren, als sie mich erkennen.

Auch Fine hebt den Blick, hält in ihrer Arbeit inne und lässt die Hand mit dem kleinen erloschenen Brenner sinken, während sie mich mit weiten Augen ansieht.

»Alle raus!«, fordere ich, als ich direkt vor ihr stehe.

Einen Herzschlag zögern die Anwesenden, dann legen sie ihre Werkzeuge hin und verlassen die Küche. Fine senkt den Kopf wieder und will den Raum ebenfalls verlassen, aber ich stelle mich ihr in den Weg.

»Alle außer dir«, sage ich leise und berühre zögerlich ihren Arm.

Sie könnte sich problemlos von mir losmachen, aber sie rührt sich nicht, wirft Mark nur einen Hilfe suchenden Blick zu. Der schenkt ihr allerdings nur ein Zwinkern, bevor er mir den Daumen hochhält und geht.

Die Tür schließt sich und wir bleiben allein zurück. Fine hat ihr Gesicht zur Seite gedreht und fixiert einen Punkt irgendwo auf dem Boden. Sie atmet kaum, genau wie ich.

In Gedanken bin ich diesen Moment wieder und wieder durchgegangen. Wie ich ihr alles erkläre, da ich inzwischen verstehe, wie das alles für sie aussehen muss. Aber jetzt weiß ich nicht, wie ich das Gespräch beginnen soll, also sage ich das Erste, das mir in den Sinn kommt. »Ich bin froh, dass du hier bist.«

Fine seufzt und dreht den Kopf leicht in meine Richtung, sieht mich aber immer noch nicht an. »Ich wusste nicht, dass der Empfang, von dem Mark sprach, euer Winterball ist«, erwidert sie leise. »Aber ich konnte ihn nicht im Stich lassen, als wir vor dem Haus ankamen. Ich wollte dich nicht … belästigen.«

»Mich belästigen?«, frage ich belustigt. »Ich versuche seit Tagen, dich zu erreichen. Vorgestern war ich sogar bei eurer Wohnung.«

»Ja«, ist alles, was sie dazu sagt. Offensichtlich wusste sie, dass ich da war. »Ich habe den Brief noch nicht gelesen. Aber ich weiß auch so, was du mir sagen willst.«

»Und das wäre?«, hake ich nach und lasse sie gar nicht zu Wort kommen. »Wenn du denkst, dass ich mit einer anderen zusammen bin und dich nicht mehr sehen will, irrst du dich.«

Jetzt wendet sie mir das Gesicht zu und ich erkenne das verräterische Glänzen in ihren Augen.

»So? Du hast mich weggestoßen, mich tagelang ignoriert. Dann sah ich das Foto von dir und dieser … dieser Frau, mit der du verlobt warst, am Grab deines Großvaters. Überall steht, dass ihr wieder zusammen seid. Die Beweise sprechen nun einmal gegen dich.«

»In dubio pro reo, im Zweifel für den Ange-klagten … das lernt man doch auch im Jurastudium in Österreich, oder?«, ziehe ich sie auf.

»Ich kann mir keine Zweifel leisten, wenn es um mein Herz geht«, sagt sie und blinzelt heftig. »Henry, bevor du ins Krankenhaus gefahren bist, wolltest du mit mir reden. Du wirktest so unglaublich ernst und angespannt, dass für mich klar war, du musstest mir etwas Unangenehmes sagen. Was sollte das anderes sein, als dich für immer von mir zu verabschieden?«

Ich lege meine Hand an ihre Wange und wische die Tränen fort, die sie meinetwegen vergießt. Dann nehme ich all meinen Mut zusammen.

»Das Gegenteil«, entgegne ich und räuspere mich. »Ich wollte dir alles sagen, was in dem Brief steht.«

»Den ich nicht gelesen habe«, murmelt sie und sieht mich mit ihren tränenbenetzten dunklen Augen verwirrt an.

»Es fällt mir schwer, über meine Gefühle zu reden. Mich jemandem zu öffnen. Jemanden an mich heranzulassen«, gestehe ich. »Und ich weiß, dass ich dich viel zu heftig von mir gestoßen habe. Dafür gibt es keine Entschuldigung, selbst wenn ich in dem Moment unter Schock stand. Ich hätte niemals sagen dürfen, was ich zu dir gesagt habe. Vor allem, weil es eine Lüge war.«

Ihre Stirn legt sich in Falten und sie öffnet den Mund, sagt jedoch kein Wort.

»Die Wahrheit ist«, flüstere ich und meine Hände beginnen dabei zu beben, »ich brauche dich.«

Fine sieht mich noch verwirrter an und schüttelt leicht den Kopf. »Aber du hast gesagt ...«

»Ich weiß, was ich gesagt habe«, unterbreche ich sie sanft, lasse meine Hand von ihrer Wange sinken und drehe Fine so, dass sie mich ansehen muss.

Wir stehen uns gegenüber, sie in ihrer rosaroten Schürze, ich in meinem Smoking, in dem ich mir so verloren vorkomme. Alles, was ich will, ist, sie in meine Arme zu ziehen. Aber Fine mustert mich so erschrocken, als würde sie mich fürchten. Und ich will ihr nicht noch mehr Angst machen.

»Bitte vergib mir, dass ich ein dummer, sturer Narr bin«, sage ich flehentlich. »Ich habe dich weggestoßen, weil ich es in dem Moment für das Richtige hielt. Weil ich Angst hatte, mich vor dir so verletzlich zu zeigen, und dich nicht mit meiner Schwäche belasten wollte. Ich dachte, ich könnte alles nur überstehen, indem ich mich abschotte, wie ich es immer getan habe, und einfach funktioniere. Aber am Ende …« Ich halte inne und ergebe mich der Stimme meines Herzens. »… habe ich dich jeden Moment vermisst. Weil ich ohne dich das Gefühl habe, als würde mir etwas fehlen.«

Ihre Lippen beben, aber wieder sagt sie nichts, knetet nur ihre Finger. Tränen benetzen ihre Wangen erneut und mein Herz bricht mit jedem Atemzug ein Stück mehr, weil ich dafür verantwortlich bin.

»Fine, ich weiß, ich verdiene es nicht, aber ich bitte dich dennoch um Verzeihung und flehe dich um eine zweite Chance an.«

»Aber … du bist doch verlobt. Oder nicht?«, fragt sie atemlos.

»Nein«, erwidere ich mit fester Stimme. »Nein, bin ich nicht. Denn die einzige Frau, mit der ich zusammen sein will, bist du. Und dich habe ich noch nicht um deine Hand gebeten.«

Sie schluckt und lässt ihre Hände los. Dann macht sie einen winzigen Schritt auf mich zu.

»Was empfindest du für mich?«, will sie wissen.

»Das habe ich dir alles in dem Brief erklärt«, sage ich ausweichend und atme dann lang gezogen aus.

Mein Blick fällt auf die Cupcakes, die direkt neben uns stehen. Ich nehme einen in die Hand und streue noch mehr Zucker darauf, während ich Fine ins Gesicht sehe.

»Ich wünsche mir, dass Fine mir glaubt, wenn ich ihr sage, dass ich mich in sie verliebt habe und nur mit ihr zusammen sein will«, verkünde ich und beiße von dem Küchlein ab.

Fine mustert mich einen Moment, dann nimmt auch sie einen Cupcake, streut noch mehr Zucker darauf und sieht mir in die Augen.

»Ich wünsche mir, dass Henry mir ohne einen Cupcake seine Gefühle gestehen kann und mich anschließend in die Arme nimmt und küsst«, sagt sie und beißt ab.

An ihrer Oberlippe bleibt Creme hängen und ich würde sie am liebsten jetzt gleich wegküssen. Stattdessen lege ich den Cupcake auf die Arbeitsfläche, stelle auch Fines dazu und ergreife ihre Hand.

»Fine, ich habe mein Herz an dich verloren«, raune ich. »Zum ersten Mal bin ich richtig verliebt. Und ich möchte mit dir zusammen sein. Kannst du mir verzeihen?«

Ein Lächeln umspielt ihre Lippen, während neue Tränen sich ihren Weg bahnen. »Ja, Henry. Weil ich auch in dich verliebt bin.«

Sie überwindet die Entfernung zwischen uns und

ich schlinge meine Arme um sie. Mein Herz tanzt in meiner Brust, als ich ihre Lippen mit meinen bedecke und sich die Süße des Cupcakes mit ihrer eigenen mischt.

Als wäre eine schwere Last von mir genommen worden, atme ich auf und ziehe Fine enger an mich. Dieser Kuss kann die Sehnsucht in meinem Herzen nur dämpfen, nicht stillen. Vielleicht werde ich sie nie stillen können. Aber ich werde es von jetzt an jeden Tag versuchen.

Ein Räuspern lässt uns auseinanderfahren und ich blicke in das Gesicht von Louisa, die an der Tür steht. Sie trägt ein schwarzes schlichtes Kleid, um ihrer Trauer Ausdruck zu verleihen, und ihre Haare sind wie immer zu einem Dutt hochgesteckt.

»Habt ihr schon einmal auf die Uhr geschaut?«, fragt sie streng.

Hinter ihr erscheint Mark. Er wirft uns erst einen entschuldigenden Blick zu, doch dann schmunzelt er.

»Ich, entschuldigen Sie, ich gehe gleich wieder an die Arbeit und ...«, stammelt Fine.

»Nein, mein Kind«, unterbricht Louisa sie. »Sie und ich werden uns jetzt um Ihre Garderobe kümmern.«

»Meine ... Aber wieso?« Fine blinzelt verwirrt.

»Na, weil du so nicht auf den Ball kannst«, wirft Mark ein, der die Situation scheinbar schon erfasst hat.

Fine sieht mich verwirrt an und ich seufze. »Tante Louisa, Mr Bishop, gebt ihr uns noch fünf Minuten?«

Louisa nickt. »Ich hole euch dann ab. Inzwischen

kümmere ich mich um Cecile, damit sie kein Drama macht.«

»Und ich baue das Büfett weiter auf«, fügt Mark hinzu.

»Danke«, stoße ich aus.

»Da gibt es nichts zu danken«, entgegnet Louisa. »Ich korrigiere nur einen Fehler, den ich mit der besten Absicht gemacht habe.«

Damit verlassen sie die Küche wieder.

»Henry, was ist hier los?«, will Fine wissen.

Ich lege meine Hände um ihre Oberarme und streiche darüber. »Louisa wollte heute meine Verlobung verkünden, damit die Presse aufhört, mir Affären anzudichten, und mein Ruf sich bessert«, erkläre ich.

»Also bist du doch …«

»Nein«, unterbreche ich sie. »Ich habe ihr gesagt, dass ich Cecile nicht heiraten werde. Das wollte ich schon nicht, bevor ich dich traf, und jetzt erst recht nicht. Aber die Presse erwartet eine Ankündigung und nachdem ich meine Tante eingeweiht habe, dass dir mein Herz gehört …«

»Wir kennen uns doch erst vier Wochen«, sagt Fine panisch. »Ich meine, mein ganzer Körper kribbelt, wenn du lächelst, meinen Namen sagst oder mich küsst. Und ich habe das Gefühl, als würde ich schweben, wenn du mich hältst. Aber heiraten …«

Ich stehle einen Kuss von ihren Lippen und Fine schweigt, schmiegt sich in meine Arme, die ich um sie schließe.

»Ich werde heute nicht vor dir auf ein Knie sinken«, erkläre ich mit rauer Stimme. »Und wir werden dich nicht als meine Verlobte vorstellen. Aber als Frau an meiner Seite. Wenn du das möchtest.«

»Warum sollte ich das nicht wollen?«, fragt sie heiser.

»Weil ich der Duke of Westminster bin«, antworte ich mit einem Seufzen. »Ich trage große Verantwortung auf meinen Schultern und muss viele Termine wahrnehmen, die teilweise kräftezehrend und teilweise einfach nur langweilig sind. Wenn wir zusammen sind, wirst du früher oder später auch daran teilnehmen müssen. Du wirst auf Empfänge mit mir gehen und Kunstgalerien einweihen …«

»Ich werde nicht mehr backen können«, murmelt sie.

»Doch. Nur nicht mehr so viel wie jetzt«, sage ich und fühle mich schlecht, weil ich weiß, wie glücklich es sie macht zu backen.

Sie beißt sich auf die Unterlippe und blinzelt dann. »Aber ich werde mich benehmen wie ein Elefant im Porzellanladen. Ich habe keine Ahnung, wie ich mich verhalten oder wie ich die Leute ansprechen soll. Du wirst dich wegen mir schämen müssen.«

Ich schüttle den Kopf, hebe eine ihrer Hände an meine Lippen und hauche einen Kuss darauf. Fine schaudert und mein Herz schlägt schneller bei dem Anblick. »Niemals. Ich werde mich nie für dich schämen. Du bist das, was ich mir immer gewünscht habe. An dir ist nichts falsch oder gespielt. Du bist echt und deine Gefühle auch. Deswegen habe ich mich in dich verliebt.«

Sie zögert und in meinem Magen wird es noch

enger. Ich weiß, was ich von ihr fordere, was sie aufgibt, wenn sie sich für mich entscheidet. Als ich überlege, was ich sagen kann, um ihr die Angst zu nehmen, überrascht Fine mich. Sie strafft die Schultern und hebt das Kinn.

»Gut, dann … hoffe ich, deine Tante kann zaubern, was meine Garderobe angeht. Denn ich fürchte, in Jeans und rosa Schürze werde ich dich trotz allem blamieren.«

Einen Moment sickern ihre Worte in mein Bewusstsein, dann begreife ich sie. Mit einem Lachen schlinge ich meine Arme um Fine, hebe sie hoch und wirble sie herum, bevor ich einen Kuss auf ihre Stirn platziere.

»Selbst in Jeans und Schürze bist du die beeindruckendste und schönste Frau, die ich kenne«, verkünde ich.

»Trotzdem ist es eher unpassend«, sagt sie und kichert. »Obwohl die Presse mich ohnehin schon als Aschenputtel bezeichnet.«

»Du bist eine Prinzessin«, erwidere ich ernst. »Mehr als jede, die als solche geboren wurde. Und wer das nicht erkennt, kann mir gestohlen bleiben.«

Sie lächelt sanft. Dann löst sie sich von mir und greift nach meiner Hand. Gemeinsam gehen wir zu Louisa und Mark, die bereits vor der Tür warten. Ich hoffe nur, dass meine Tante Fine nicht noch mehr Angst macht, als ich es vermutlich getan habe.

Von unten dringt das Stimmengewirr der Gäste zu mir, die darauf warten, dass ich den Ball eröffne. Ich hingegen stehe am Kopf der Treppe und richte mir zum gefühlt hundertsten Mal die Fliege an meinem Hals.

»Sie machen mich nervös«, sagt Mark, der neben mir steht.

»Verzeihung«, erwidere ich. »Vielleicht sollten wir uns langsam duzen, wie wäre das?«

Sein Gesicht hellt sich auf. »Wer hätte gedacht, dass ich einmal einen Duke duzen darf?«, meint er mit schiefem Grinsen.

Einen Moment lenkt mich das ab, dann kehrt die Nervosität zurück.

Louisa ist vor bald einer Stunde mit Fine und einer Schneiderin in ihren Räumen verschwunden. Ich habe keine Ahnung, wie sie so schnell ein Kleid nähen wollen, aber Louisa ist in solchen Situationen wirklich ein Profi. Immerhin hat sie es auch geschafft, Cecile aus dem Haus zu werfen, ohne einen Skandal auszulösen. Das hätte ich nie für möglich gehalten. Vielleicht kann meine Großtante tatsächlich zaubern.

Als die Tür endlich aufgeht, tritt zuerst meine Tante heraus. »Ich habe getan, was möglich war«, verkündet sie mit einem Seufzen. »Das Kleid sitzt nicht wie angegossen, aber ... ich hoffe, ihr inneres Strahlen überdeckt das.«

Bevor ich ein Wort sagen kann, winkt sie Fine zu sich. Mein Atem stockt, als ich sie sehe. In dem schulterfreien roten Kleid mit weißem Saum über dem Dekolleté sieht sie aus wie ein wahr gewordener

Weihnachtstraum. Ihre dunklen Haare fallen in großen Locken über ihre Schultern und der Schmuck an ihr glitzert wie die Sterne selbst.

Aber das Schönste an ihr ist das Lächeln, das sie mir schenkt, und das Leuchten in ihren Augen. Mein Herz schmilzt bei diesem Anblick und ich spüre, dass auch ich lächle.

»Henry, hörst du mir noch zu?«, reißt Louisa mich aus der Trance, in der mich Fine gefangen hielt.

»Entschuldige, was hast du gesagt?«, hake ich nach.

Louisa reibt sich die Stirn. »Ich habe gesagt, dass ich vorausgehe und euch ankündige. Dann schreitet ihr gemeinsam die Treppe hinab, gebt ein kurzes Interview und du eröffnest den Ball. Bleibt zusammen, aber mischt euch unter die Gäste.«

»Und was mache ich?«, will Mark wissen.

»Sie«, sagt Louisa mit dem Anflug eines Lächelns. »Sie haben bitte ein Auge auf die beiden, sobald sie unten angekommen sind. Immerhin sind die Desserts angerichtet, den Rest schaffen die Kellner allein.«

»Zu Befehl, Madam«, meint Mark und salutiert.

Louisa schnaubt, aber ich sehe das Grinsen auf ihrem Gesicht. »Seid ihr bereit?«

Ohne unsere Antwort abzuwarten, geht sie die Treppe hinunter und spricht zu den Gästen. Die Worte verstehe ich nicht, denn ich konzentriere mich ganz auf Fine, der ich meinen Arm anbiete, ehe ich mich zu ihr beuge. »Du bist wunderschön«, flüstere ich. »Bist du so weit?«

Sie nickt schwach und ich führe sie über die Stufen, nachdem Louisa mit ihrer Rede fertig ist.

Fines Finger zittern leicht, aber sie hält sich aufrecht neben mir und lächelt tapfer.

Die meisten Fragen, die uns gestellt werden, etwa, wie lange wir uns kennen oder was unsere Pläne sind, beantworte ich. Neutral und ausweichend, aber so, dass nicht noch weitere Fragen dazu gestellt werden können. Alles läuft gut, bis ein Reporter Fine auf ihren Spitznamen anspricht.

»Sie haben sich also als Bäckerin einen Duke geschnappt«, ruft der Mann frech. »Wie ist es so, vom Aschenputtel zur Prinzessin zu werden?«

Mein Blick verfinstert sich und ich setze zu einer unfeinen Antwort an, da überrascht Fine mich abermals.

»Ich bin kein Mädchen, das gerettet werden musste«, antwortet sie mit fester Stimme, bevor sie sich mir zuwendet und lächelt. »Aber wenn ich Henry ansehe, glaube ich daran, dass manche Märchen wahr werden können.«

Obwohl es sich nicht schickt, Zuneigung in der Öffentlichkeit zu zeigen, beuge ich mich zu ihr und hauche einen Kuss auf ihre Lippen. Das Blitzen der Kameras nehme ich kaum noch wahr, ich sehe vor allem Fine, schmecke ihren Kuss und genieße ihre Wärme.

Beinahe hätte ich sie verloren, habe sie zum Weinen gebracht und uns beiden Kummer bereitet. Nun werde ich jeden Tag dazu nutzen, sie glücklich zu machen. Weil sie mich vervollständigt und ich nie wieder ohne sie sein möchte.

EPILOG - FINE

S ie sind ein Naturtalent, Margy«, lobt Mark
Henrys Assistentin, die mit ihm die Maronensuppe kocht.

»Oh, das freut mich. Ich dachte immer, ich hätte
in der Küche zwei linke Hände«, erwidert sie mit
einem herzlichen Lachen.

»Nein, wirklich, Sie haben Talent«, bestätigt
Mark seine Worte. »Im Gegensatz zu Henry.«

»Jetzt sei mal nicht unfair. Ihr schneidet Schnitt-
lauch klein und ich versuche, diesen Matsch zu
Kugeln zu rollen«, brummt Henry neben mir.

Ich kann nicht anders, ich muss schmunzeln. Der
Duke of Westminster steht in einer rosa Schürze in
meiner Küche und müht sich damit ab, aus Kartoffel-
teig Klöße zu formen.

»Komm, ich helfe dir«, schlage ich vor und lege
den Kochlöffel zur Seite, mit dem ich das Rotkraut
gerührt habe.

Behutsam nehme ich seine Hände in meine und versuche, ihm zu zeigen, wie man einen Kloß rollt. Aber außer, dass ein Prickeln über meinen Körper zieht, kommt nichts zustande.

»So wird das wohl nichts«, murmle ich.

»Hm«, macht Henry und küsst meine Wange. »Nein, aber ich bin zumindest weniger gereizt als eben.«

Ich hebe den Blick und lächle ihn an. »Lass mich die Klöße machen, rühr du das Kraut um.«

»Ich kann auch helfen«, meint Jen, die gerade die letzten Schachteln der Christbaumkugeln verstaut hat.

»Dann deck den Tisch, darin ist Fine nämlich eine Katastrophe«, fordert Mark sie auf.

»Hey, ich ordne das Besteck immer in der richtigen Reihenfolge an«, rechtfertige ich mich.

»Ja, aber dein Auge für Details kommt bei der Tischdekoration leider vollkommen abhanden«, erwidert Mark. »Und das hier ist unser Weihnachtsessen. Es kommt zwar nicht die Queen, aber …«

In dem Moment läutet es an der Tür.

»Wenn man vom Teufel spricht«, sagt Henry und lächelt dabei.

Mark rennt zur Tür und sprintet sogar die Treppe hinunter. Gemeinsam mit Louisa erscheint er wieder in der Wohnung. Henrys Großtante hat sich zuerst geziert, aber dann zugestimmt, zu uns zu kommen. Denn bisher hat Henry den Heiligen Abend tatsächlich allein verbracht. Nach dem traditionellen Essen mit Margy hat er sich immer in seine Wohnung

zurückgezogen und sich erst am ersten Weihnachts-
feiertag dazu aufgerafft, seine Familie für eine Stunde
oder zwei zu besuchen.

Mein Blick schweift durch die Wohnung, weil ich
Angst habe, Louisas Ansprüchen nicht zu genügen.
Aber Mark hat sich selbst übertroffen. Der Baum
sieht mit seinen rosaroten und silbernen Kugeln aus
wie aus einem Katalog. An den Fenstern funkeln
Lichter und um den Kamin stehen auf jeder Seite drei
Nussknacker in unterschiedlichen Größen, als
würden sie dort Wache schieben.

»Es sieht wundervoll hier aus«, verkündet Louisa
und betritt das Wohnzimmer. »Mr Bishop, Sie sollten
Ihre Fähigkeit nutzen und Dienste als Innenein-
richter anbieten.«

»Oh, Lady Cuttington, Sie sind zu freundlich«,
winkt mein Cousin ab und kann doch nicht aufhören
zu grinsen.

»Und wie es hier duftet«, fährt Louisa fort und
wendet sich uns zu.

Als ihr Blick auf Henry fällt, schmunzelt sie nur,
bevor sie uns alle begrüßt und dann mit Mark wieder
über seine Dekoration redet.

»Ich glaube, die beiden haben einen Narren
aneinander gefressen«, flüstert Henry mir verstohlen
zu.

»Ja, das glaube ich auch«, erwidere ich.

Dann wird es Zeit zu essen und Mark serviert die
Maronensuppe gemeinsam mit Margy, die stolz die
Komplimente von uns entgegennimmt.

»Da Fine Österreicherin ist«, sagt Mark, während

er die leeren Teller abräumt, »wird jeder von uns übrigens ein Geschenk nach dem Hauptgang öffnen. Nicht dass sie Heimweh bekommt.«

»Ach, öffnet man die Geschenke bei euch nicht am Weihnachtsmorgen?«, fragt Jen interessiert.

»Nein, am Heiligen Abend«, erkläre ich und bin froh, dass Mark für Louisa und Margy noch Geschenke besorgt hat.

Unter dem Baum liegen allerdings so viele Päckchen, dass ich mich frage, für wen die alle sind. Aber mein Cousin kauft eben gerne für andere ein, wie ich nur zu gut weiß.

»Bis zum Hauptgang dauert es einen Moment, ich muss die Klöße noch kochen«, verkünde ich und ziehe mich in die Küche zurück.

Henry folgt mir. Seit dem gestrigen Winterball sind wir unzertrennlich. Ich bin über Nacht bei ihm geblieben und wir haben die ganze Zeit geredet. Er hat mir sein Herz ausgeschüttet und ich ihm meins. Dann bin ich irgendwann in seinen Armen eingeschlafen und beim Aufwachen habe ich mich so glücklich gefühlt wie noch nie zuvor in meinem Leben. Als wäre das mit Henry mein ganz persönliches Weihnachtswunder.

»Kann ich dir helfen?«, will er wissen.

»Nein, aber du kannst gerne bei mir bleiben«, erwidere ich und seufze, als er sich hinter mich stellt und seine Arme um mich schließt.

»Ist es in Ordnung, wenn ich heute hierbleibe?«, fragt er leise und seine Stimme sendet Schauer durch meinen Körper.

»Was ist mit Louisa?«, will ich wissen.

»Sie hat vorhin gesagt, dass sie sich ein Taxi nimmt. Außerdem wohne ich noch nicht in Lancaster Mansion, also haben wir nicht denselben Weg.«

Meine Wangen beginnen, heiß zu werden, und ich lege schnell die Klöße mit einer Kelle in das siedende Wasser. Dann streiche ich über Henrys Unterarm.

»Ist es für dich wirklich in Ordnung, hier zu sein?«, frage ich unsicher.

»Du meinst, weil ich sonst an diesem Tag allein bin?«, will er wissen.

Als ich nicke, dreht er mich in seinen Armen herum und hält mich weiterhin fest.

»Ich habe viel an diesem Tag verloren«, sagt er ernst. »Aber ich weiß jetzt, dass es sinnlos ist, das Vergangene festzuhalten. Weder das Gute noch das Schlechte. Außerdem werde ich den Tag jetzt immer mit dir verbinden.«

»Wieso?«

»Weil du mein Weihnachtswunder bist, Fine«, erwidert er. »Und ich freue mich auf alles, was wir noch gemeinsam erleben werden.«

Meine Knie werden weich, als er sich nach vorn beugt und mich zärtlich küsst. Ich bin froh, dass er mich festhält und mir Geborgenheit schenkt, während Tausende Schmetterlinge in meinem Magen tanzen.

Nachdem er sich von mir gelöst hat, hilft er mir, die Beilagen an den Tisch zu bringen, bevor ich die konfierten Gänseteile auf eine Servierplatte lege und die Soße in Kännchen abfülle.

Mark hat inzwischen die Kerzen auf dem Tisch

entzündet. Als ich Platz nehme, werden die Teller herumgereicht und jeder nimmt sich, soviel er möchte. Dann senkt sich Schweigen über uns, da wir alle von dem Essen kosten.

Meine Kehle wird eng, während ich Henry gespannt betrachte. Er hat sich gerade das Fleisch in den Mund geschoben und atmet tief durch.

»Ich habe noch nie etwas so Köstliches gegessen«, verkündet er und mir fällt ein Stein vom Herzen.

»Wirklich vorzüglich«, stimmt Louisa zu.

Ich muss lächeln, besonders als Henry sein Knie an meines lehnt und mich mit diesem schiefen Schmunzeln ansieht, das ich so an ihm liebe.

Nachdem wir auch das Hauptgericht gegessen haben, beginnen Mark und Jen, den Tisch abzuräumen.

»Also, Zeit für Geschenke«, verkündet mein Cousin, als er aus der Küche zurückkommt.

Er reicht jedem ein Päckchen vom Weihnachtsbaum.

»Oh, Sir, vielen Dank«, sagt Margy ergriffen, als sie eine kleine Teddybärenfigur aus Kristall auspackt.

»Frohe Weihnachten, Margy«, erwidert Henry und betrachtet verwundert die Schürze, die in seinem Paket von Mark lag. Dann hebt er eine Augenbraue und ich schmachte ihn seufzend an.

»Na, jetzt, wo du so viel in der Küche bist, brauchst du deine eigene«, meint Mark grinsend.

»Aber in Rosa?«, fragt Henry und lacht dann.

Louisa packt den Schal von Mark und mir aus, Jen die Konzertkarten, die sie sich gewünscht hat.

Mark öffnet das Geschenk von Henry, in dem Kalt-wachsstreifen sind.

»Sehr lustig«, grummelt er.

»Damit ich nicht wieder nachsehen muss, ob deine Brustwarzen noch intakt sind«, erwidert Henry mit schiefem Lächeln.

Als ich mich meinem Geschenk widmen will, legt Henry seine Hände auf meine.

»Könntest du dir das … in der Küche ansehen?«, fragt er fast verlegen.

Ich werfe einen Blick auf die anderen, die sich so angeregt miteinander unterhalten, als wären wir gar nicht mehr da. Also folge ich Henry in die Küche, stelle das Päckchen ab und hole den Zucker für die Crème brûlée heraus, die schon auf der Arbeitsfläche wartet.

»Die konnte ich gestern gar nicht kosten «, meint Henry und sieht immer wieder zu dem Geschenk.

»Ich finde, Crème brûlée gehört zu Weihnach-ten«, erwidere ich.

»Besonders deine«, sagt er und schiebt mir auffor-dernd das Päckchen hin.

Es ist nicht groß, aber wunderschön eingepackt in rotem Glitzerpapier und goldener Schleife. Fast zu schade zum Auspacken.

»Von dir?«, frage ich, obwohl ich die Antwort kenne.

Henry nickt und lässt mich nicht aus den Augen, während ich die Schleife löse und das Papier aufreiße. Eine kleine Schatulle kommt zum Vorschein und ich hebe den Deckel mit klopfendem Herzen. Ich bin irgendwie erleichtert, dass kein Ring darin liegt, sondern eine Brosche, die aussieht wie ein Stechpalmenblatt mit den roten Kugeln dazu.

»Sie gehörte meiner Großmutter«, erklärt Henry und nimmt mir die Schatulle aus der Hand. »Gramps hat sie ihr an ihrem ersten Weihnachten geschenkt. Er hat immer gesagt, dass sie die Liebe seines Lebens war und er nie eine andere gewollt hätte.«

Er macht eine Pause und holt die Brosche heraus. Seine Finger zittern leicht, als er die Nadel öffnet.

»Jetzt möchte ich sie dir schenken. Weil du mir etwas zurückgegeben hast, von dem ich dachte, es für immer verloren zu haben. Freude und … Liebe.«

Ich halte den Atem an, als er sich mir nähert, und nicke, damit er mir die Brosche ansteckt. Nachdem er fertig ist, streiche ich mit den Fingern darüber, bevor ich wieder ihn ansehe.

»Fine Wagner … ich möchte jedes kommende Weihnachten mit dir verbringen. Genau so, wie es heute ist. Mit Freunden und Familie. Aber vor allem mit dir.«

Ich lege meine Hände an sein Gesicht, stelle mich auf die Zehenspitzen und küsse ihn. Henry seufzt, aber bevor der Kuss intensiver werden kann, löse ich mich von ihm.

»Das will ich auch«, sage ich und blicke zu der Brosche an meinem Kragen. »Danke für das wunderschöne Geschenk.«

»Ich hoffe, du bist nicht enttäuscht, weil es kein Ring ist«, murmelt er.

»Nein«, erwidere ich. »Es ist viel besser als ein

Ring. Es ist ein Versprechen ohne Verpflichtungen. Und es ist ein Symbol für Weihnachten.«

»Genau wie deine Crème brûlée«, sagt er, ehe er mich noch einmal küsst.

Das ist unser erstes Weihnachtsfest von hoffentlich vielen, die noch folgen werden. Und ich freue mich auf jedes einzelne.

HENRYS BRIEF

Meine liebste Fine,

wie du bereits weißt, fällt es mir nicht immer leicht, das Richtige zu sagen. Besonders wenn ich Angst habe. Du hast richtig gelesen, ich habe Angst.

Denn die Wahrheit ist, dass ich nach der kurzen Zeit, die wir miteinander verbracht haben, bereits mehr für dich empfinde als jemals für jemanden zuvor. Papier ist geduldig, ich weiß, aber deswegen ist mein Geständnis nicht weniger wahr.

Ich liebe dich, Fine. Du hast mein Herz im Sturm erobert mit deinem strahlenden Lächeln, deiner wunderbar unkomplizierten Art und der Süße deiner Küsse.

Jetzt, da ich hier sitze und an dich denke, wird mir bewusst, wie falsch es von mir war, dich davon abzuhalten, mich zu begleiten. Bitte glaube mir, dass ich so gehandelt habe, weil ich es für das Beste hielt. Du hast den Mut aufgebracht, mir von deiner Vergangenheit zu erzählen, und ich wollte dich nicht mit meinen Sorgen belasten. Du bist unglaublich stark, trotzdem hatte ich Bedenken, mich an dich zu lehnen.

Ich bereue es, dich nicht früher angerufen zu haben. Denn mir ist bewusst geworden, wie sehr du mir fehlst. Vergib mir meine Selbstsüchtigkeit, aber ich brauche dich. Du bist die Einzige, bei der ich mir erlauben will, Schwäche zu zeigen.

Die letzten Tage ohne dich haben sich angefühlt wie ein Albtraum. Du fehlst mir bei jedem Atemzug und ich weiß, ich habe kein Recht dazu, aber ich bitte dich, mir zu verzeihen, dass ich dich von mir gestoßen habe.

Fine, du bereicherst mein Leben auf eine Art, von der ich nie zu träumen gewagt habe. An deiner Seite schmeckt selbst die bitterste Pille süß. Ich bitte dich, mir die Chance zu geben, dir persönlich zu sagen, wie viel du mir bedeutest.

Bitte melde dich bei mir, wenn du diesen Brief gelesen hast. Ich erwarte Deinen Anruf voller Sehnsucht.

Von Herzen dein
  Henry

DANKSAGUNG

Ich habe ein Geständnis zu machen. Bereit? Ich liebe Weihnachten. Puh, es tat gut, das auszusprechen. Kommt überraschend, ich weiß. Besonders wenn man diese Geschichte gelesen hat.

Vielleicht ist das nächste Geständnis interessanter. Denn diese Geschichte existiert in groben Zügen seit vier Jahren. Die Protagonisten hießen damals Andrew und Fanny und die Handlung spielte in Österreich, nicht in England. Aber im Prinzip war die Geschichte dieselbe. Es gab sie damals als Kurzgeschichte in meinem Newsletter. Dementsprechend weniger ausführlich war die Handlung. Aber – wie gesagt – die Grundidee war da.

Es hat unheimlich Spaß gemacht, diese Geschichte neu zu schreiben. Vor allem, weil ich bei Henry immer eine bestimmte Person vor Augen hatte. Auch einen Henry, der Schauspieler ist. Na, wer errät es? Ja, also, hier ist das Geständnis Nummer drei: Die Vorlage für Henry ist Henry Cavill. So. Es ist raus.

Ein letztes Geständnis habe ich noch: Das ist die erste weihnachtliche Geschichte, die ich tatsächlich um die Adventszeit geschrieben habe. Deswegen die volle Ladung Weihnachtsglanz. Trotzdem wäre ich nie so schnell damit fertig geworden, wenn es nicht ein paar ganz besondere Menschen in meinem Leben geben würde.

Deswegen möchte ich mich bei meinen treuen Testlesern Hanna Porepp, Anna-Maria Schwalm, Anja Kreyßig, Nadine Röhling und Alexandra Götz bedanken. Weil ihr mich inspiriert habt. Danke auch an Anna Wolf und Christine Schröter für eure Hilfe. Außerdem danke ich Juliane Buser, die das Cover gezaubert und mich motiviert hat. Ihr seid alle toll und ich bin froh, dass ihr mir helft, so vielen Geschichten Leben einzuhauchen.

Ich hoffe, die Story von Fine und Henry hat euch gefallen und in weihnachtliche Stimmung versetzt. Oder ein Schmunzeln aufs Gesicht gezaubert. Und vielleicht … nur vielleicht … begegnen wir den beiden ja eines Tages wieder.

Frohe Weihnachten.

MEHR WEIHNACHTSBÜCHER GESUCHT?

Das Weihnachtshotel - Weihnachtszauber wider Willen

Cozy Weihnachtsgeschichte in einer idyllischen Kleinstadt

Wunder kann es überall geben. Man muss sich nur die Zeit nehmen, sie zu entdecken.

Ausgerechnet Theresa wird dazu verdonnert, einen Bericht über ein kuscheliges Weihnachtshotel für ihr Reisemagazin zu schreiben. Während andere sich in dem Familienbetrieb in den Tiroler Alpen wohl fühlen würden, ist es für Theresa ein Alptraum. Weihnachten kann sie nicht ausstehen und all der Glitzer, die köstlichen Kekse und der vermeintliche Zauber des Hotels prallen an ihr ab. Nur einer Versuchung kann sie nicht widerstehen: Thomas, dem Chefkoch und

Mitinhaber des Hotels. Mit seiner charmanten Art gelingt es ihm, Theresa nach und nach für Weihnachten zu begeistern. Als eine Lawine den kleinen Ort von der Außenwelt abschneidet, müssen sich Thomas und Theresa eine wichtige Frage stellen: gibt es für einen Grinch und einen Weihnachtselfen eine Zukunft oder endet ihr kleines Weihnachtswunder, bevor es richtig begonnen hat?

Christmas in Pine Tree Harbour - Küsse für den Duke

Romantischer Weihnachtsroman im winterlichen Schottland

Sturer als ein Highlander ist nur die Frau, die ihn umwirft

Elise hat in ihrem Leben alles, was sie sich wünscht: einen Job, den sie liebt, einen heißen Chef – mit dem sie eine Affäre hat, und die Aussicht auf eine Beförderung. Kurz vor Weihnachten wird ihr jedoch klar, dass aus der Beförderung nichts wird und ihr Chef ein Arsch ist. Als ihre Großtante Hilfe in ihrem kleinen B&B in den schottischen Highlands braucht, eilt Elise dorthin. Dabei stößt sie mit dem mürrischen James zusammen, der Frauen aus der Großstadt nicht leiden kann. Zwischen den beiden fliegen die Fetzen, denn Elise verkörpert alles, was James verachtet.

Denkt er zumindest. Als er sie besser kennenlernt, knistert es zwischen den beiden. Doch James ist nicht der, der er vorgibt zu sein; und er ahnt, dass Elise ihn von sich stoßen wird, wenn sie erfährt, wer er wirklich ist.

Romantischer Secret Identity Weihnachtsroman. Jetzt den cozy Einzelband lesen!